琼 瑶

作 品 大 全 集

寒烟翠

琼瑶 著

作家出版社

琼瑶，本名陈喆，作家、编剧、作词人、影视制作人。原籍湖南衡阳，1938年生于四川成都，1949年随父母由大陆赴台生活。16岁时以笔名心如发表小说《云影》，25岁时出版首部长篇小说《窗外》。多年来笔耕不辍，代表作包括《烟雨蒙蒙》《几度夕阳红》《彩云飞》《海鸥飞处》《心有千千结》《一帘幽梦》《在水一方》《我是一片云》《庭院深深》等。

多部作品先后改编成为电影及电视剧，琼瑶也因此步入影视产业。《六个梦》系列、《梅花三弄》系列、《还珠格格》系列等，影响至深，成为几代读者与观众共同的记忆。

琼瑶以流畅优美的文笔，编织了众多曲折动人的故事。其作品以对于梦的憧憬和爱的执着，与大众流行文化紧密结合，风靡半个多世纪，成为华文世界中极重要的文学经典。

我為愛而生，我為愛而寫

文字裡度過多少春夏秋冬

文字裡留下多少青春浪漫

人世間雖然沒有天長地久

故事裡火花燃燒愛也依舊

　　　　　　　復禄

第一章

计程车在柏油铺的公路上疾驰着。

我倚着车窗，呆呆地望着车窗外的景物，那些飞驰着向后退的树木、农田、原野，和成串成串的金黄色的稻穗。夏日的太阳猛烈而灼热，刚刚成熟的稻子都被晒得垂下了头。热气在柏油路面上蒸发，铁皮的车顶和车身一定都被晒得发烫，整个车子里热得像个烤箱。我觉得口渴，嘴唇干燥，但是我们并没有带水，也没有带任何水果，不过，即使我们带了，我也不想去向妈妈要。

妈妈坐在我身边，她似乎比我更沉默，一路上，从台北乘观光号到台中，又包了这辆计程车驶到这儿，将近四小时的行程中，我们母女谈过的话加起来还不上十句。过分的沉默使我和妈妈日益疏远，那层多日以来已酝酿着的隔阂，如今竟像堵墙似的竖在我和妈妈之间。从眼角边，我偷偷地看了她一眼，我所看到的，只是她微蹙的眉梢，和紧闭的嘴唇。

车子到了埔里，这小镇比我想象的繁荣得多，也大得多，街道整齐清洁，商店林立。我们的车子在一家油行门前停了五分钟，为了补充汽油。油加满之后，立即滑过了街道，又驶向了原野。从这儿有一条路可以通向日月潭，但，我们的目标并非那全岛闻名的胜地，我们走的是另一条路。

穿出市镇之后，道路变坏了，山路并不狭窄，但黄土飞扬，车子更带起无数尘土，这迫使我关上了车窗。只一会儿，窗玻璃上就铺上了一层黄色的尘雾。可是，透过这层黄土，我仍然可以看到山坡上茂盛的芦花，和那一片青葱的草原。我想，车子不会再开多久，章家的农场应该很近了。

我的猜测一定不错，因为妈妈在不安地欠动着身子，她一定有许多话想对我说，到了章家之后，她就没有机会了。我假装对她并不注意，只一个劲儿地望着窗子，我讨厌这一切，旅途、黄土、章家，和他们的农场。当然，我最厌恨的，还是这次放逐似的旅行！妈妈，她以为把我"寄存"在章家，就可以逃开我的厌恨感？就可以毫无顾忌地进行她的计划？但是，我厌恨这一切！这所有所有的事！

"咏薇！"终于，妈妈忍不住地开口了。

"嗯？"我哼了一声，并不热心，我已经猜到妈妈所要说的。

"咏薇！"妈妈再喊了一声，这一声使我不由自主地回过头来，因为她的声调中夹杂了太多的无奈和凄楚。我望着她，她眼睛下面有着清楚的黑圈，看来疲倦而憔悴。她把她的手压在我的手上，勉强地笑了一下，说："别怪我把你送到这儿来，农场的空气很好，而且，你章伯母是天下最好的人，她会让你感到像家里一样。"

"我知道，"我闷闷地说，直望着妈妈，"但是，妈，你并不一定要送走我！"

"咏薇，"妈妈反对似的叫了声，又咽住了，接着，她叹口长气，低声地说，"我不想让你目睹那一切，你住在章家会很舒服的，几个月之后，所有的事都解决了，我再来接你回去。"

"怎么样就算解决了？"我烦躁地说，"你和爸爸离了婚，再嫁给那个胡伯伯！"

"咏薇！"妈妈懊恼地喊，"你太小，你不了解。"

"我是不了解，"我咬咬嘴唇，"我不懂你当初为什么要和爸爸结婚，现在为什么又要离婚；不懂你爱过爸爸，现在怎么又会爱胡伯伯；也不懂爸爸，他有个好好的家，怎么又会和一个舞女同居。我什么都不懂！但是我讨厌这所有的事！"

"好了，别说了，咏薇，"妈妈蹙紧了眉头，望着窗外，停了半晌，才轻声地说，"这就是我为什么要把你送到章家来的原因，我多不愿意你接触到这些问题，对你而言，这些事是太残酷了！"

"我已经接触到了，"我说，"你实在不必再把我送走。同时，我也过不惯这种穷乡僻壤的生活！"

"你会过得惯，"妈妈的声音里有些低声下气，"你慢慢就习惯了。等我和你爸爸获得了协议——这不会太久的，我答应你，咏薇，那时，你可能有个更温暖的家，这些年来，你的家都并不温暖，我知道，我也没做个好母亲，我也知道。可是，以后你会有个更温暖的家，我向你保证，咏薇！我要不顾一切地争取到你的监护权！"

这就是问题的症结，妈妈和爸爸都想争取到监护我的权利。我出世了十九年，他们没有谁真正关怀到我（最起码，给我的感觉是这样），现在，他们要离婚了，我却突然成为争取的对象！足足有两个月，他们只是不停地辩论、争吵，争吵、辩论。辩急了，他们把我抓过来问："咏薇，你到底是要妈妈，还是要爸爸？"

我不知道是要妈妈，还是要爸爸，我只是瞪着他们，感到他们对于我都那么陌生，仿佛是我从来不认识的人。多么无聊的争执！我厌倦这个！要妈妈还是要爸爸？我不要妈妈，也不要爸爸。多年以来，我已经孤立惯了，我属于我自己，我有我自己的思想，自己秘密的喜悦和哀愁。我不明白，他们为什么要抢我。在他们的争执里，我像被两方扯住羽毛的小鸟，他们争执得越激烈，只是让我的羽毛脱落得越多。每个白天，我在他们的争吵中困惑，深夜，在我自己的幻想中迷失。然后，妈妈说这样不行，这样会毁了我，而决定把我送到乡下来。似乎送到乡下之后，我就不会"被毁"，就会"得救"！多么滑稽！我注视着车窗外的山坡，山坡上开着许多零零乱乱的蒲公英。多么无聊！

"咏薇，"妈妈的声音好像来自极远的浮云里，"我知道你是怎么想的，或者，你很恨我们，恨我和你爸爸。不过，咏薇，虽然人生大多数的悲剧都是人自己造成的，但是，假若人能够逃避悲剧，一定会逃避……"她困难地停住了，悲哀地问："你懂我吗，咏薇？"

我不懂！我也不想懂。

"唉！"妈妈叹口气。这些日子来，她最多的就是叹息和眼泪。"有一天你会懂的，等你再长大一些，等你再经历一些，有时候，人要经过许许多多事故才会成熟。"又停顿了一下，她握住了我的手，"总之，咏薇，你要知道我把你送到这儿来是不得已的，我多么希望你能快乐……"

一股没来由的热浪突然往我眼眶里冲上来，我大声地打断了妈妈："但是，我永远不会快乐了，永远不会！"

"你会的，咏薇，生命对于你不过是刚开始，你会有快乐。"妈妈的语气中有几分焦灼和不安，"咏薇，是爸爸妈妈对不起你。"

那股热浪冲出了我的眼眶，我把头转向窗子，我不要妈妈用这种语气对我说话，我不要！为什么我要让妈妈难过呢？她的烦恼已经够多了。

"好了，我们快到了，"妈妈勉强地提起精神，故作轻快地说，"你不要懊恼，咏薇，你会很快就爱上乡间的生活，章家的农场非常美，包管你在这儿生活三天，会把城市里的烦恼都忘得光光的！"

它一定很美，我可以想象出来，事实上，现在一路上的风景已经令人忘我了。我们的车子一直在山路爬上爬下，虽然太阳依旧明朗地照耀着，气温却降低了很多，我不再感到灼热和燥渴。路的两边全是芦花，车子后面跟着的是滚滚的黄土，被车子所扬起的。这条路该是横贯公路上的支道，山坡上茸茸的绿让人心醉。车子向山里不停地开驶，仿佛驶进了一团融解不开的绿色里。妈妈对章家的农场是很熟悉的，她和章伯母（有时我也叫她朱阿姨）是从中学到大学的同学，也是结拜的把姊妹。自从爸爸和妈妈的感情交恶之后，妈妈就经常到章家农场里去一住数月，她称这种逃避为"绿色治疗"，用来治愈她的烦恼和忧愁。因此，我对章家农场及这一大片的绿都没有太大的陌生感。

妈妈叫司机减慢了速度，我注意到路上有一条岔道，宽阔的程度仍然可以让车子直接驶进去，岔道口上有一个木牌，木牌上雕刻着几个龙飞凤舞的字："青青农场"。这四字下面还有几个小字，车子太快我没看清楚，只看清一个"白"字。车子滑进了岔道，岔道两旁有规则地种植着一些冬青树的幼苗，再过十年，这些树会成为巨木浓荫。我似乎已经看到了十年后的景象，浓荫下的山径，秋天积满了落叶，夏天密叶华盖，春天，枝上该全是嫩嫩的新绿，还有冬天，苍劲的枯枝雄伟超拔地挺立着……我的思想跑远了，我一径是这样的，常常会坐在那儿胡思乱想。车子猛地停了，我惊觉地抬起头来，看到车子前面站着一个农夫，他正挥手要我们停车，一顶斗笠歪歪地戴在他的头上。

我和妈妈分别从车子两边的门里下了车，迎着风，我深深呼吸了一下，长途乘车使我腰酸背痛，迎面而来的山风让我神志一爽。妈妈拍拍身上的灰尘，也不由自主地挺挺背脊，说了句："出来舒服多了！"

那个农夫大踏步地向我们走来，到了我们面前，他把斗笠向后推了推，露出一绺黑黑的头发，说："许阿姨，妈妈要我来接你们，算时间，你们来晚了！"

"我们在台中多待了一会儿，"妈妈说，嘴边浮起了笑容，"凌霄，来见见我的女儿！你们不是第一次见面，小时候见过的，记得吗？"

我瞪大眼睛，望着面前这个"农夫"，他叫妈妈许阿姨，那么，他该是章伯母的儿子了，他可一点也不像我想象中的农场小主人，斗笠下是张红褐色的脸庞，有一对和他肤色不相称的眼睛，带着抹沉静和深思的神情，眼睛下面，鼻子和嘴都显得太秀气了，这就和他那身满是泥污的圆领衫及卡其裤更不相配。他可以打扮得整洁一点的。如果换掉他这身不伦不类的装束，他应该并不难看。

"嗨，咏薇，"妈妈推了我一下，"你发什么呆？这就是章家的大哥，章凌霄，你叫声章大哥吧！"

我不惯于叫别人什么哥哥姐姐的。低声地，我在喉咙里哼了一声，连我自己也不知道哼的是句什么。章凌霄对我微弯了一下腰，就掉过头去对妈说："我们进去吧，妈妈和爸爸都在等你们！"

"把车子打发掉，我们走进去吧！"妈妈说。

付了车钱，章凌霄提起了我所带来的小皮箱，我们向农场里走去。事实上，我不知道这算什么农场，我眼前是一片的绿野，青色的草繁茂地生长着。除了草以外，我看到一块块像岩石般灰色的东西，在绿色的草地上蠕动着，我忍不住惊呼了一声，诧异地喊："那是什么？"

"绵羊。"章凌霄简洁地说。

绵羊？我惊奇地看着那些圆头圆脑的动物，竟忘记了移步。我从不知道台湾也能畜养绵羊，除了在圆山动物园外，我没有在其他地方见过这种动物，那卷曲的茸毛包住的身子看来笨拙而迟钝，但那乌黑的眼珠却善良柔和。我不由自主地走近了它们，伸出手去想触摸它们一下。但，它们机警地后退了，用怀疑的眼光望着我，跟我保持了一大段距离。章凌霄放下皮箱走过去，迅速地抓住了其中的一只，他抓住它的耳朵，把它拉到我的面前，说："你可以摸摸它，等它们和你混熟了，就不会再躲你了。"

我抬头看了章凌霄一眼，他正安静地看着我，眼睛里有着研究和审察的味道，他看来是个冷静而深沉的人。我伸手摸了摸那只绵羊，柔软的茸毛给人一种温暖之感。站正了身子，我笑了笑："它们很可爱，不是吗？"

"这儿可爱的东西还很多，你会发现的。"他说。

我回过头，看到妈妈站在小路上微笑，她那紧蹙的眉梢松开了。我挺直了背脊，仰头看了一下天空，澄净的蓝天上，几片轻云在缓缓地飘浮，阳光把云影淡淡地投在草地上。这样的天空下，这样的绿草中，烦恼是无法驻足的，我几乎忘记了妈妈爸爸要离婚的事，那似乎离我很遥远很遥远。踩着绿草，我们经过了几块苗圃，几块被稻草掩盖着的土地，走进了一座小小的竹林。

光线突然暗下来了，竹林内有条碎石子铺的小路，绿荫荫的光线下，连石子都也染上了一层透明的绿色，风穿过竹叶，发出簌簌的响声，轻幽幽的，好像我曾在梦里听到过。在竹林深处，几椽灰色的屋瓦和一带红墙掩映在竹叶之下，我站住了。一种难以言喻的静谧感沁进了我的心脾，我望着那绿叶红墙，如置身幻境。周围静悄悄的，只听得到鸟鸣，我站着出神，直到一只大公鸡惊动了我。

那是只纯白色的公鸡，红色的冠子，高耸着尾巴，庄严地踱到我的面前，对我上上下下打量，我忍不住笑了，高兴地说："真美，是不是，妈?"

"进去吧!"章凌霄说。

我们向屋子走去。屋子的大门口，又有一块雕刻的牌子吸引了我的视线，龙飞凤舞的几个大字"幽篁小筑"，下面还有几个小字，是："韦白敬题"。

第二章

　　房子是很普通的砖造平房，到处都露出了原材，例如那矮矮的红砖围墙，和大门口用原始石块堆砌的台阶。走上台阶，我们进入一间宽敞的房间里。立即，有个瘦瘦小小的女人对我们迎了过来，那是章伯母。她一把抓住妈妈的手，用一种发自内心的喜悦的神情打量妈妈，然后说："洁君，你瘦多了。"

　　妈妈注视着章伯母，默默不语，眼睛里闪着泪光。我站在一边，在这一刹那间，有种感动的情绪掠过了我。我看出妈妈和章伯母之间，有着多么深厚的友情和了解。她们两人都已超过了四十岁，有一大半的时光是各自在创造自己的历史，但她们亲爱得赛过了一般姊妹，她们之间应该是没有秘密的，能有一个没有秘密的知己是多么可喜的事情！章伯母放开妈妈，转向了我，亲切而诚挚地把手放在我的肩上，微笑地说："两年没见到你了吧，咏薇？完全是个亭亭玉立的少女了！"

章伯母两年前曾去过一次台北，在我家里住了一星期，从两年前到现在，我还是第一次见到她。两年中，她似乎丝毫没有改变，依然那样亲切、诚恳、细致。她是个身材娇小的女人，似乎有些弱不禁风。脸庞也是小小的，但却有对大而黑的眼睛，经常都是神采奕奕地放着光芒，使她平添了不少精神，看起来就不像外表那样文弱了。她并不美，年轻时代的她也不会很美，可是，我不能否认她有股引力，同时，有种让人慑服的"劲儿"。我向她弯弯腰，叫了声："章伯母。"

"坐吧，咏薇。洁君，你干吗一直站着？"章伯母说，一面转头对站在一边的章凌霄说，"凌霄，去请你爸爸出来，噢，等一会儿……"她笑了，望了望我："凌霄，你见过了咏薇吧？"

"见过了！"章凌霄不知道为什么有些局促和尴尬，这是他先前所没有的。现在，他已经把那顶难看的斗笠取下来了，他有一头很不听话的头发，乱七八糟地竖在他的头上。转过身子，他向屋后走去，章伯母又喊了句："记得叫凌云也出来！"

凌云该是凌霄的妹妹，大概和我的年龄差不多。凌霄起码也有二十七八岁了，他并不是章伯母亲生的儿子，而是章伯伯前妻所生的，但是，他显然对章伯母十分信服，这也是我佩服章伯母的一点，我想，她一定是个精明能干的女人。

我在一张藤椅上坐了下来，开始无意识地打量我所在的这间房间。这不是一间豪华的客厅，远不如台北我们的家。

没有沙发，也没有讲究的柚木家具，只是几张藤椅、两个小茶几，和一张长方形的矮桌子。茶几上放着个雅致的盆景，是青黑色的瓷盆，盆里盘龙似的扎伸着枝丫，大概是绿色的九重葛一类的植物。最独出心裁的，是这植物的枝干上，竟盘绕着一株朝日蔓，成串水红色的小花，和九重葛的绿叶相映，美得可以入画。另一张茶几上，放着一套茶壶和茶杯，全是酱红色的陶器，粗糙简单，可是和整间房子的家具一切配合起来，却"拙"得可爱。矮桌上铺着块桌布，上面是贴花的手工，在四角绣着四只仙鹤，飞翔在一片片的云钩之中，几乎呼之欲出。墙上，有一面连石灰都没有，竟是干干脆脆的红砖墙，悬着一幅巨幅的国画，画面是几匹芦苇，一片浅塘，和浅塘里伸出的一枝娉娉婷婷的荷花。全画从芦苇，到石头、浅塘、荷叶、荷梗……全是墨笔，唯有荷花尖端，却带着抹轻红。这画有种夺人的韵致，我看得发呆，直到有个男性豪放爽朗的声音惊动了我，在我收回眼光之前，我又看到画的左下角的题款："洛阳韦白敬绘"。

"洁君，你来了，真好真好！这次不是来'治疗'的吧？你早就该把问题解决了！不过，我可不赞成你离婚！"

我望着那说话的男人，有些惊异。这是我第一次见到章伯伯，以前章伯母来我家，他都没有同来过。他和我想象中完全不同，出乎意料地高大，肩膀很宽，手脚也长，而且，全身的线条都是硬性的，这大概和他几十年的军人生活有关。（他是个退役的中校，用退役金在这儿办了个小农场。）他起码比章伯母大二十岁，头发都已花白，眉毛浓而挺，眼睛看起人来锐利坚定。时间在他的额前嘴角都刻下不少纹路，这些纹路全像出自一个熟练的雕刻家之手，用雕刻刀坚定地、一丝不苟地划下来的。他的声音响亮洪大而率直，想当初，他命令部下的时候一定会让士兵们惊心动魄。

"我这次只能在这儿住一夜，明天一清早就得回台北，"妈妈慢慢地说，"你不会不欢迎我的女儿吧？"

"不欢迎？哈！"章伯伯大声地说，眼光落在我身上了，他的嘴唇抿成了一条线，眼光毫不留情地停在我的脸上，然后，他有些迟疑地转头望着妈妈，"嗨，洁君，你没有告诉过我你有个这么漂亮的女儿！"

"好了，"妈妈笑了，这是她进章家大门之后第一次笑，"你别夸她了，她娇养惯了，住上几个月恐怕会让你头痛呢！"十分温柔地，妈妈对我说："咏薇，不叫章伯伯？"

"章伯伯！"我被动地叫。

"好，好，好，"章伯伯笑着说，"希望你有一天能叫我别的！"

"怎么？"妈妈不解地看着他，"你希望她叫你什么？"

"难道你还不懂？"章伯伯笑得更厉害了。

"一伟！"章伯母叫着她的丈夫，"别开玩笑！"

我完全不懂他们葫芦里卖些什么药。章伯母的脸上浮起一个柔和而恬静的笑容，对妈妈静静地说："你别理他，洁君，他就是这样，想到什么说什么。"

"喂，舜涓，"章伯伯叫，舜涓是章伯母的名字，"我们那个女儿是怎么回事？有了朋友也不出来见见！"

"凌霄已经去叫了，大概她害羞！"

"见不得人的孩子！真丢人，这有什么可害羞的？又不是给她介绍女婿！"章伯伯皱着眉说。

"得了，给她听见她就更不出来了！"章伯母说。

"怎么，"妈妈想起什么来了，"凌风呢？"

"还提他呢，别气死我！"章伯伯叫着说，"他也肯回来？台南有吃的，有玩的，有夜总会，有跳舞厅，这个乡下有什么？只有我们老头子老太婆，他才不肯回来呢。"

"不是已经放暑假了吗？"妈妈多余地问。

"放了十几天了！"章伯母接口，"凌风爱热闹，他嫌家里太冷清，现在的年轻人都耐不住寂寞。"

"他有女朋友了吧？"

"谁知道？"章伯母说着，突然大发现似的跳了起来，"你看我，只顾了说话，连茶都没有给你们倒杯！走了这么远的路，一定口渴了！"转过头，她清脆地喊："秀枝！秀枝！倒茶来！"

章伯母的声音非常好听，即使抬高声调，也是细致清脆的。我猜，秀枝一定是他们家的女佣。我实在很感谢章伯母的发现，因为我已经渴得喉咙发痛了。

"讲讲看，"章伯伯对妈妈说，"你们的问题到底怎样了？"他已经在一张椅子里坐了下来，同时从口袋里掏出一支烟，自顾自地抽着，烟雾在空气中弥漫扩散。

"忙什么？"章伯母很快地看了我一眼，"晚上再慢慢谈吧！"我觉得一阵不舒服，那股刚刚平息的烦躁又浮了上来，我忽然厌烦这一切的事了，也包括这所有的人！妈妈、章伯伯、章伯母、章凌霄……所有的人！

所有的人？我眼前猛地一亮，有个小小巧巧的少女从后面的门口走了出来，手里托着个托盘，里面整齐地放着四杯茶，都冒着蒸腾的热气。那少女低垂着眼帘，望着托盘，轻轻缓缓地走向我身边的茶几，我只看得见她额前蓬松鬈曲的一绺刘海，和半遮在眼前的长睫毛。这就是章家的女佣？多么雅致灵秀的女佣？连那袭简单的白色洋装都纤尘不染，望着她，我有一丝迷惑，但，章伯母开口了："怎么？凌云？是你端茶来？"

"嗯。"她轻哼了一声，像蚊子叫。把一杯茶放在我面前，一面抬起眼睛，很快地溜了我一眼，大概因为我正死死地盯着她，使她一下子脸就红了。转过身子，她再送了一杯茶到妈妈面前，低低地喊了句："许阿姨。"

妈妈捉住了她的手，微笑地抬起眼睛，望着章伯伯说："你还夸咏薇呢！瞧瞧凌云吧！"

"凌云只会脸红，哪有咏薇那份落落大方！"章伯伯冲口而出地说。凌云的脸就更红了，而且眉梢边涌上一层尴尬。她默默地把其他两杯茶分别放在她父母的面前，始终低着头不发一语。章伯母瞪了章伯伯一眼，用不以为然的语气说："一伟！你就是这样！"

"哈哈！"章伯伯笑了，一把拖过凌云来，重重地拍拍她的肩膀，笑着说，"凌云，你不会生爸爸的气，是吗？"

凌云放开眉头，嫣然一笑，圆圆的脸庞上漾起一个浅浅的酒窝。那对像清泓似的眼睛里，应该盛满的全是幸福。抿了抿嘴角，她用低而清晰的声音说："爸爸！怎么会嘛！"

我有些微的不安，说得更坦白一点，是我有些微的妒忌。上天之神应该把幸福普施在世界上的每一个人，但是，属于我的这一份似乎特别稀少，章伯母望望我，又望望凌云，说："如果我记得不错，咏薇应该比凌云大三个月，是不是？凌云是十二月的生日，咏薇是九月。"

"不错，"妈妈说，"咏薇是姐姐了。"

"凌云，"章伯母半鼓励半命令地对凌云说，后者看来有些怯生生的，"去叫一声……怎么叫呢？薇姐姐？"

"叫咏薇！"我不经考虑地说，我对那些姐姐妹妹哥哥弟弟的称呼真是厌烦透了，人取了名字不就是给别人称呼的吗？干吗还要多几个字来绕口呢？我注视着凌云，她也默默地注视着我，眼光柔和而带抹畏羞，我们仿佛彼此在衡量成为朋友的可能性似的。然后，我忍不住地笑了，她多像个容易受惊的小动物呀！又多么惹人怜爱，我已经喜欢她了。"就叫我咏薇吧，我就叫你凌云，这样不是简单得多吗？"我说。

我的笑容给她的脸上带来了阳光，她的眼睛立即灿烂了，畏怯从她的眼角逸去。她有些碍口地说："好，好的，咏——咏薇。"她笑了，带分孩子气的兴奋说："你会在这儿住很久吗？"

"嗯，我们会多留她住几个月的，"章伯母接口说，"给你做伴，怎样？你不是天天盼有朋友吗？这下可好了！"望着凌云，她机警地说："凌云，你何不现在带咏薇去看看我们给她准备的房间？还有你的鸟园？带她去走走吧，熟悉熟悉我们的环境！"

我如释重负，章伯母是善体人意的，不是吗？和长辈们在一起，总使我有缚手缚脚的感觉，尤其像章伯伯那种过分"男性"的"大男人"。何况，我知道妈妈是巴不得我走开的，她有许多话要和章伯伯章伯母商量，关于她的离婚，关于那个闯进我们生活里的胡伯伯，以及——关于我。我从椅子上站了起来，但，章伯母叫住了我："你不先把茶喝了？这茶叶是我们自己种的，没有晒过，喝喝看是不是喝得惯。"

我端起茶杯，还没有喝，已经清香绕鼻，杯子里澄清的水，漂浮着几片翠绿翠绿的茶叶，映得整杯水都碧澄澄的。喝完了茶，异香满口，精神都为之一爽。放下茶杯，我对章伯母和章伯伯笑笑，就和我那新认识的朋友走出了那间房间。

我们是从那房间的边门走出去的，边门外是另一间房间，除了中间有张大长方形桌子，四周全是凳子外，什么都没有。凌云微笑地说："这是我们孩子们娱乐的房间，以前大哥二哥常在这儿打乒乓球，现在已经没什么用了，偶尔工人们到这儿来休息休息，很简单，是不？爸爸喜欢什么都简简单单的，妈妈有时在桌子中间放瓶花，爸爸总说太娘娘腔。"推开这房子左边的一道门，她看了看，没带我进去，说："这是妈妈爸爸的书房，不过，只有妈妈会常去坐坐，别人都不大进去的。"关上那道门，她带我从另一道门走出去，于是，我发现我们来到一个四方形的小院落里。原来章家房子的结构是四合院，东西南北四排房子，中间围着个小院子，四四方方的。

我们刚刚走过的是朝南的三间，凌云指着东边的三间说："那边三间里一间是我的，一间是客房，一间是秀枝的。现在客房就是你的房间了，西边是妈妈爸爸的房间，还有大哥二哥各一间。北边就是厨房、餐厅、浴室、厕所，和老袁的房间，老袁原来是爸爸的勤务兵，也退役了，他对爸爸很忠心，现在帮我们照顾农场。"

这房子造得倒十分规规矩矩，方方正正，不用问，我也知道一定是章伯伯设计的。小院落里种了两棵芭蕉，还有几株故意留下来的竹子（整个房子全在竹林之内）。另外，就是几棵菊花和太阳花。沿着四边的走廊还有一圈蔓生的月月红。

"来吧！"凌云向我招招手，我跟着她，顺着走廊来到东边的房间门口，她推开当中一间的房门，带着个浅笑凝视着我："你的房间。"我走了进去，这房间相当大，也是四四方方的。房子并不考究，但墙粉刷得很白，水泥地也冲洗得十分干净。一排明亮的大窗，使房里充满了光线，窗外全是竹子，窗上垂着淡绿色的窗帘。午后的阳光透过竹叶，透过纱窗，映了一屋子的绿。靠窗的位置放着一张书桌，桌上有个用竹子雕刻出来的小台灯，显然出自手工，雕刻得十分细致，罩着个绿纱做的灯罩。靠墙的地方是一张木床，白被单上有手工贴花的四只仙鹤，飞翔在一堆云钩之中。墙上只悬挂了一张画，是水彩画的一篮玫瑰，和几瓣残红，画上没有签名，也没有日期。

"噢，很美！"我叹息了一声，在桌前的椅子里坐了下来，迎着绿色光线的窗玻璃像透明的翡翠，"这环境像画里的一样。"

"妈妈给你布置的，你喜欢吗？"凌云问，"你会不会觉得这儿乡下味道太重？妈妈担心你会住不惯呢！"

"说实话，比我想象的好了一百倍！"

她笑了，嘴边浮起一丝骄傲和得意，低声地说："告诉你，我妈妈是个仙子，经过她的手指点过的地方，都会变成童话里的幻境。"

我望着她，她大概觉得自己过分夸张了她的母亲，又蓦然地脸红了，我掉转头，拿起桌上那个台灯来把玩，一面点点头说："我相信你的话，虽然我只来了一会儿，我已经感觉到了。"我举了举那个台灯，竹子镂空地刻着花纹："这也是你妈妈做的？"

"不，"她脸上的红意加深了，"那是韦先生，韦校长。"

"韦先生？韦校长？"我奇怪地问。

"是的，韦白。他是镇里山地小学的校长。"

"这儿距离镇上很近吗？"

"只有五里路，散步都可以走到。韦白是我们家的好朋友，他是个学者，你将来会见到的。"

或者他不只是个学者，还是个画家？雕刻家？有种人天生是什么都会的。我放下了台灯，凌云正以柔和的目光望着我："你累了吗？要不要休息一下？或者你愿意去看看我养的小鸟？"

她的目光里有一抹期盼之情，如果我真休息，她一定会失望。我站了起来。"带我去看你的小鸟，我也喜欢养鸟，但是从来没有养过，都市里不是养鸟的好地方。"

"真的？你喜欢？"她喜悦地问，一面领先走出了房门，我跟着她向外走。穿过走廊，绕过餐厅，她带我走到整栋房子的后面，在一片竹林之中，我看到有一间小茅草房，大概是堆柴的，还有鸡舍和羊栏。再绕过这些家畜的宿舍，我看到一排鸽房，也建筑在竹林里。那些鸽子毫不畏生地在林间地上散漫地踱着步子。凌云站住了，一只乳白色的鸽子突然飞来，落在她的肩上，她高兴地说："这是玉无瑕，它和人最亲热。"走到鸽房边，她捉出一只全身蓝色的鸽子来。"这是小蓝，很美，是不？"换了一个鸽笼，她捧出一只最美的鸽子来，蓝色的羽毛上带着玫瑰紫，翅膀的尖端还有些水红色。"这是晚霞，二哥取的名字。"她陆续地介绍了十几只鸽子给我，我几乎嫉妒她了，有这么多的朋友，她怎会寂寞？鸽子介绍完了，我才注意到两株竹子上，悬着两个铁架，上面系着一对大鹦鹉，才是真真正正我见过的最美丽的鸟，一只是周身翠绿，绿得发亮，另一只却全身绯红，红得像火。我惊呼了一声，叫着说："你哪儿弄来这样一对宝贝？"

"我知道你会喜欢，"她得意地说，"这只绿的叫翡翠，是我过十四岁生日时爸爸买来送我的，红的叫珊瑚，是前年韦校长给我弄来的！"

"它们会说话吗？"我问，用手指试着去抚弄它们的羽毛。

"不会。我和二哥费了很多时间教它们，它们还是只会讲它们自己国家的话，余亚南说，除非把它们的舌头剪圆，才能教会它们说话，但那太残忍了。"

"余亚南是谁？"

"他是山地小学的图画教员。"凌云望着珊瑚说，一面托起珊瑚那勾着的嘴，眯着眼睛对它浅浅一笑，细声喊，"珊瑚！珊瑚！叫一声。"那红色的大鸟叽咕了一声，凌云看着我，她的脸和珊瑚一样的红，仿佛代珊瑚觉得不好意思，轻声说："它只会这一手，但是，它们并不笨，你总不能希望它们和人一样，是不是？"

当然。我微笑地注视着凌云，我从没有见过比她更爱脸红的女孩子。她逃开了我的目光，白色的裙子在竹林内轻轻地一旋，就绕进了竹林深处。回过头，她笑着招呼我："来吧！来看看我们的农场！"

穿出了竹林，我望着平躺在我面前的一大片绿，那些田畔，那些阡陌，那些迎着风摆动的绿色植物，我心头涌起了一阵难以描述的、异样的情绪。太阳已经向西沉落，天边的晚霞绚烂地燃烧、扩大。我们不知不觉地走了很远，在傍晚的凉风里，不觉得有丝毫的暑气。我感到脚下踩着的是绿色的云，四周浮着的也是绿色的云，头上顶着的也是绿色的云……我想，我会驾着这一团的绿色，飘浮到世界的尽头去。

我身边的凌云忽然站住了。

"怎么了？"我问。

"大哥在那儿。"凌云说，望着前方。

我望过去，看到凌霄正伫立在一株榕树的旁边，没有戴帽子，双手插在口袋里，背对着我们。他似乎已经站了很久，不知在默默地思索着什么。

"我们回去吧，别打扰他。"凌云说，脸上的笑意不知何时已消失了。

"他在做什么？"

"在——"她迟疑了一下，"等人吧！"

"等谁？"

凌云摇摇头，什么都没说。拉住我的手臂，她加快了步子，好像要逃开什么。"快点走！妈妈会找我们了！"她说。

我也加快了步子，一面下意识地回头看了一眼，凌霄仍然像木棍般直立在暮色里。

第三章

　　清晨，凌霄用他的摩托车送走了妈妈，他将把妈妈送
到埔里，然后她可以搭车去台中。每次妈妈来章家做客，都
是这样回去的。站在那块"青青农场"的招牌旁边，我目送
妈妈坐在摩托车的后座，被凌霄风驰电掣地带走，心头说不
出来是股什么滋味。离别的场面并不悲惨，没有眼泪，也没
有伤恸，该说的话，妈妈昨夜里已经跟我说了，如今，反而
显得特别地沉默。我一语不发，只是不知该说什么好，那种
"隔阂"的感觉又在我心头升起，妈妈仿佛距离我很遥远很遥
远。但是，当妈妈终于消失在那一大串飞扬的尘土里，我又
忽然感到无边的空虚和怅惘起来。妈妈走了，她去解决那许
许多多纠缠不清的问题，今后，她的命运会怎样？我的命运
又会怎样？

　　章伯母用手揽住我的腰。"走吧！"她温和地说，"你好
像没睡够的样子，要不要再去睡一下？"

"不！"我轻声地说，深深地吸了口气，"我想在这附近随便走走，这儿的空气很好。"

"要不要我陪你？"凌云好心地说。

我不置可否，说实话，我并不想要她的陪伴。在这种心情下，我宁愿一个人走走，有许多时候，人是需要孤独的。章伯母代我解决了问题。"凌云，你还要喂鸡呢！"她不经意似的说。

"哦，我忘了，"凌云抱歉似的望着我，"你先走走，等会儿我来找你。"

"没关系，"我说，"我喜欢一个人散步。"

"别走得太远，"章伯母说，"穿过农场，沿着通往树林的那条小路，你可以走到河边。那儿有树荫，否则，太阳出来了，你会觉得很热。"

"好的。"我说，茫茫然地望了一眼那广阔的绿色原野。

章伯伯、章伯母，和章凌云向幽篁小筑走去了。我在那儿呆呆地站了几分钟，就任意地踏上青草，毫无目的地向前走去。有一大段时间，我脑子里什么思想都没有，只是不断地向前行走。

清晨的空气凉沁沁的，带着些露水和青草的气息。太阳已经爬上了地平线，把东边的天色染成了绯红和浅紫。地上的草是湿润的，树枝梢头也缀着露珠，远处的山朦朦胧胧地隐现在一层薄雾之中。我走上一条小径（并没有研究它是不是通往树林和河边的），低垂着头，毫无意义地数着自己的脚步，一面细心地不去踏到路边的小草。我行走得那么漫不经心，几乎使我撞在一个毛茸茸的小动物上，同时，我听到一串脆生生的轻笑。我站住了，抬起头来，我看到章家的羊群正散在草地各处，一个牧羊的山地女孩子正望着我发笑。我摇摇头，想摇散我那迷迷茫茫的感觉。那山地女孩有八九岁，大概想逗引我的注意，她骑上一只绵羊，那羊竟驮着她奔走。这引发了我的兴趣，我站着看了好一会儿，她和羊群嬉戏着，又捉住一只小羊，弄得母羊绕着她急鸣……我低下头去，又去继续我的行走，明天我会和这小牧羊女交交朋友，但是，目前我什么兴致都提不起来。

太阳升高了，小草上的露珠迅速地蒸发消逝，我看得到草地上我的影子，短短的裙子在风中摆动。草叶明亮地迎着阳光，绿得那么晶莹。我蹲下去，摘了一片起来，是一片羊齿植物。再走几步，我看到草地上有两朵孤零零的蒲公英，也摘了下来，我把它们插在耳朵边上的头发里，如果有一潭水，我一定要照照自己的样子。水？不是吗？我听到了水声，加快了脚步，阳光没有了，我已经走进了小树林。

这是座小小的天然林，由槭树和大叶桉等植物组成，小径上积了一层落叶，干燥清脆，踩上去簌簌有声。我仰起头，阳光从叶隙中射入，像一条闪亮的金带。有株大树上有个鸟巢，一只小鸟伸出头来看了一眼，立即又缩回头去。我有些想笑，却不知道为什么笑不出来。走出树林，我来到小溪边上了。这只是一条小溪，水细细地流着，大部分的河床都干涸地暴露在阳光之中。水边有疏疏落落的大树，树枝参差地伸向河水。我扶着一枝树干，沿着岸边的草丛，滑落到溪边石子密布的河床上。石子凹凸不平，我脱下鞋子，提在手上，赤裸的脚踩在石子上有些疼痛，我并不在意，阳光开始灼热了，我的后颈被晒得发烫，我也不在意。走向水边，我踩进了水里，冰冰凉的水使我陡地打了个寒噤，一片羊齿植物落进水中了，那该是我鬓边的。我站住，提着裙子，弯腰望着水中的我自己。被太阳晒得发红的脸庞，一头给晨风吹得乱糟糟的短发，和耳边那两朵黄色的蒲公英……我几乎不认得我自己了，那副怪样子对于我是陌生的。直起腰来，我猛然听到一个声音在喊："对对！就是那样！不要站起来，你这个傻瓜！"

我吃了一惊，不知道这人在骂谁。回转头，我看到一个男人正站在溪边的大树下，指着我身边乱嚷，我诧异地看看我的前后左右，除了我似乎没有别人。我再望向他，他已经停止乱嚷乱叫了，只是有些无精打采地呆站在那儿，手里握着个调色盘，另一只手倒提着一支画笔，瞪视着面前的一个画架。我有些明白了，走出溪水，我赤着脚走到岸边，爬上了杂草丛生的河堤，荆棘几乎刺伤了我的脚。走到他身边，我打量了他一下，二十七八岁的年纪，穿着件陈旧但整洁的白衬衫，一条灰色的西服裤。头发乱蓬蓬的，脸庞瘦长而清癯，眼睛是他脸上最突出的部分，大而黑，带着几分梦似的忧郁和对什么都不信任的神情。整个说起来，他的文质彬彬和艺术味儿都很够，就是和这原始的山林树木有些不调和。

我绕到他左边，对他的画纸张望了一眼，使我诧异的是，那张画纸上只胡乱地涂了两笔深浅不同的绿，别的什么都没有。"你还没开始呢!"我说,"是我闯到你的画面里来了吗?"

他废然地掷下了画笔,叹了口气:"我几乎可以画好这一张画,假如你就采取那种临波照影的姿势,保持十分钟不动的话,这会是一张杰作。"

"你在画我?"

"本来我想画日出,可是……"他耸耸肩,"我没有灵感,事实上,我已经画了三天的日出都没有画出来,一直等到你出现,那姿势和那流水……唉!我几乎可以画好这一张画,如果你不动!"

看到他那么一副失望和懊丧的样子,我觉得非常感动,我没料到这儿会遇见一个画家。

"我可以回到溪水那儿去,"我自告奋勇地说,"你还可以画好这张画。"

"没有用了!"他皱着眉头说,"灵感已经跑走了,你绝不能没有灵感而画好一张画。"他取掉画纸角上的按钉,握住画纸一角,"哗"的一声就把画纸撕了下来,在手里揉成一团,对着溪水扔了过去。纸团在水面浮沉了一下,就迅速地被流水带走了。

"你实在不必撕掉它,"我惋惜地说,"你应该再试一试,或者画得出来呢!"

"没有用,我知道没有用!灵感不在了!"

我从念书的时候起,就不会解释"灵感"两个字,现在高中毕了业,仍然不会解释这两个字。一度我发誓想成为一个作家，却始终没写出一篇小说来，或者因为我没"灵感"，但我觉得对我而言，没"恒心"是更主要的原因。不过，我很同情他，尤其因为是我使他丧失这份灵感的，这让我感到自己做错了什么事似的，而我又无力于弥补这项过失。我抬头看看前面，绿色的旷野高低起伏，各种不同的树木疏落散布，偶尔点缀着几株红叶，再加上那一弯清流……到处都是引人入胜的画面，如果想画画，材料该是取之不尽的。

"或者你可以画画那棵大树，"我指指前面的一棵树，热心地说，"如果你需要，我就到树下摆个姿势给你画。"

他收拾起画笔画纸，一面纳闷地问："你是谁？我没有见过你。"

他到现在才想起来问我是谁？十足的"艺术家"！

"我在青青农场做客。"

"青青农场，"他点点头，"那是一家好人。"把画笔颜料都收了起来，他没有追问我的名字，这对他没什么意义，他看来就不像会记住别人名字的人。把东西都收好了，他挟起画架。"好吧，再见！我要回学校去了。"

迈开步子，他沿着河边向前面走去，这是谁？学校？是那个什么都会的韦白吗？我摇摇头，不再去研究这个人，掉转身子，我向相反的方向走去。

我几乎立即就把那个画家忘记了，在一片荆棘之中，我发现许许多多红得透明的野生草莓，映着阳光，像一粒粒浸着水的红宝石。我拨开荆棘，小心翼翼地走过去，采摘了几粒。放在嘴中尝了一尝，一股酸酸涩涩的味道，并不像想象的那样香甜可口。但是，它们的颜色是美丽的，我摘了满满的一大把，握着它们穿出这块荆棘，然后，我开始觉出太阳的威力了。

太阳灿烂地在树叶上反射，我的额上冒出了汗珠，鼻尖也晒得发痛，而且口渴了，我走向附近的一座小树林（这儿到处都是小树林，我已经弄不清楚这是不是回青青农场的路了），突然阴暗的光线使我舒适，那股树林里特有的树叶松枝的气味馥郁而清香。我停在一棵叫不出名字的大树下面，树下积着干燥的落叶，旁边有一串紫色的小花。我蹲下身子，把落叶随便地拂了拂，扯开两条讨厌的荆棘，然后我坐了下去，背靠着大树，顿时感到说不出来的安然、恬适，浑身的细胞都松弛了。

那股淡淡的清香绕鼻而来，穿过树林的风没有丝毫暑气，反而带着晨间泥土的清凉。有一只蜜蜂在树丛间绕来绕去，发出嗡嗡的轻响，几片树叶无声无息地飘落在我衣服上，在前面浓密的树叶里，两只褐色的小鸟在嬉闹着。我打了个哈欠，一夜无眠和清晨的漫步让我疲倦，合上眼睛，我送了一粒草莓到嘴里去咀嚼，那丝酸酸涩涩的味儿蹿进我的喉头。很可爱，所有的一切！我的身子溜低了一些，头枕着大树，倦意从我的腿上向上爬，一直爬到我的眼睛上面。我再打了个哈欠，神志有些蒙蒙眬眬。我听到鸟叫，听到蜜蜂的嗡嗡，我要睡着了。

或者我已经睡着了，或者我在做梦，恍恍惚惚之中，我听到有人跑进树林，然后是一串轻笑，脆脆的、年轻的、女性的笑声，我想张开眼睛，但是我太疲倦了。接着，有个男人的声音在恳求似的喊着："你停下来，你不要跑，我跟你说几句正经的话！"又是一串笑声，带着豪放、不羁，和野性。

"今天夜里，你敢不敢去？"女人的声音，挑战性的。

"我请求你……"男的诚恳而有些痛苦的语气。

"你没用，你像一条没骨头的蚯蚓。"

"有一天你会明白，莉莉……"是莉莉？丽丽？或是其他的字？总之是类似的声音。"你别跑！为什么你总不肯好好地听我讲话？"

"我不是那样的人！我不会'好好地讲话'！"一串顽皮的笑声，声音远了。

"好的！莉莉，今天夜里，我去！"男的声音，也远了，"莉莉！莉莉！"

我费力地张开眼睛，觉得自己像个卑鄙的窃听者，躲在这树深叶密的草丛里，去偷听别人的私语。摇摇头，我四面张望了一下，到处都是被风所筛动的树叶，那两个人不知何处去了。再伸伸脖子，我仿佛看到远处的树隙中，有一团红色，在绿叶里一闪而逝……四周恢复了宁静，鸟叫声，蜜蜂在嗡嗡……或者我已经睡着了，或者我在做梦。闭上眼睛，我什么都不管，我是真的要睡了。

我确实大大地睡了一觉，睡得很香，也很甜。梦到妈妈爸爸带着我，驾着一辆中古时代欧洲人用的马车，驰骋在一个大树林里，妈妈搂着我，爸爸拉着马，他们在高声地唱着《维也纳森林故事》，我摇头晃脑地给他们打拍子，学鸟叫，学车轮转动声和马蹄嘚嘚。我好像还只有八九岁，妈妈也年轻得像个公主，爸爸有些像《圆桌武士》里的罗伯特·泰勒。

我忽然醒了过来，张开眼睛，我看不到爸爸妈妈，只看到从叶隙里射入的金色的阳光。我眨眨眼帘，不大相信眼前的事实，仅仅三十几小时以前，我还坐在家中那豪华的大客厅里听康妮·弗朗西斯的唱片，而现在，我会躺在一个树林中大睡一觉。坐正身子，我费力地把仰向天空的头放正，直视过去，我不禁大大地吓了一跳。

一个年轻的男人坐在我的对面，双手抱着膝，一股悠闲自在的样子，嘴里衔着一枝芦苇，两眼微笑地注视着我，带着完全欣赏什么杰作似的神情。我张大眼睛，愣愣地瞪着他，有好一会儿，吃惊得不知道该说些什么。看到我吃惊的样子，他似乎很高兴，那抹笑意在他眼睛里加深，薄薄的嘴唇抿成了一道向上弯的弧线。取出了嘴里的芦苇，他对我夸张地点了点头："你像童话里的睡莲公主，我真担心你会这样一直睡下去，不到魔法解除，就不会醒来呢！"

我揉揉眼睛，直到断定自己已经不在梦里了，才怔怔地问："你是谁？"

"你是谁？"他反问。我看了看他，不知道为什么对他有些戒心。在我的感觉上，他应该先回答我的问题的。何况，我也不喜欢他紧盯着我的那对眼睛，和他嘴边的那丝笑意。他使我感到自己像被捉弄的小老鼠。"你不必管我是谁。"我不太友善地说，试着要站起来，这才发现我仍然赤着脚，却找不到鞋子在哪儿。跪在地下，我分开那些茂盛的绿叶和密草，到处找寻我的鞋子。他不声不响地站了起来，把我的一双鞋子送到我的眼前。"你在找这个吗？"

我抬起头，狠狠地望了他一眼。"夺"过我的鞋子，我穿好了站起来，他仍然望着我发笑。

"你笑什么？"我问。

"我不能笑吗？"他问。

我皱皱眉。"你是不是永远用反问来回答别人的问题？"我说，一面注视着他，这才发现他不对劲的地方了，他穿着件深红色的香港衫和浅灰色长裤，我是向来看不惯男人穿红色衣服的。"你不像这乡下的人。"我说。

"你也不像。"他说，老实不客气地看着我的胸口，我低下头，不禁立即涨红了脸，我没注意到我的领口散开了，急忙扣好扣子。他递过一条干净的大手帕。"擦擦你的嘴，"他微笑地说，"那些草莓汁并不好看，你原来嘴唇的颜色够艳了，用不着再加以染色！"

我瞪着他，几乎想冒火。但是我身边没有带手帕，只好一把"抢"过那条手帕，胡乱地擦了两下再掷还给他，他若无其事地接过去，折叠好了，放进口袋里，笑着问："有几个男人的手帕曾经沾过你的嘴唇？"

我的脸沉了下来。"请你说话小心一些。"我冷冷地说。"我不知道你是谁，也没有和陌生人开玩笑的习惯，而且，"我盯着他，毫不留情地说下去，"轻浮和贫嘴都不是幽默。"

我注意到一抹红色飞上他的眉端，我击中了他。笑容从他唇边隐去，一刹那间，他看来有些恼怒，但是，很快地他就恢复了自然，向我微微扬了一下眉毛，他低声下气地说："好吧，我道歉。平常我开玩笑惯了，总是改不过来，希望你不介意。"他说得那么诚恳，倒使我不好意思了，在我料想中，他一定有些刻薄话来回复我，而非道歉。于是，我爽然地笑了，说："我才不会介意呢，你也别生气！"

他也笑了，是那种真正释然而愉快的笑。我拍拍身上的灰尘和落叶杂草，再看看手表，不禁惊跳了起来，一点整！我竟停留在外面整整一个上午！章伯伯和章伯母一定在到处找我了！我急急地说："我要走了！"一面向树林外跑去，他叫住了我："嗨！你到哪儿去？"

"青青农场！"

"那么，你走错路了，"他安闲地望着我，"你如果往这个方向走，会走到没有人的荒山上面去！"

我泄气地望着他，天知道，这辽阔的草原上并没有路径，四面八方似乎可以随便你走，我又没有带罗盘，怎可能认清方向？"我应该怎么走？"我问，"你知道青青农场？"

"我很熟悉，让我带路吧！"他说，领先向前面走去。

我跟着他走出了树林，正午的太阳烧灼着大地，才跨出林外，强烈的太阳光就闪得我睁不开眼睛。幸好山风阵阵吹拂，减少了不少热力。他熟练而轻快地迈着步子，嘴里吹着口哨，对那灼人的太阳毫不在意。看样子，青青农场在这一带是很出名的。走了一段，他回头望望我。

"热吗？"他问。

"有一点。"

"下次出来的时候，应该戴顶草帽，否则你会晒得头发昏。去问凌云要一顶，她有好多顶，可是都不用，因为她从不在大太阳下跑出来。"

我凝视着他，狐疑地问："喂，你是谁？"

他冲着我咧嘴一笑，安安静静地说：

"我名叫章凌风。"

"噢！"我恍然地喊，"你就是在台南读成大的那个章凌风，你不是没回来吗？""今天上午到家，"他笑着说，"正好家里在担心，说我们的客人恐怕迷了路，于是，我就自告奋勇来找寻你。等我找到你的时候，你睡得那么香，我只好坐在旁边等你，这一等就等了一小时。""哦，"我脸上有些燥热，"你应该叫醒我！"

"那太残酷了，睡眠是人生最好的享受！"

"那么，你还没吃午饭？"

他耸耸肩。"如果草根树皮可以当午餐的话，我一定早就吃过了。"

我十分歉然。但是，我想起树林那团红影，和那男女的对白，望望他的红衣服，我笑着说："不过，你并不寂寞。"

"当然，"他笑笑，"我已经饱餐秀色！"

又来了！那份劣根性！我瞪瞪他。

"是谁的秀色？那个约你夜里见面的女孩子吗？"

"什么？"他不解地望着我，"你说什么？"

"那个女孩，那个和你在树林里谈话的女孩！"

"什么女孩？除了你之外，我没在树林里见到第二个女孩子，你在说些什么？做梦了吗？"

看到他那副困惑的样子，我有些懊恼。做梦？很可能我是在做梦。本来，整个上午我都有些神思恍惚。摇摇头，我说："大概我在做梦，我听到一男一女在讲话，后来我就睡着了，我还以为是你呢！"

"是吗？"他看了我一眼，"可能是镇上的人，这儿离镇上很近，现在山地人也和平地人一样懂得约会和谈情说爱了，恋爱千古以来，无论在城市和蛮荒，都是时髦的玩意儿。"

那不是山地人，我知道。但这不是什么值得研究的事情！我必须快些走了，我希望章伯伯他们没有等我吃饭。

幽篁小筑的竹林已经遥遥在望，我们加快步子向前走去。

第四章

走到竹林的入口处，我就知道我犯了多大的错误，章伯母站在那儿，正伸着脖子张望，一脸的焦急和不安。看到了我，她长长地吐出一口气，说："谢天谢地！你到哪儿去了？"

"对不起，"我说，"我走得太远了！"

"她走到东边山坡上的树林里去了，"在我身边的凌风说，"而且在树林里大睡了一觉！"

章伯母有些意外地看了我一眼，接着立即对我了解地一笑，拍拍我的肩膀说："一定是昨夜没睡好，对不对？不过，以后还是少在树林里睡觉，这儿什么都不怕，就怕有蛇。而且，东边的树林又是人不常去的地方，再往上走就是荒山了。我一直在担心，就怕你被蛇咬了！"

"蛇？"我打了个冷战，"这儿蛇很多吗？"

"山地是蛇的老家呀！"凌风笑着插嘴，"别忘了在横贯公路没开发以前，这里是人迹罕至的地区呢！除了山地人，就是蛇和野兽！"

我是多么鲁莽和粗心！章伯母笑笑，欣慰地说："好了，别吓唬她！其实蛇也是很温和而胆怯的动物，只要小心一点就行了。来吧！快来吃饭，我们还在等你呢，恐怕菜都凉了！"

"噢，"我更加感到抱歉了，"你们还没吃饭？我真糟糕，第一天来就把你们的生活秩序搅乱了！"

"别说这些，"章伯母满不在乎，"有人搅乱生活秩序才好呢，过分规则就成了呆板！"

等我们走进了餐厅，我的歉意就更深了，桌上的菜饭都摆得好好的，章伯伯背负着双手在餐厅里走来走去，看样子他的脾气不像章伯母一样好。凌云怯怯地站在桌子旁边，看到我进来才放开了眉头。章伯母立即说："好了，好了，吃饭吧！凌云，叫秀枝换热饭来！"

章伯伯盯着我，眼光并不温和。"你要在我们家住几个月呢，"他不带一丝笑容地说，"最好先弄清楚我们吃饭的时间！"

我心头涌上一阵尴尬和不安，尤其，我很少被人当面指责。章伯母跨上前一步，把我拉向她的身边，说："坐吧！咏薇，你章伯伯肚子一饿，脾气就不好，吃过饭就没事了！"抬起头来，她用不高不低的声音说："一伟！吃饭吧！咏薇才来，你别吓着她！"

章伯伯坐了下来，眼光环席一扫。

"凌霄呢？吃饭的时候为什么人总到不全！"

"我让他去找咏薇的，"章伯母说，"不等他了，大概马上就会来。"

我非常懊丧。只为了一时疏忽，就造成这样的混乱，做客的第一天，已得罪了我的主人。坐在那儿，我感到浑身不对劲。秀枝已经把冷饭都换了热的（她是个十七八岁的山地女孩子）。我迟迟不敢举箸，章伯母望着我说："怎么？咏薇？还要我给你布菜吗？吃吧！别把自己当客人！"

我觉得我还是遵命的好，端起饭碗，我开始沉默地吃我的午餐。章伯伯已经大口大口地扒着饭粒，自顾自地狼吞虎咽，仿佛饿得可以连桌子都吞下去。一碗饭完了，他才抬起头来，瞪着章凌风说："说说看，你为什么放了暑假十几天才回来？"

章凌风注视着他的父亲，嘴边带着个胸有成竹的微笑。

"你不会喜欢听我的谎话，爸爸。"他说。

"当然，你说实话！"

"如果我说谎话，我会告诉你我留在学校里帮教授改考卷，你要实话，我只能说出来了，我帮你定做了一件皮夹克，服装店一直没做好，我只能留在台南等着。"

"你在这样的夏天帮我定做皮夹克吗？"章伯伯问。

"是呀，所以服装店的人说我是神经病！"章凌风神色自若地说。

"唔，"章伯伯瞪了他一眼，摇摇头，"我也说你是神经病！"他下了结论，又开始大口吃饭了。但他脸上浮起一层得意和满足之色，却不是他绷紧的肌肉所能掩饰的。我看了看章凌风，他眼里有一丝诡谲的笑意，正偷偷地向我身边的章伯母递眼色，后者正用不以为然的神情望着他。

章伯伯添第三碗饭的时候，章凌霄满头大汗地进来了，一眼看到了我，他怔了怔，我立即说："对不起，害你到处找我，我走得太远了！"

"这儿美得很，对不对？"章伯伯转向我说，就这一会儿时间，他的坏脾气不但已不存在了，反而显得精神愉快，"你有没有看到我们的羊群？"

"看到了。"我温顺地说。

"绵羊还是山羊？"

"绵羊。"

"我们还有二十几只山羊，它们都是很可爱的动物，而且味道很好。"

"味道？"我愣了愣。

"是的，改天让老袁杀一只小羊，我们来烤了吃，烤整只的，唔——香透了！"他似乎已闻到了香味似的，深吸了口气，我却有些难以下咽了，我无法想象把那些追逐在母羊身边的小东西杀死剥皮，再整个烤了吃的情景。

章凌霄拉开了椅子，坐在我的对面，秀枝添了碗热饭给他。他一直用种奇异的眼光望着我，使我怀疑我身上有什么不妥当的地方。想到他一清早就忙着送妈妈去埔里，后来又为找寻我而在正午的太阳下奔走，我有说不出来的歉意。他咽了一口饭，慢慢地对我说："许阿姨要我转告你，希望你多多写信。我们这儿寄信要到镇上去，你写好可以交给我，我帮你去寄。"

"交给我也行。"凌风在一边接口。

"这儿到埔里要骑很久的车吧？你一定很累了。"我说，不知该如何表达我的歉意。

"我那辆摩托车是二百五十 CC 的，"他笑笑说，"原来是凌风的，"他看了凌风一眼，"他是个快车专家，但是你妈妈不敢坐快车，所以用的时间比较久，骑了一个多小时才到埔里，回来倒只用了半小时。我十点钟就回来了。"

"你敢不敢骑快车？"凌风问我。

"没有试过，"我说，"我不知道。"

"改天我带你骑骑看，我一直有野心要从这儿骑到合欢山。还没尝试过呢！"

"我以为摩托车不能爬坡的！"

"太高的不行，普通的可以，何况这辆是二百五十 CC，应该没有问题！上不去可以停下来，有兴趣没有？"

我可不懂什么二百 CC 三百 CC，又不是容器，怎么以 CC 计算呢？我还没回答，凌云就情不自已地"呀"一声说了："你可别跟他去，二哥骑车是不要命的！"

"真的，"章伯母接着说，"傻瓜才跟他去玩命！"

章伯伯爽朗地笑了起来，一面笑，一面重重地拍凌风的肩膀，十分开心地说："女人到底是女人！不要紧，凌风，哪一天我跟你去玩玩！冬天最好，可以去滑雪！"

"你呀！"章伯母慢条斯理地说，"你跟他去他就不去了，谁要你老爸爸陪哩！"

大家都笑了起来，笑得非常开心。在台北，我们家的饭桌上，从没有这样轻松活泼的空气。吃完了饭，章伯伯伸了个懒腰，用手摸摸肚子，一副踌躇满志的样儿，然后说："凌霄，我去睡一下，两点半钟叫我，我们今天可以把那块实验地上的种子下完！"转头对凌风，他说："你也来加入工作！"

"爸爸！"凌风苦着脸喊。

"别对我找借口，"章伯伯打断他，"我叫你来你就来，你应该跟你哥哥学习，你该记得，你不是个养尊处优的公子哥儿！"

"好的，好的，爸爸，我去。"凌风忍耐地说，又叹了口气，"不过，我们家的客人，也得有人陪呢！"

"用不着你操心，"我笑着说，"不会缺乏人陪我的，即使没有人陪我，我仍然会玩得很高兴。"

"我相信这一点，"他点点头，无可奈何地说，"有没有我陪，对你都是一样，可是，对我就不然了！"他做了个鬼脸，一溜烟地从餐厅门口跑走了。

我回到了我的房间，打开窗子，让那穿过竹叶的微风，一丝丝地透进屋里。我坐在桌子前面，桌上有章伯母为我准备的一面镜子，和梳妆用具。把镜子拿到面前来，我审视着我自己，镜子里映出一张被太阳晒得发红的面孔，和惊讶的大眼睛。真的，我为我自己的面容吃惊，那凌乱的短发，发边胡乱插着蒲公英。（天！原来这两朵蒲公英还在我头发上，怪不得凌霄他们都用古怪的神色看我呢！）肩膀上还十分艺术化地粘着一条狗尾草。我扯下了狗尾草和蒲公英，用梳子梳平了头发，这样看起来整齐多了。然后，我用手抱住膝，开始胡思乱想起来。

十九岁，黄金的年华！属于我的"春天"里有些什么呢？考不上大学，又无一技之长！对了，我将要写一些东西，到青青农场来之前，我就准备利用这几个月的时间来写一些东西。打开抽屉，我取出我带来的一本精致的册子，在第一页上先签下我的名字："咏薇"。这册子是活页的，用丝带系得十分漂亮。望着窗外绿莹莹一片竹林，我给我的册子（也是我即将写下的东西）题了一个名字："幽篁小筑星星点点"。

题好了名字，我不知道该写些什么。幽篁小筑的绿？绵羊？山林？大树下的酣睡？云和天？溪水？溪边的画家？章氏兄弟和家庭？抛下了笔，我站起身来，我掌握不住我的思想，毕竟我不是个天才。

房里很静，大概章家的人都有午睡的习惯，而我树下所睡的那一觉是足够代替午睡了。推开房门，我决定出去走走，并且发誓不走得太远。

整栋房子都静悄悄的，沉睡在绿色的竹叶里。我从后边的走廊出去，来到凌云的鸽笼旁边。在鹦鹉架前面，我和翡翠、珊瑚玩了很久。用一枝狗尾草，我逗弄着珊瑚，一面反复教它说："喂！你好！"那是个固执的小东西，除了对我歪歪头，用怀疑的小圆眼睛瞪着我之外，它什么也不肯做。我正想走开，听到有人走来了，同时，我听到章伯母的声音在说："凌风，你老实说吧，你留在台南做什么？"

"等爸爸的皮夹克呀！"凌风笑嘻嘻的声音。

"别跟我来这一套！"章伯母说，"你那件夹克上的招牌（Made in Japan）都没撕掉，你从日本定做的吗？"

"噢，好妈妈，你——"

"放心，我已经把招牌纸撕掉了。只是，我并不鼓励你撒谎，你怎么越来越不老实了。"

"我是好意，让爸爸发脾气并没好处，是不是？"

"你说吧，为什么迟了十几天回来？"

"我在玩，和同学们去了一趟台北。"凌风坦白的声音。

"你不觉得你太过分了吗？"章伯母责备说，"凌霄天天苦巴巴地在田里工作，你就在外面游冶无度！"

"妈！"凌风恳求地喊，"你明知我的兴趣不是泥土，我不能由爸爸塑造呀！"

"你老实说了吧，你有了女朋友？"

"或者是。"

"怎样的一个人？"

他们没有到鸽房来，声音远了，他们穿过竹林，不知到何处去了。我呆呆地站了一会儿，沉思了几秒钟，自己也不知道在想些什么。竹叶梢头有一阵簌簌的声音和翅膀扑动声，我抬起头，看到一只美丽的鸽子，正掠过竹叶，飞回到巢里来。当它停在鸽房顶上的时候，我认出它正是凌云所心爱的那只"晚霞"。我试着招呼它："来！晚霞！"它歪歪头，没有过来的意思，我踮起脚，用狗尾草去拨弄它，它扑动翅膀，在空中飞了一圈，又落回到鸽房顶上。随着它的飞翔，有一片羽毛还是什么的飘落了下来，正好落在我的脚边。我低下头，那是一张折叠的小纸条，我完全不经思索地拾了起来，下意识地打开，上面竟是几行小字：

必定要等待到什么时候？

这样的煎熬何时能已？

忍无可忍，请赐回音。

　　有人借鸽子传讯给凌云！我暗暗地吃了一惊，那样一个娇娇怯怯的小女孩！她的情人是谁？但我无意于去窥探别人的秘密，那张纸条在我手中像个烫手的马铃薯，我将如何处置它？绑回到鸽子身上？但那只鸽子远远地避开着我。怎么办？我拿着纸条发愣，却突然想起一个办法，我记得每只鸽子都有它们固定的巢。果然，晚霞飞回它的巢里去了，那是第一排鸽房的第五间。我把纸条折叠好，放进了晚霞的鸽房里，塞在一个角落上。"她会来找的！"我想。转过身子，我急急地走开，一面为我所偷看到的纸条而不安。

　　我一头撞在章伯母的身上。

　　"喂，咏薇，你没睡午觉？"她问。

　　"哦，我早上已经在树下睡够了。"我说，"我正和鹦鹉玩呢！"

　　"很可爱是不是？那是凌云的宝贝。"

　　"它们不肯亲近我呢！"

　　"慢慢地就好了，它们也会认生。"

　　我望望竹林。"我去散散步。"

　　"别走得太远了！"章伯母笑着说。

　　"这次不会了！"我穿出了竹林，真的没走远，我只是站在竹林的树荫下，瞻望着躺在阳光下的草原。前面是章家的苗圃，一棵棵叫不出名目来的植物正茁壮地生长着，再向远处看，有两个戴斗笠的人在苗圃中工作，弯着腰，不断地在拔除莠草，那是章凌霄和老衷。

我站了很久，这农场、草原、竹叶和阳光都让我迷惑。我说不出来我对它们的感觉，但是，我认为这里所有的一切都不像是真实的，而是我的一个幻境。

第二天，当我再从鸽房旁边走过的时候，我曾伸手到"晚霞"的鸽房里，像我预料的一样，那张纸条已经不在了。

第五章

　　我在青青农场的头三天，都忙于熟悉我周遭的环境和人物。三天里，我得到许多以前从来没有的知识，我学习分辨植物的种子，懂得什么叫水土保持，什么叫黑星病和叶烧病。还了解了连挤牛奶都是一项大学问。（我曾帮着凌云挤牛奶，却差点被那头发怒的母牛踢到奶桶里去。）新的生活里充满了新颖和奇异。还有那些人物，不管是章伯伯、章伯母，还是凌霄、凌风和凌云，身上都有发掘不完的东西，就像这草原和山林一样地莫测高深。

　　我越来越喜欢我的新生活了，山野中的奔跑使我面颊红润而心胸开旷。我一直眩惑于那些小树林和莽莽草原，即使对蛇的畏惧也不能减少我的盲目探险。三天下来，我的鼻尖已经在脱皮了，镜子里的我不再是个文文静静的"淑女"，而成为一个神采飞扬的野姑娘。这使我更了解自己一些（我一直认为自己是爱静的），了解自己在沉静的个性里还潜伏了粗犷的本能。（我相信达尔文的进化论，人都是猴子变的。）

这天晚上，凌云拿着一顶天蓝色绉纱所做的帽子，走进我的房间，把帽子放在我的桌上，她笑吟吟地望着我，微微带点羞涩说："你别笑我，这是我用手工做的。"

"真的？"我惊奇地问，拿起了帽子，那是个精致而美丽的玩意儿，有硬挺的阔边和蓝色缎子的大绸结，两根长长的飘带垂在帽檐下面。"真漂亮！"我赞美地说。

"二哥说你需要一顶帽子，我就怕你会不喜欢！"她慢慢地说，"我看你很喜欢穿蓝颜色的衣服，所以选了蓝颜色。"

"什么？"我诧异地望着她，"你是做给我的吗？"

"是的，"她笑得非常甜，"你不喜欢吗？"

"噢！我不喜欢？"我深吸口气，"我怎么会不喜欢呢？"戴上帽子，我在镜子中打量自己，那蓝颜色对我非常合适，让我凭空增加了几分飘逸的气质。凌云在一边望着我，静静地说："咏薇，你很美。"

"我？"我瞪着镜子，看不出美在何处。尤其身边有凌云在对比。把她拉到身边来坐下，我把镜子推到她面前。"看看你自己，凌云，你才美。"

她笑了，摇摇头。"你是很美，"她说，"大哥说你美得很自然，像溪水旁边的一根芦苇，朴实，秀气，韵味天成。"

"你大哥？"我想起那个沉默寡言的年轻人，脸上突然发热了。

"是的，他是这样说的，我一个字都没改。"

我取下帽子来，望着镜子里的我自己，溪边的芦苇？我吗？笑了笑，我说："你大哥该学文学，他的描写很特别呢！"

"他对文学本来就很有兴趣，不过，学农对我们的农场帮助很大，爸爸刚买这块地的时候，我们只能盲目种植，头两年真惨透了，这儿又没有电，每天晚上还要提着风灯去田里工作。现在好了，大哥用许多科学方法来处理这些土地，改良品种。爸爸现在反而成了大哥的副手。"

"他对农业也有兴趣，"我说，"否则他不会干得这么起劲。"

"可能。"她沉思了一下，"不过大哥天生是个脚踏实地的人，他不会空谈，和二哥不同。"

"他多少岁了？"我不经心地问。

"二十九岁。"

"怎么还没有结婚？"

凌云怔了怔，看看我，她似乎想说什么，又咽了回去。好半天，才说："他的脾气很怪——"停了停，她说："将来我再告诉你吧！或者，你自己也会发现的！"

发现什么？一个逝去的故事吗？我脑中立即浮起一篇小说的资料：农场的小主人，爱上了一位年轻貌美的女孩，发狂的恋情，溪边，草原，林中……到处是他们的足迹，然后，一个意外或是什么，女孩死了，或者走了，或者嫁了。伤心的小主人从此失去了笑容，沉默地埋头在工作里，度着他空虚寂寞的岁月……

凌云走了，我坐在桌前呆呆地沉思，构造着我的小说。抽出那本"幽篁小筑星星点点"，我开始拟故事的大纲，农场小主人是现成的，他该有张沉静而生动的脸，但是女孩呢？

我找不出模特儿来，是个富翁的女儿？富翁在农场附近有栋别墅，女孩到别墅来养病……对了，这女孩应该是苍白的、安静的、瘦小的……像歌剧《波西米亚人》里的曲子：《多么冰凉的小手》。她该有一双冰冷的小手，长长的头发垂到腰部。但是情节呢？他们怎么相遇？又怎样相恋？又如何分开？我瞪着台灯和窗上玻璃的竹影……让那女孩病死吧，不行！抛下了本子，我站起身来，在屋内兜着圈子，多么俗气的故事！把本子收进抽屉，我这篇小说已消失在窗外的夜风里去了。躺在床上，我望着屋顶，我小说里的男女主角不知该怎样相遇和结束，这是恼人的。但是，真实中的呢？凌霄有怎样一个故事？

这问题并没有困扰我太久，旷野的风在竹叶上奏着轻幽的曲子，月光在窗上筛落的竹影依稀仿佛，我看着听着，很快就沉进了睡梦之中。

清晨的第一声鸟鸣已经把我唤醒了，自从到青青农场来之后，我就不知不觉地有了早睡早起的习惯。看看腕表，才只有五点半，但窗子已染上了明亮的白色，成群的麻雀在竹林里喧闹飞扑。我从床上起来，穿上一件大领口的蓝色洋装，用梳子拢了拢头发，想去竹林里吸吸新鲜空气。还没出门，有人来到我的门口，轻叩了两下房门。

我打开门，凌风微笑的脸孔出现在我面前。

"起来了？"他多余地问。

"你不是看见了吗？"我说。

"那么，跟我来！我带你到一个地方去！"

"远吗？"

"别担心！跟我来就是了！"

我抓起桌上那顶蓝绸的帽子，走出了房门。凌风拉着我的手臂，我们从后面穿出去。经过厨房的时候，我弄了一盆水，胡乱地洗了洗手脸，凌风等我洗完了，也就着我洗剩的水，在脸上乱洗了一气，我喊："也不怕脏！"

"这儿不比台北，要节省用水！"他笑着说，带着满脸的水珠，擦也不擦就向外跑，这儿的水都是从河边挑来，再用明矾澄清的。在厨房门口，我们碰到正在生火弄早餐的秀枝，凌风想了想，又跑回厨房，拿了几个煮熟的鸡蛋，还在碗橱里找到一只卤鸡，扯下了一条鸡腿和翅膀，他用张纸包了，对秀枝说："告诉老爷太太，我带陈小姐到镇上去走走，不回来吃早饭，中午也别等我们，说不定几点钟回来。"

走出了幽篁小筑，穿过绿茵茵的竹林，眼前的草原上还浮着一层淡淡的薄雾，零星散布的小树林在雾中隐隐约约地显映。东边有山，太阳还在山的背后，几道霞光已经透过了云层，把天边染上了一抹嫣红。我戴上帽子，在下巴上系了一个绸结，回过头来，凌风正目不转睛地瞪着我。

"干什么？"他抬抬眉毛，响响地吹了一声口哨。"你很漂亮。"他说，"清新得像早上的云。"

"我不喜欢你那声口哨，"我坦白地说，"你应该学凌霄，他总是那么稳重，你却永远轻浮。"

"每个人都叫我学凌霄，难道我不能做我自己？"他不愉快地说，语气里带着真正的恼怒，"上帝造人，不是把每个人都造成一个模子的，不管凌霄有多么优秀，他是他，我是我，而且，我宁愿做我自己！"瞪瞪我，他加了一句："喜欢教训人的女孩子是所有女性中最讨厌的一种！"

我望望前面，我们正越过东边的那块实验地，章伯伯他们在这块地上尝试种当归和药草。小心地不去踩着那些幼苗，我说："动不动就生气的男人也是最讨厌的男人！"

"我们似乎还没有熟悉到可以吵架的地步！"他说。

"我们见第一面的时候好像就不和平！"我说。

他不说话了，我也不说话。草原上的雾消散得很快，那些树林越来越清晰了。太阳爬上了对面的山脊，露出了一点点闪亮的红，像给山脊镶上了一段金边。只一忽儿，那段金边就冒了出来，成为半轮红日，再一忽儿，整个都出来了，红得耀眼。大地苏醒了，阳光灿烂而明亮，东方成了一片刺目的强光，再也看不到那些橙黄绛紫了。我身边的凌风突然扑哧一声笑了出来，拉住我的手臂说："嗨！咏薇，别傻吧！"

我望向他，他盯着我的眼珠在阳光下闪耀，那微笑的嘴角含着一丝羞惭。"我们商量一下，咏薇，"他说，"整个暑假有四个月，我们都要在一起相处，我们讲和吧，以后不再吵架，行吗？"

"我并没有跟你吵架呀！"我笑着说。

"好，别提了！"他说，望着前面，"来，咏薇，我们来赛跑，看谁先跑到那块大石头那儿！"

我们跑了，我的裙子在空中飞舞，迎面的风几乎掀掉了我的帽子，然后我们停下来，喘着气，笑着。他浑身散发的活力影响了我，我不再是那个常常坐在窗前做白日梦的咏薇了。拍拍石头，他说："要不要坐一下？"

我四面看看，我们已经离幽篁小筑很远了，眼前的青草十分茂密，杂生着荆棘和矮小的灌木。再向前面有一座相当大的树林，树林后是丛生着巨木的山。

"这里是什么地方？"我问，"为什么不从大路上走？这是到镇上的捷径吗？"

"谁要带你到镇上去？"他笑着说。

"你不是说去镇上吗？"

"镇上有什么可看的？可玩的？不过是个山地村落而已，有几十间茅草房子和石头砌的房子，再有一个小小的学校，如此而已。你要去镇上干什么？难道你这一生看房子和人还没有看够吗？"

"但是，是你说要去镇上呀！"我说。

"那是骗秀枝的，"他指指前面的山，"我要带你到那个山上去！"看看四边，他说："记不记得这儿？再过去，靠溪边的那个树林，就是你第一天睡着的地方。"

我记不得了，这儿的景致都那么类似。

"那么，"我说，"这山就是你们所说的荒山？"

"并不见得怎么荒！还是有山地的樵夫去砍柴，偶尔也有人去打打猎。"

"有野兽？"

"有猴子和斑鸠。山地人常常活捉了猴子拿到台中或花莲去卖。来吧！我们走！"

穿过那树林，我们向山上走去，山坡上，全是树木，针叶树和阔叶树杂乱生长着。我们等于是走在一个大的丛林里。正像凌风所说，这是个并不怎么"荒"的"荒山"，杂草丛生和巨石嵯峨的山坡上，随时可以看到被踩平了草的小径，还有镰刀割断的草的痕迹。山路有的地方很陡，有的地方又很平坦。凌风拉住了我的手，不时帮助我迈过大石，或是穿过一片荆棘地带。高耸的树木遮不住阳光，太阳正逐渐加强它的威力，没有多久，我已汗流浃背。凌风找到了一个树荫，搬了两块石头放在那儿，说："来坐坐吧！"

我坐下去，解下了帽子，凌风接过去，用帽子帮我扇着。事实上，一休息下来，就觉得风很大，树下相当阴凉。我望望山下，一片旷野绵延地伸展，林木疏疏落落地点缀其上，还有章家的阡陌也清晰可见。我叫了起来："看那儿！幽篁小筑在那儿！"

竹叶林小得像孩子们的玩具，一缕炊烟正从竹林中升起，袅袅地伸向云中。我想起古人的句子"轻云缈缈和着炊烟袅袅"，一时竟神为之往，目为之夺了。

"我知道你会喜欢这儿，"凌风说，"可以帮你获得一些灵感，那么，'幽篁小筑星星点点'里也可增加一页了？"

"嗨！"我瞪着他，"你偷看了我的东西。"

"我用人格担保，"他说，"我只是听凌云提起，说你有这样一本小册子而已。"用手支着树干，他站在那儿俯视着我："提到我的时候，稍微包涵一点，怎样？"

"那是我的日记。"我掩饰地说。

"那么，今天必定会占一页了？"他笑得邪门。

我跳了起来，系上帽子。

"我们走吧！"我说。

我们继续向山上走去，他对这山显然和自己的家一样熟悉，左弯右绕，在树丛中穿来穿去，他走得很快，累得我喘息不已。然后，我们走进一大片密林，阳光都被遮住了，等到穿出树林，我就一下子怔住了，惊讶得张大了嘴，说不出话来，只是眩惑地望着我停留的所在。

我面前碧波荡漾，是一个小小的湖。湖的四周全是树林，把这湖围在其中。湖水绿得像一池透明的液体翡翠，在太阳下反射着诱人的绿光。周遭的树木在水中映出无数的倒影，摇曳波动。这些还都不足为奇，最令人眩惑的，是湖边的草丛中，零乱地长着一丛丛的红色小花，和那绿波相映，显得分外地红。四周有着慑人的宁静，还有份说不出来的神秘气氛。绿波之上，氤氤氲氲地浮着一层雾气，因为水是绿的，树也是绿的，那层雾气也成了淡淡的绿色，仿佛那湖面浮动着一层绿烟。我走过去，在湖边的草地上坐了下来，四面环视，简直不知道自己置身何处。凌风不声不响地来到我身边，坐在我对面，用手抱住膝，默默地注视着我。

"怎么不说话？"好一会儿，他问。

"不知道说什么好，"我说，深吸了口气，"你把我带到了一个神话世界里来了。"

"我了解你的感觉，"他说，脸上没有笑容，显得十分严肃，"我第一次发现这个湖的时候，你不知道我震撼到什么程度，我曾经一整天躺在这个湖边，没有吃饭，也不下山，像着了魔似的。"

我也着了魔了，而且着魔得厉害。那层绿烟模模糊糊地飘浮，我被罩在一团绿色里。看着那波光树影，听着那树梢风的呢喃，我觉得仿佛被融化在这一团绿色里了。

"我找到这个湖的时候是秋天，"凌风轻轻地说，"地上全是黄叶，我第一次了解了范仲淹的词。"

"范仲淹的词？"

"碧云天，黄叶地，秋色连波，波上寒烟翠……"他低声地念，指着湖，"没见到这个湖以前，我怎样也无法领略什么叫'波上寒烟翠'。"

我望着湖，有些神思恍惚。凌风在湖边也不像凌风了，我从不知道他个性中有这样的一面，绿色的波光映着他的脸，他像个幻境中的人物，那面部的表情那样深沉、宁静和柔和。

"别人不知道这湖吗？"我问。

"都知道了，我是无法保持秘密的，而且，本来这湖就很有名。"他说，"我们叫它作梦湖。"

梦湖？我真怀疑现在是不是在梦里呢！摘下一朵小红花，我把它放进水里，它在水面漂着荡着，越走越远，像一条小船。绿波中的一瓣轻红，我凝视着它，目不转睛地凝视着它，假如突然间有一个披着白纱的仙子从那花瓣中冉冉上升，我也不会觉得奇怪，这儿根本不是人间！

"认不认得这种花？"凌风问。

"不认得。"我摇摇头。

"山地人传说一个故事，"他望着湖水里漂浮的小花，"据说许多年前，有个山地女孩爱上了一个平地青年，结果，那青年被女孩的父亲所杀死，那女孩就跳入这个湖自杀了，第二年春天，这湖就开出了这种红花。所以，山地人称这种花作苦情花，称这湖作苦情湖。他们认为这湖是不祥的，都不肯走近湖边。直到现在，山地人和平地人的恋爱仍然不被同情。"

　　苦情花？苦情湖？一个凄美的故事。是不是每一个神秘的湖都会有许多故事和传说？这具有魔力的湖确实有诱惑人跳进去的力量，我揣摩着那悲哀的山地女孩，想象她跳湖殉情的情景，那幅画面几乎生动地勾现在我面前。今天回去以后，我一定要写下这个故事，苦情花和苦情湖。

　　"好了，"凌风唤醒了我，"别尽管呆呆地出神，我打赌你一定饿了。"

　　他递过一只鸡腿来，这把我从幻想中突然拉回到现实，嗅到鸡腿的香味，我才觉得是真正饿了。取出鸡蛋，我们在湖边吃了我们的"早餐"（事实上已经十点半钟了）。我细心地把骨头和蛋壳等丢进树林里，以免弄脏了湖岸。在林边，我看到一张旧报纸，还有一些香蕉皮，回到凌风身边，我说："最近有人来过，树林里有野餐的痕迹。"

　　"是吗？"他问，露出一种注意的神态。

　　"怎么，很奇怪吗？"我说。

　　"有些奇怪。"他想了想，到林边去转了一圈，回来的时候，他手中拿着一张揉皱的纸团，打开纸团，上面是铅笔胡乱地写满了同一个字：绿。看样子那也是个雅人，也领略了这份绿意。凌风笑了，把纸团扔进树林里，说："是凌霄的笔迹，难为他也有兴趣到这儿来坐坐。"

那朵红色的花还在水面漂，我躺了下来，仰视着树颠，有一只鸽子从树梢头掠过，凌云的鸽子？又传来什么讯息？凌风在我身边低哼着一支歌：

> 曾有一位美丽的姑娘，
>
> 在这湖边来来往往，白云悠悠，岁月如流，
>
> 那姑娘已去向何方？去向何方？去向何方？
>
> 只剩下花儿独自芬芳！

"你在唱什么？"我问。

"有一阵这支歌很流行，村里的年轻人都会唱，原文是山地文，这是韦校长翻译出来的词。"

"韦校长？"

"是的，韦白，一个神秘人物。"

"神秘人物？"

"噢，别胡思乱想，他是个最好的人，我只是奇怪他为什么要待在山地。"我躺着，不再说话，树荫密密地遮着我，阳光在树隙中闪烁。苦情花有一种淡淡的香味，在空气里弥漫。凌风反复地哼着他的歌：

> 曾有一位美丽的姑娘，

在这湖边来来往往，白云悠悠，岁月如流，

那姑娘已去向何方？……

我闭上眼睛，这一切一切都让我眩惑：山地女孩、苦情花、梦湖，和凌风唱的歌。

第六章

黄昏的时候，邮差带来了两封妈妈的信，一封给我，一封给章伯母。

我把信带回房间，关上房门，细细地读完了。收起了信，我躺倒在床上，呆望着窗外的竹叶。他们的离婚无法获得协议，终于闹上公堂——人们的世界多么奇怪！从世界各个不同的角落里，人们相遇，相聚，然后就是分离。整个人生，不过是无数的聚与散而已。妈妈在信末写着："咏薇，希望你在章家能够习惯，我将在最短期内把问题解决，然后接你回家。"

"回家"！那时候的"家"是怎样的？另一个男人将取代爸爸的地位，或者是另一个女人将取代妈妈的地位！他们都会认为那是我的"家"，事实上，我已经没有家了！爸爸妈妈，他们曾经共同创造了我这条生命，如今，他们要分"家"了，这唯一的财产成为争夺的对象，像孩子们好的时候共同玩一样玩具，吵了架就要把玩具撕碎……他们何尝不在做撕碎的工作呢？眼泪滑下我的眼角，流进了我鬓边的头发。我不知道我为什么要流泪，只是，心底有一种突发的凄凄凉凉和彷徨无助。有人在轻敲我的房门，在我跳起来以前，门被推开了，章伯母走了进来。我坐起身，用手背拭去了颊上的泪痕，章伯母在我身边坐下，她那对洞烛一切的眼睛温柔地望着我。

"成长是一件苦事，是不是，咏薇？"她轻声地说。"要你去了解许许多多的事是不容易的，事实上，谁又能够了解呢？问题不在于了解，只在于如何去接受。咏薇，"她深深地凝视我，"有的时候我们是没有办法的，我们只能接受事实，尽管不了解。"

"你曾经接受过你不了解的事实吗？"我问。

她沉默了几秒钟，然后静静地点了点头。

"我一直在接受我不了解的事实，"她说，"接受了四十三年了，而且还要继续接受。"

"为什么？"我望着她。

"因为人的世界就是这样，你不能用解剖生物的办法去解剖人生，许多事情是毫无道理的，但是你不能逃避。"她对我含蓄地笑笑，"所以，咏薇，别烦恼了，你迟早要面对这个问题的。"

我深思地看着章伯母。"事实上，他们不必抢我，你知不知道？"我说。

"怎么讲？"

"他们都会失去我。"我低声说。

"这也不尽然,"章伯母微笑地说,"除非你安心要离开他们。别怪你的父母,人,都会尽量去占有一样心爱的东西,那是一种本能,就像我们要吃饭要睡觉一样地自然。"她拍拍我的膝:"别去责备那种'本能',咏薇,因为你也有这种'本能'。"

我有些迷惑,章伯母平稳的声调里仿佛有许许多多的东西,虽然我无法完全把握住,但我明白她讲出了许多"真实"。站起身来,她再给了我安慰的一笑:"别闷在这儿胡思乱想,出去走走吧,还有半小时才吃晚饭。"

我听了她的话,戴上帽子,茫然地走出了幽篁小筑。穿过竹林,我毫无目的地向前走着。凌霄正在那块实验地上工作,老袁在另一边施肥,老袁是个高大个子,完全粗线条的人物。我走了过去,静静地站在那儿,望着凌霄除草施肥,剪去败叶。抬起头来,他看了我一眼。

"嗨!"他说。

"嗨。"我说。

他继续去工作了,翻开每一片叶子,他细心地查看着什么。在他身边的地上,放着一块记录的牌子,他不时拿起来,用铅笔打着记号。

"你在做什么?"我问。

"记录它们的生长情形。"

"这是什么?"我指指面前的一棵植物。

"是金银花,"他熟悉地说,"它们的花和叶子有利尿的作用。"

"那个呢？"我又指一样。

"那是天门冬，根可以止血。"

"你都记得它们的名字？"我好奇地问。

"当然，"他笑笑，从身边的一棵指起，一样样指下去说，"那是薏苡，那是益母草，那是枸杞，那是柴胡，那边是香薷，再过去是八角莲、半夏和曼陀罗……这边这一排是黄芩、仙茅、莪术……"

我对那些怪里怪气的名字提不起兴趣，但我诧异他的记忆力。打断了他，我问："这些全是药草？"

"是的。"他点点头。

"你们种药草干什么？"

"我在试验，如果种植成功，这会是一项很好的收入，台湾每年消耗的中药量是很惊人的。"

"成功了吗？"我问。

"目前还很难说，不过，它们生长的情形都还不坏，只是不够强壮。"我望着他。

"你这样天天和泥土为伍，不会觉得生活太单调吗？"我问。

他抬起眼睛来，眼光在我脸上停留了好一会儿。那张被太阳晒成红褐色的脸庞显得有些发愣，眼睛里飘过了一层轻雾。斗笠和那件圆领衫，都不能掩没他的秀气，兄弟两个如果用长相来比，凌霄斯文，凌风洒脱，两人的长相都非常不坏。

"我在征服这些泥土，"他说，"除了征服它们，我也无法征服别的！"他嘴角有一阵痉挛，低下头，他迅速地回到他的工作上。我怔了怔，直觉地感到他在隐藏某种情绪，他看来十分地不快乐。他心里有些什么呢？对那个"故事"的怀念吗？怎样的一个故事呢？看来，世界上没有一个人是简单的。我又站了一会儿，由于他不理我，我也感到十分没趣，转过身子，我向幽篁小筑走去。自从领教到章伯伯的脾气之后，我对于吃饭的时间就特别注意了。

我还没有抵达竹林，一件意外使我停住了步子。我看到章家的羊群正在归途，但是，那杂在羊群之中的赶羊女孩却在边走边哭。这女孩的家在镇上，名字叫秀荷，家里非常穷苦，她必须出来赶羊，以增加一些家庭收入。我来到青青农场的第二天，就和她建立了很好的友谊。她是个活泼快乐的孩子，我非常熟悉她那一串串清脆的笑声，却从来没有看到她哭过。

我走了过去。"什么事，秀荷？"我拉住她问。

她哭得非常伤心，满脸眼泪和鼻涕，连气都喘不过来。看到了我，她抽噎地说："羊……羊……"

"羊怎么了？"我问，看了看羊群，那些羊都柔顺地走在一起。"羊撞了你吗？"我说，我曾看到一只羊发了脾气，对着山坡乱撞。

"不是，"她猛烈地摇头，"是……是……羊……羊少了一只，我不敢回去，羊少了一只，章老爷会打死我。"

"羊少了一只？"我诧异地说，"你数过？"

"我知道，是上个月才生的那只小山羊，"她哭着说，"我赶它们到溪边去，我在树底下睡着了，醒过来小羊就不见了，它被偷走了，我知道，它被偷走了。"

"你有没有找过？或者它跑远了，认不得路回家。"

"我找了，到处都找了！"她哭丧着脸，"它不会离开母羊，它是被人偷走了。我不能回去，章老爷要打死我！"

她遍布泪痕的脸上充满了惊恐，仿佛她闯下了什么滔天大祸，看到她那股惶恐的样子，让我感到非常不忍心，拍拍她的肩膀，我说："你先把羊赶到羊栏里去，我到河边去找那只小羊。"

离开了她，我迅速地向河边跑去。黄昏的原野朦朦胧胧，到处都被夕阳抹上了一笔金黄。我忘了妈妈那封信所带来的不快，忘了心底的那抹凄然，现在，我全心全意都在那迷途的小羊身上，我想，我一定可以找到它。河边草深叶密，我学着秀荷唤羊时所发的声音，在溪边呼唤奔走。到处都是树木，溪边有着灰色的石块，每一块石头都几乎被我误认为小羊。我找了很久，那只小羊却毫无踪影。

暮色在不知不觉中来临了，太阳早已沉落，晚风凉爽地吹拂，带来了夜的气息。天边的晚霞已转为灰色，溪水凉凉地流下去，颜色已不再明亮，而带着暗灰。天快黑了，我应该回去，但是我仍然不愿放弃找寻。

我搜索的范围渐渐扩大了，一面专心地研究着脚下的草丛，因为小羊只有一点点大，很容易匿藏在树下的草丛中，而被忽略过去。就这样走着走着，我又走得很远了，当天色几乎全暗下来的时候，我才惊觉到我必须放弃寻找了。

掉转头，我开始往回走，一面仍然继续找寻。昏暗的天色使我认不清方向，我想，再找下去，恐怕迷途的不只小羊，还要加上我了！而且，既然找不到小羊，我还是快些回去的好，如果耽误了章伯伯晚餐的时间，他一定更会火上加油，大发脾气。加快了步子，我想穿过树林，走捷径回青青农场。树林内阴暗万分，扎伸的枝丫又影影幢幢，才跨进去，我就后悔了。那些高耸的树木，在白天看来雄伟美丽，夜晚却狰狞恐怖，草丛里又时时刻刻都簌簌的，使我怀疑有毒蛇或其他东西，我的心脏不由自主加快了跳动，脚下也越走越快。但是，荆棘和藤蔓妨碍了我，一条荆棘刺痛了我的腿，我站住，把那条荆棘从脚边拉开，当我站直身子的时候，一个高大的人影遮在我的面前，顿时间，我浑身的血液都变得像冰一样地冷了。我根本没有看清他的形貌，只觉得他巍巍乎地高大，连思索的余地都没有，我掉转身子，拔腿就跑，谁知那人竟追了过来，一把抓住了我的肩膀，手指像魔爪般强韧而有力，深深陷进我的肌肉里，我尖叫了一声，一面拼命挣扎。那"怪物"嘴里发出许多叽里咕噜的声音，我一个字也听不懂，而且我已被吓昏了。在挣扎之中，他却突然松了手，我失去重心，跌倒在地下，由于这样一跌倒，我和那"怪物"打了一个照面，林内的光线已经非常幽暗，但他正好站在一块没有树木的空旷里，因此，我可以看到他额上和两颊的刺青，以及那对虎视眈眈的、闪烁的眼睛，这是一张狰狞而凶狠的面孔！一个画了脸的山地人！凌风曾经告诉我，画过脸的山地人表示除过草，"除草"也就是杀过人，这是一种"英勇"的表记！面对这样一位勇士，我吓得骨软筋酥。他仍然在对我哇哇叫，那张瘦削的、凹凸面很大的脸，有些像非洲丛林里的大猩猩。我从地上爬了起来，回转头再跑，不出我的预料，他又追了过来，我拼命跑着，不要命地跑，树枝钩破了我的裙子，荆棘又刺伤了我的手臂。但是，我都顾不着了，我只是跑着，跑着……终于我冲出了树林，跑到了溪边，在河堤上，有个男人正缓缓地踱着步子，我拼命大叫："喂——喂——喂——"

只要有个人，我就不会有太大的危险，我向前面那人冲去。我的呼叫引起了他的注意，他停下步子，回头望着我，我已筋疲力尽，手脚都是软的，张开嘴，我又大叫了一声："喂——请你——"

我的话还没说完，脚下就踩了一个空，因为只顾着呼叫，天又黑，我没有注意脚下的地势，踩进堤边茂生的草里，没料到草竟是空的，我的身子就顺着堤边的草坡，滑落到溪边两岸的鹅卵石上。我跌得头昏眼花，坐在那些石子上喘息不已。我听到有人连跌带冲地跑下河堤，我闭上眼睛，管他是谁，我反正无力逃走了。

一个人来到我的身边，我听到一个男性陌生的声音："小姐，你摔伤了？"

我的心落了地，睁开眼睛，我望着我的救助者，黑暗中看不清他的长相，只看到他那对关怀的眸子。

"一个山地人，"我还在喘息，"一个山地人……"

“山地人？”他困惑不解地问，“山地人有什么可怕？”

“他——一直追我，一直追我——”我语无伦次地说，“还——抓住我，对我乱叫，一个画了脸的山地人——”

河堤上有一阵急促的脚步声，我面前的男人仰头对河堤上面望去，我也慢慢地抬起头来，那山地人正挺立在夜色里。

“就是他！”我喘着，“就是他！”

我的救助者对那山地人讲了一些什么，用我所听不懂的语言。那山地人也哇哇地叫着回复了一些什么，然后，我面前的人对山地人用普通话说：“你吓着了这位小姐，你为什么不用普通话跟她讲清楚？”

那山地人又叽咕了一大串。

我的救助者笑了，对我温和地说：“这完全是个误会，他一点儿恶意也没有。他在找寻他的女儿，他为他的女儿很生气，因为那女孩不帮家里的忙，整天在外面跑。起先，由于树林里太黑，他以为你是那女孩，等抓住你发现你不是的时候，你已经吓得拔腿就跑，他的普通话说得不好，一急就只会用山地话叫，大概是他越叫，你越跑，他就想追上你来解释……就是这么一回事，现在，你不用害怕了。”

我抬头看看那山地人，心头的余悸犹存。我的救助者对山地人挥了挥手，说：“好了，你走吧！我送这位小姐回去！”

山地人立即转过身子，迈开大步，消失在黑暗的原野上。我望望面前的人，颇有些为自己的大惊小怪感到难为情，拍了拍身上的灰，我试着站起来，幸好并没有扭伤筋骨，只是腿上擦破了一块皮。

"摔伤了？"我的救助者问。

"没什么关系，只是破了点皮，"我说，望着他，"我以前从没有在山地住过。"

"我猜是这样，"他笑着，"你大概是青青农场的客人吧？"

"你怎么知道？"我诧异地看着他，"不错，我在青青农场住了四天了。"

"你是陈咏薇？"他安详地问，很有把握的样子，好像他根本认得我一样。

"你是谁？"我的诧异加深了，"你怎么晓得我的名字？"

"我见过你的母亲，听她提到过你，"他自自然然地说，"章家夫妇也说过你要来住一段时期。而且，这乡下很少会见到陌生的面孔，尤其是女性。"

"我还是不知道你是谁。"我说。

"我住在镇上，我姓韦。"他说。

"哦，"我恍然地瞪着他，"韦白，是不是？山地小学的校长，我也早已知道你了。"

"为什么？"

"整个青青农场都是你的影子，"我不假思索地说，"到处都可以看到和听到你的名字。"

他微微地笑了笑，笑得含蓄而若有所思。

"好吧，让我们去青青农场吧，"他说，"我本来就要去章家坐坐，正巧遇上你。"

我们向青青农场走去，我的裙子被撕破了一大块，手臂上全是荆棘刺伤的痕迹，腿也破了皮，显得十分狼狈。韦白望了我一眼："如果你对路径不熟，章家不该让你在这么晚的时间，一个人跑出来。"

"他们不知道，"我说，"我是来找一只小羊，章家的小羊丢了一只。"

"小羊？怎么会？它们不是有母羊带着的吗？"

"秀荷说是被人偷走了。"

"偷走？"韦白摇摇头，"我不认为这一带会有小偷，如果有，他们顶多在田里挖一个番薯，或采一根甘蔗。"

我不说什么，觉得韦白有些像个袒护子女的父亲，仿佛这一带的人全在他的保护之下似的。但，他那平稳的声调，若有所思的神情，都有让人信任的力量。夜雾笼罩着原野，天边冒出了第一颗星，月亮不知从哪儿出来的，一忽儿的时间，就把原野上那分黑暗赶走了。月光下的草原，有种迷迷离离的美。一棵棵参差的树木，都像黑色的剪影，贴在一块明亮的天幕上。我转头看看韦白，他的面容在月光下显得十分清楚（到这时我才看清他）。那是张富有男性力量，却十分"动人"的脸。宽宽的额角上已有皱纹，眼睛深幽幽的，仿佛藏着许许多多你不能了解的东西，眉端习惯性地微蹙着，带着深思的味道。像一般成熟的中年人一样，他身上有些我这种年龄所没有的东西，属于长久的经验和生活所留下的痕迹，我无法具体地说出是些什么，但却能很清楚地感觉到。察觉到我在打量他，他转头对我淡淡一笑。

"你在研究什么？我吗？"他微笑地问。

"不错。"我说。

"有什么发现？"

"像一本难读的书。"

他笑了，对我摇摇头。"你看过勃朗特的《简·爱》？"他问。

"嗯。"我哼了一声，想起那句话好像在哪本书里有过。他望着我的眼光里有一丝感兴趣的微笑，还带着点鼓励的味儿。

"每个人都是一本难读的书，"他说，"你也是。"注视着我，他的眼光闪了闪。"你绝不像你外表那样单纯，你该有属于你的烦恼、哀愁和小小的快乐，对不对？每个人都一样，假如你喜欢去研究别人，你会发现许多你意料不到的东西。"

"你也喜欢研究别人？"我问。

"我研究得太多了，这已经无法引起我的兴趣。"他的笑容收敛了，声调突然变得沉重起来，"等你到我这样的年龄，你就不会研究了，因为你太容易看穿它。"

我们已经走到幽篁小筑的入口，我想到他的题款、雕刻和画。一个怎样的人呢？看穿世事的隐居者？一个哲人？一个艺术家？一个怀才不遇的学人？我又瞪着他出神了。然后，噗喇喇的一阵鸟扑动翅膀的声音，有只鸟从竹林尖端飞落到韦白的肩膀上，是凌云的玉无瑕。

"嗨！小东西！"韦白喊着，用手接过它来，让它停在他的指尖上。"这不是一个漂亮的小东西吗？"他对我说，"看看它吧！研究研究它，它比人们更值得研究，是一本美丽的书。人类的书尽管复杂，却不见得都很美丽！"

我有些眩惑，他震慑我而吸引我，怎样的一个人呢？怎样的一本书？我会有兴趣去研究的，这本书一定费读而又耐人寻味。走进竹林中的小径，一声尖锐的哭叫破空传来："我不知道，别打我！别打我！"

　　"是秀荷！"我喊，"章伯伯真的打她了！"

　　"我们赶快去！"韦白说，向前跑去，玉无瑕受惊地扑动翅膀飞走了。我们加快步子走向幽篁小筑的大门口。

第七章

到了幽篁小筑的大门口，我们就看到章伯伯、章伯母、凌云和秀荷了，只少了章氏兄弟。秀荷正在章伯伯的手中挣扎，章伯伯抓住她的两个肩膀，把她像筛糠似的乱摇一通，一面暴跳如雷地大叫大骂："你这个小娼妇，你把小羊还出来就算了，还不出来，我剥你的皮！"

我觉得有些好笑，因为他骂秀荷作"小娼妇"，在我的感觉上，仿佛只有没修养的女人才这样骂人。同时，弄丢了小羊也不该算作"娼妇"呀！秀荷扭动着身子，在章伯伯手里像个待宰的小鸡，徒劳地想挣脱那牢牢钳住她的手指。

"不要打我！不要打我！"她反复地喊着，满脸恐惧之色，一面把眼光求救地投向章伯母。

"好了，一伟，"章伯母伸出手去，"你放了她吧，她又不是有心的！"

"别为她讲话，舜涓！"章伯伯厉声说，"你的慈悲心肠每年都要为我损失不少钱财，这些山地人是没良心的！八成就是她自己偷了，偷回去烤了吃了！你说是不是？"他猛力摇着秀荷："是不是？"

"不是！不是！我没有！我没有！"秀荷哭喊着。

"没有你就拿出来！老子花了钱用你来看羊，你还把羊看丢了，我用你做什么？是不是你把羊偷回去给你爸爸了？你说！你说！"

"我没有！真的没有！真的没有！"秀荷哭得直喘气。

"还说没有！"章伯伯大叫了一声，劈手就给了秀荷一巴掌，打得秀荷的头都歪了过去，接着，秀荷就"哇"的一声大哭了起来。她的哭声更加引动了章伯伯的怒火，举起手来，他一连给了秀荷好几巴掌，那巨大的手立即在秀荷脸上留下无数纵纵横横的指痕，秀荷就哭得更厉害了。章伯母跨上前去，一下子拦在章伯伯面前，抓住秀荷，她想把她从章伯伯手中抢下来，一面喊："一伟，你不能这样打她！你没有证据怎么能说是她偷的？一伟，你放手！"

"我们花钱雇她做什么的？"章伯伯大叫，"不管是不是她偷的，她该负责任！"

"但是，她只是一个孩子呀！"章伯母把秀荷的头用双手抱在胸前，她那小小的身子像个保护神般挺得直直的，脸色苍白而凝肃，"你不能要求一个孩子像要求成人一样，而且，即使我们是雇主，也没有权利殴打用人！"

"去你的婆婆妈妈经！"章伯伯吼着，一面拉扯着章伯母，"我只问事实！我花了钱是为了保护羊群，羊丢了我就要找她算账！你护在里面算哪一门？我看你巴不得把我的家当全拿去送人呢！"

我身边的韦白看不过去了，跨上前一步，他把手压在章伯伯的手背上，劝解地说："好了，好了，一伟，为了一只小羊发这么大的脾气，何苦呢！你就饶了这孩子吧，她老老实实的，不像个会偷羊的！"

"哦，是你，韦白，"章伯伯看到韦白了，但仍然愤愤不平，"你也帮着秀荷说话！这孩子早就气得我要冒火了，去年冬天，她让一只小羊掉在河里淹死，没几个月，又弄丢一只小羊，这些山地人我一个也不信任，他们全是没良心的，都看着我的财产眼红！"

"他们是根本不把财产放在眼睛里的，"韦白慢吞吞地说，"你没弄清楚他们的性格，虽然他们很穷，但他们穷得快乐，财产对他们毫无意义。"

"韦白，"章伯伯气呼呼地说，"山地人是你老子哦！"

韦白的脸色变得很难看，他显然被激怒了，他看了章伯母一眼，后者正用祈谅似的眼睛望着他，似乎在用眼光代章伯伯向他道歉，这无言的言语使韦白软化了，他转开头，长叹了一声，说："一伟，你这份脾气什么时候才能改呢？"

章伯伯翻了翻白眼："我为什么要改我的脾气？"

"农场不是军队。"韦白的语气依然那样慢吞吞，把一只手放在秀荷的头顶上。他望着她说："他们也不是你的部下，再这样下去，你会成为众矢之的。"

"我不必讨好他们，我又不想保住什么校长席位！"章伯伯不经考虑地说。韦白的脸色更难看了，掉转身子，他跨开步子就想离去，一面咬咬牙说："我还是走吧！到这儿来根本就是个错误！"

"韦校长！"喊住他的是章伯母，她的脸色依然苍白，那对乌黑的眼珠就显得特别地黑而亮，"你是知道他的脾气，何必生气呢？好几天没见到你了，不进来喝杯茶就走吗？"

韦白有些迟疑，他看看章伯伯又看看章伯母，眼睛里有种近乎痛苦的神色。章伯伯显然也觉悟到自己的话过于激越，放开了秀荷，他自圆其说地对她大吼一声："滚吧！你！看在韦校长的面子上不打你，以后再出了类似的事情，我不剥你的皮就不姓章！"

秀荷跟跄了一下，几乎跌倒，有个人走出来扶住了她，是凌霄！他不知何时站在我们旁边的，但显然也已经来了好一会儿了。他默默地看了他父亲一眼，带着股强烈的不满的神情。然后，当着他父亲的面前，他用手臂环住秀荷的肩膀，像保护自己的一个小妹妹般，温和地对她说："来，秀荷，我带你到厨房里去洗洗脸，吃点东西。"

章伯伯迈上前一步，想对凌霄发作，章伯母及时阻止了他，祈求地喊了声："一伟，你就算了吧！"

章伯伯站住了，恨恨地望着凌霄和秀荷的背影，好半天，才对章伯母瞪瞪眼睛说："好吧！又是你护在里面，连自己的儿子都教成了叛逆！"回头望了望周围，他没好气地说："怎么，大家都站在大门口做什么？为什么不进来坐？"

我们都很沉默，没有谁讲话，章伯伯又环视了我们一圈，大声说："你们怎么回事？以为我做了什么？我不过教训教训我所雇用的人而已！"

"好了！"章伯母吸了口气，"大家进去吧！"

我们正要进去，章凌风从竹林外大踏步地跑了来，他看来精力充沛而神情愉快，嘴里吹着口哨，一股神采飞扬的样子。一眼看到我们，他停住步子，诧异地向我们所有的人望了望，说："怎么，发生了什么事情？"

"没什么，"章伯母疲倦地说，"只是一件小事，秀荷弄丢了一只小羊。"

"小羊？"凌风愣愣地问，"一只小山羊吗？"

"是的，你看到了？"章伯母问。

凌风尴尬地伸伸脖子，咽了一口口水，做了一脸似笑非笑的表情来，慢慢地说："唔，我看到了，一只小羊……不过是只小羊而已，有什么关系？"

"如果你看到了，你就说出来在什么地方看到的！"章伯母对凌风吞吞吐吐的态度有些生气，"难道连自己家的小羊都认不出来，为什么不带回来呢？"

"我当然认得，"凌风又伸伸脖子，"就因为是自己家的小羊，所以我放放心心地把它烤掉了。"

"嗨，你说什么？"这是凌云冒出来的第一句话。同时，章伯伯和章伯母都瞪大了眼睛望着他，我也不由自主地对他挑起了眉毛。

"是这样的，"凌风笑嘻嘻地说，"我在树林里碰到了余亚南，他正在那儿写生一张风景，画得并不顺利，我们就谈上了，从艺术谈到文学，从文学谈到哲学，越谈越高兴。刚好秀荷到溪边来放羊，我们的肚子也饿了，因为秀荷在树下睡着了，我们就没有惊动她，我挑了一只最小的羊，两人到梦湖边去烤了吃了。"

一时间，谁都没有说话，空气中充满了不寻常的岑寂。我预料章伯伯一定会大大地发作一番，而为凌风捏着一把冷汗。章伯母只是呆呆地瞪着凌风，似乎被这完全意外的答案弄得无法说话。韦白靠在门上，默然不语。好一会儿，我听到章伯伯说话了，大出我意料之外，他的声音里并没有火气，只是有些勉强："你捉走了小羊，为什么不先告诉家里一声？以后这种事希望不再发生！好了，大家进来吧！这件事就算了！"

章伯母想说什么，但她咽下去了，咽不下去的，是她脸上那层不豫之色，瞪了凌风一眼，她一语不发地转过身子，领先向屋里走去。章伯伯、凌云、韦白和我也跟着向里走。凌风的眼光落在我身上了，我那零乱的头发和撕破的裙角都逃不过他的注视，他的眉头蹙了起来。"咏薇，你碰到什么意外了吗？"他问，"你的样子好像刚刚遭遇过一只狮子。"

"一只猩猩。"我自语似的说。

"什么？"凌风没听清楚。

"别提了，"我有些不耐，"都为了你那只小羊。"

我们的谈话引起了章伯母的注意，她到这时才发现忽略了我，回过头来，她关心地望望我，问："你到哪里去了？还没吃晚饭吗？"

我知道他们一定都已吃过了，就说："没关系，等下我到厨房去煮两个蛋吃。"

"你遇到了什么麻烦？"她追问。

"一个小误会，"韦白代我答复了，"她在树林里碰到了林绿绿的父亲，她被吓坏了，老林以为她是绿绿，想抓住她带回家去，就是这么一回事。"

韦白的叙述很简单，却引起了全体的人的注意，章伯伯哼了一声，低低地诅咒了一句："疯丫头！"

我不知道他在骂谁，但他的脸色比刚才打秀荷的时候还难看。章伯母的神色非常不安，她偷窥了韦白一眼，做了个眼色，似乎让他不要再讲。凌云的眉头微蹙，用畏怯的眼光看着她爸爸。只有凌风，他仍然神采飞扬而精神愉快，韦白的话同样引起他的注意，他高兴地说："哈！绿绿吗？我今天早晨看见她，她美得像早晨的太阳，简直耀眼！"

早晨的太阳啦，早晨的云啦，早晨的天空啦……他倒有的是形容词！章伯伯不知怎么生气了，对凌风狠狠地瞪大眼睛，嚷着说："在我家里不许提那个女野人的名字！"

"好好好，不提，不提。"凌风忍耐地说，叹了口气，"就因为她是山地人而叫她是野人也不对的，人生来都是一样，几万年前，我们的祖先比他们还野呢！"

"你什么时候学会了顶撞父亲？"章伯伯问。

"哎呀，好爸爸，"凌风满脸的笑，拍了拍他父亲的肩膀（倒有些像他是长辈，他父亲是小辈似的），"发脾气对你的血压不好，我不过随便讲讲，有什么可生气呢！待会儿韦校长要笑我们家了，一天到晚就是大呼小叫。"

章伯伯脸上的线条不由自主地放柔和了，我冷眼旁观，觉得凌风滑得像一条鱼，又机警灵敏得像一只鹿。韦白显然也感觉了这一点，但他并没有表露出来，只淡淡地说了句："一般家庭都是这样的。"

他们都走进了客厅，我想，我不必跟进去了。同时，几小时的寻找、奔跑和惊恐早已使我饥肠辘辘。如果是平时，章伯母一定会叫秀枝再为我做一顿吃的，今天，大概为了秀荷的事，以及和章伯伯的争吵，使她有些心不在焉。我决定不去烦扰她，自己到厨房去看看有什么可吃的东西。

一走进厨房，我就看到凌霄和秀荷。秀荷坐在一张小竹凳子上，正狼吞虎咽地吃着一盘蛋炒饭，凌霄坐在她的旁边，不停地在好言好语安慰她。我进去的时候，凌霄正抚摸着她的小脑袋说："明天我去向你凌云姐姐说，让她给你做一件新衣服好不好？"秀荷的小脸洗干净了，畏惧和恐怖还没有完全消失，那嘴边的笑意看来是可怜兮兮的。

"章老爷还会打我吗？"她怯怯地问。

"不会了，你放心，好好地吃吧！"凌霄说。

我走过去，高兴地拍拍她的肩膀，说："秀荷，别担心了，那只小羊已经找到了！"

"是吗？"凌霄望着我，"在哪儿？"

"被凌风烤了吃掉了！"我说，"所以，你不必再担心，秀荷，章老爷不会再找你麻烦了！"

"原来是凌风干的，"凌霄有些愤愤然，"一定要赖在秀荷身上，又拉扯上山地人的良心问题，我觉得山地人比平地人忠厚得多呢！"他似乎牢骚满腹。

"我倒是真的被一个山地人吓了一跳，"我不经意地说，打开锅盖，添了一碗剩饭，又在橱里拿了两个蛋，"一个画了脸的山地人，他把我当成他的女儿了，真可笑！"

秀枝赶了过来，要帮我弄，我说："也给我炒盘蛋炒饭吧！"

"你说什么？把你当成他女儿？"凌霄追问，显出少有的关切的神色。

"唔，"我不在意地说，"韦校长说他的女儿叫林绿绿，林绿绿，这名字取得倒真不错，挺雅致的，一点儿也不像个山地人的名字——嗨，秀枝，别给我放太多盐——"我停了停，看了凌霄一眼，他在呆呆地出神。"那山地人真凶，长得像只大猩猩，他的女儿今天一定要倒霉了，他那样子好像要把女儿吃掉似的。无论如何，"我接过秀枝的饭碗，向她道了声谢，掉过头来对凌霄说，"山地人还是比平地人野蛮一点——"我猛然住了口，因为凌霄已经不在了，只有秀荷端着盘子望着后门口。"怎么，"我纳闷地说，"他到哪里去了？"

"他出去了。"秀荷说，"大概去田里了。"

现在去田里吗？我望望门外，月光下的竹林幽邃神秘，绿影迷离，这似乎不是工作的时间。即使要去工作，好像也不该在我话说到一半的时候就突然离去。不过，他们每个人都有自己的怪脾气，我还是吃饭要紧。坐下来，我开始吃我的晚餐。

晚餐之后，我没有再到客厅里去，而直接回到我的卧室。

开亮了台灯，我坐在桌前，想给妈妈写封信，但是，把妈妈的来信反反复复看了十几遍，我还是不知道该写些什么好。报告我的生活吗？那麻麻乱乱的感觉，充满了各种不同的东西，我简直不知从何说起。两小时之后，我面前的信纸仍然是空白一片。

收起了信纸，我放弃了写信的意图。可是，我血液里奔窜着一些什么，有些东西急于从我体内冒出来，我有写一点什么的欲望。抽出了那本"幽篁小筑星星点点"，我握着笔沉思，写作的冲动在我胸中起伏不已，但我仍然什么都没有写出来。夜不知不觉地深了，我的表上已指着一点二十分，我惊跳了起来，在乡下，十点钟就是深夜了。把册子收进抽屉，我换上睡衣，关了灯，准备就寝。

幽篁小筑已经没有灯光，但窗外月色如水，我觉得了无睡意。站在黑暗的窗内，我用双手托着下巴，呆呆地望着月光下的竹林。那些绿幽幽、暗沉沉的竹影，那些簌簌然、切切然的竹籁。好美的夜！好静的夜！我注视着，倾听着，为之悠然神往。

忽然间，我大大地吃了一惊，在竹林内，有个黑影正荡来荡去，我以为是自己的幻觉，用手揉揉眼睛，再向竹林看去，那影子十分清晰，是一个男人！他已经停止踱步，靠在一株竹子上，像个单单薄薄的幽灵，我感到一阵毛骨悚然，不知这是人是鬼？

一阵细碎的脚步声，另一个黑影出现在竹林内，小小巧巧的身子，是个女人！两个影子在竹林内会合了，然后，他们向林外走去，消失在浓密的竹影子中。

我有好一会儿透不过气来，我所看到的事情使我战栗，怎样的事情！多么大胆的男女呀！他们是谁？我打了个寒噤，一种直觉迅速地来到我的脑子里。凌云！凌云和她的男友！把耳朵贴在通凌云的墙壁上，我希望听到凌云的声音，但隔壁是一片寂然。

我回到床边，坐在床沿上，心中迷迷糊糊的。是凌云吗？那样安安静静的一个小女孩呀？那样一个安详的、甜蜜的小人儿。不！我不太愿意相信是她，或者……或者……或者是章氏兄弟中的一人……对了，我脑子里灵光一闪，为什么不是章氏兄弟中的一个呢？凌霄的故事可能并没有结束，凌风本来就风流成性……但是，那个女的是谁？那终日在外游荡的山地女孩吗？我摇摇头，我在编小说了，不是吗？或者一点儿神秘都没有，只是秀枝偷跑去见她的未婚夫（我知道她和镇上的一个山地人订了婚），对了，这是最大的可能性。

我不再想了，躺在床上，我要睡了。

第八章

　　当我在黎明的阳光中醒来，望见一窗明亮的绿，和满天澄净的蓝时，昨夜的印象已经变得很模糊了。起身之后，站在窗前，注视着那些挺立在阳光中的修竹，瘦瘦长长的竿子，匀匀净净的叶子，一切都那么安静和光明，我几乎断定昨夜所见到的不过是自己的幻影罢了。何况，我当时正在思索小说，过分地用思想之后，难免会有些神思恍惚。抛开了这件事，我抓起桌上的帽子，鸟叫得那么喜悦，草绿得那样莹翠，关在房间里简直是辜负时光！冲出房间，我要出去走走了。

　　在厨房里洗过脸漱过口，我站在那儿喝了一碗稀饭，告诉秀枝不再吃早餐了，然后我就投身在黎明的阳光之中了。

　　穿过田垄，越过阡陌，我迎着阳光向东边走去。草地上的露珠已经干了，一棵棵小草生气勃勃地扬着头。树林边有一排矮树丛，爬满了蓝色的喇叭花，我停住，摘了几十朵，用一根长长的芦苇秆子把它们穿起来，穿了一大串，两头系起来，成为一串蓝色的花环。把花环套在脖子上，我在树林中奔跑，绕着圈圈，和一只小甲虫说话，又戏弄了半天黑蚂蚁。林中那么多生命，到处都充满了喜悦，我觉得自己轻快得像一只羚羊。

走出树林，我发现那有着苦情湖的山正在眼前。苦情湖，梦湖，那迷离氤氲的神仙居处，它诱惑着我，我不知不觉地走上了山。

我已不十分记得上次的路径，顺着践踏过的草地痕迹，我向上面迅速地跑去，跑得我面红气促，满头大汗。靠在一棵树上，我休息了一会儿，又继续向上走。由于疲倦，我的脚步放慢了，不住前后左右地望着我周围的环境。那些藤蔓啦，树木啦，枯枝啦，鸟巢啦，蚂蚁窝啦，野花啦……都让我迷惑，只一忽儿，我就不再感到疲倦和燠热了。

我终于找到了苦情湖，穿过湖外的树林，一下子面对那泓绿盈盈的水，和那层淡淡的绿烟，我就觉得自己像突然被魔杖点了一般，不能动弹，也不能喘气，只是眩惑地站在那儿，望着那静幽幽的水面，和那翠莹莹的波光。好一会儿，我才把自己挪到水边，在草地上坐下来，用双手抱住膝，出神地凝想起来。

我不知道我想了多久，只知道我想了很多的东西，包括苦情花和那段凄苦的恋情。那山地女孩一定是个热情奔放而性烈如火的个性，在她生前，苦情湖一定是她和男友多次约会见面的地方。这么一想，我就觉得那女孩仿佛就在我的周围，或者林内林外的某一个地方，和我同在。这想法促使我抬起头来，对周围的树林打量了一番，随着我的打量，我感到背脊上冒出了一股凉意，周围是太静了，静得叫人胆寒。

我的眼光从林内搜索地望过去，忽然间，我依稀看到一个黑影，在树林内闪了一下，我身上的汗毛全直竖了起来，定了定神，我揉揉眼睛，再对那黑影闪过的地方望去，什么都没有了，只有树木庄严安静地耸立着。我不禁失笑了，多么地神经过敏呀！昨夜的黑影，今天的黑影，哪会跑来这么多黑影呢？我不过是庸人自扰而已。

不再去寻找那个黑影，我弯腰向着湖水，注视着湖水中我自己的倒影。湖水清澈明净，我的倒影那样清晰，短发，宽额，充满怀疑和探索的眼睛。我不认为自己是美丽的，但我脖子上那串喇叭花组成的项链却美丽无比。我吸口气，伸手向湖水，想把我的影子搅碎。可是，我的手指还没有碰到湖面，有样东西落进了水里，湖面立即起了皱，无数涟漪在扩散。我望着那样东西，是一朵红艳艳的苦情花！我被定住似的不能移动，紧紧地盯住湖水。当然，我不会相信苦情花会自己从湖边飞入湖里，但，让我吃惊得不能移动的并不是那朵苦情花，而是湖水里反映出来的另一个人影。

那是个年轻的、女性的脸孔。一头长发，被山风吹乱了，胡乱地披拂在胸际和面庞上，耳边簪着两朵红色的苦情花。穿着件红色的衬衫，胸前没有扣子，衬衫的两角在腰际打了一个结，半露出美丽而结实的胸部。水波荡漾之中，无法看清她的脸，但那忽而被涟漪拉长，忽而又被缩短的脸庞是让人眩惑地美丽。我屏住了气息，她终于来了！那故事中的女主人！这苦情花的化身！那热情奔放、性烈如火的山地女孩！她该有这份美丽，也该是这样的装束，具有一切原始的、野性的美！她出现了！奇怪的是我并不恐惧，即使我相信她是一个鬼魂，但没有人会对一张美丽的脸孔害怕。我平静地转过头来，面对着她，日光透过树梢顶端，正面地射在她脸上。她直立在那儿，用一对野性的大眸子瞪视着我。

在日光下的她比水里的倒影更美、更充满了生气。有两道浓而黑的眉毛，微凹的眼眶，像两排扇子般的长睫毛，和那深黑色的、大胆的、带着股烧灼的热力似的眼珠。鼻子挺而直，嘴唇厚而性感。皮肤被阳光晒成了红褐色，连那半裸的胸部也有同样健康的红褐色。衬衫下是条破旧的红裙子，短得露出了膝头，那两条并不秀气的腿是结实健壮的，那双赤裸的脚给人一种压迫的感觉。

这就是她！那森林的女妖！周身的红衣服使她像一朵盛开的苦情花。她不声不响地来了，赤着脚踏过了丛林，踏过了生死的边界，来到这个她曾多次冶游的地方。我望着她，她也望着我，那对眼睛是坦白而无惧的，在她现在的世界中，不知有没有忧愁、畏惧和欲求？

她向我缓缓地走了过来，眼睛始终没有离开过我。我呆呆地站在那儿，望着她走近。停在我的面前，她的眼光在我脸上转了一圈。我可以感到她身上散发的热力，听到她平静的呼吸。那么，她不是鬼魂了？鬼魂不该有呼吸和热气。那么，她也和我一样，属于这个真实世界？属于这活生生的天地？她静静地开了口。"我知道你，"她说，"你就是章家的客人。"

她的声音似曾相识，我曾经听到过，我懂了。

"我也知道你，"我说，"你是林绿绿。"

"嗨！"她笑了，眯起眼睛来看我，她的笑容里有一股出于自然的魅力，"你怎么会知道我的名字？"

"昨天我见过你的父亲。"我说。

笑容在她脸上隐去，阳光失去了一会儿，但一瞬间，她的睫毛又扬起了。"他很凶，对不对？不过我不怕他。"她用手指触摸我胸前的花环，"很好看，你弄得很好。"

"给你！"我说，把花环拿下来，套在她的脖子上。

她低头注视自己，然后轻快地笑了。她的笑声清脆而豪放，在水面回旋不已。凝视着我，她说："我知道他们为什么喜欢你了！"

"谁？"我不解地问。

"章家的人！"

"为什么？"我好奇地问。

"因为——因为——你是这样——这样——"她思索着，想找一个适当的形容词，"这样'文明'的一位小姐。"

这次轮到我笑了，我喜欢她，喜欢她的天真，喜欢她的坦率和自然，她像是这山、水、树林的一部分，同样地原始，同样地美丽。"你从一个大城市里来的，对不？"她问。

"不错。"

"那儿很美吗？"

"没有这里美。"我说。

她点点头，在草地上坐下来，用手拔着湖边的草，再让它们从她指缝里流下去。"你整天都在这山里跑吗?"我问,"昨天你爸爸在找你。"

"他找我!"她喊,恨恨地抬起头来,"他要我做事,喂猪,喂鸡,要我嫁掉,嫁给那个……"她说了一串山地话,然后耸耸肩:"他是很凶的,你看!"她解开衬衫的结,毫不畏羞地敞开衣服,让衬衫从肩上滑下去。我惊讶地发现她衬衫里面竟什么都没穿。更让我惊讶的,是她那美丽的身体上竟遍布鞭痕,新的、旧的全有。我嚷着说:"他打你?"她点点头,重新系上衣服。

"不过我不怕他,我也不嫁那个人,我谁也不怕!"

她扬起眉毛,瞪大眼睛,大而黑的眼珠里燃着火,像一只发怒的狮子,一只漂亮的狮子。我也坐了下来,注视着她,她不经意地把手伸进水里,让水一直浸到她的胳膊上,再把水捞起来,泼洒在面颊上和胸前,那些水珠晶莹地挂在她红褐色的皮肤上面,迎着阳光闪亮。她躺了下来,用手枕着头,仰视着云和天。怒气已经不存在了,她又恢复了自然和快乐。毫不做作地伸长了腿,她躺在那儿像个诱人的精灵。那串花环点缀了她,再加上那湖水,那森林,那层绿雾氤氲的轻烟,都使她像出于幻境:一个森林的女妖!

我坐了好一会儿,找不出什么话可以和她讲。她躺在那儿,对我完全不在意,就好像这里只有她一个人似的。撕碎一瓣苦情花的花瓣,她把它衔在嘴里,使我想起靠露珠花瓣为生的小仙人。然后,她开始轻声地唱一支歌,一支我所熟悉的歌,同样的曲调,却用不同的文字唱出来的,那支凌风唱给我听过的歌：

> 曾有一位美丽的姑娘，
>
> 在这湖边来来往往，白云悠悠，岁月如流，
>
> 那姑娘已去向何方？……

　　她反复地唱着，我发现那调子单纯悦耳，但听多了，就嫌单调。不过，她的歌喉圆润动人，咬字并不准，调子也常随她自己的意思胡乱变动，却更有份朴拙的可爱。

　　她突然跳了起来，说："我要走了！"

　　想到就做，她对我扬扬手，反身就奔进了林内，她那赤裸的脚一定从不畏惧荆棘和刺丛。在绿色的树林里，她像一道红色的光，几个回旋，就轻快地失去了踪影，剩下我在那儿呆呆发愣，疑惑着刚刚所见的一切，是不是仅仅是我的一个梦而已。我又在湖边坐了大约半小时，直到腕表上已指着十一点了。站起身来，我采了一朵苦情花，走向归途，我必须赶上吃午餐的时间。下山的路走了还不到三分之一，我碰到了迎面而来的章凌风。他站住，愉快地望着我。

　　"我就猜到你到这儿来了！"他说。

　　"你来找我的？"我问。

　　"唔，"他哼了声，"秀枝说你一早就出来了，溪边没你的影子，我猜你一定到梦湖来了，果然就碰到你。"

　　"找我有事吗？"

　　"没事就不能找你吗？"

我笑了，望着他。"我该学会不对你用问句，因为你一定会反问回来，结果我等于没问，你也等于没答，完全成了废话。"我说。

他大笑，过来挽住我的手臂。

"你十分有趣，咏薇，和你在一块儿，永不会感到时光过得太慢，我原以为这个暑假会非常枯燥而乏味的。"

我注视着他，他的服装并不整齐，香港衫皱褶而凌乱，上面粘着许多碎草和枯枝，头发也是乱七八糟的，额上的汗珠证明他不是经过一段奔跑，就是在太阳下晒了很久，但是，那些碎草和泥土，应该不是太阳带给他的，同时，我也不相信他会像凌霄一样在田里工作。

"你和人打过架吗？"

"哈！"他笑得更开心了，"才说不对我用问句，你的问题就又来了。"盯着我，他说："我像和人打过架吗？"

我也大笑了，好一句回答！

笑停了，我们一块儿向山坡下走。他问：

"今天的梦湖怎样，美丽吗？"

"是的，"我说，"再且，我在梦湖边见到一个森林的女妖，属于精灵一类的东西。"

"森林的女妖。"他的眼睛闪了闪，"那是个什么玩意儿？我猜猜看，一条小青蛇，一只蜥蜴，或是一个甲虫，一只蜻蜓……对了，准是蝴蝶、飞蛾一类的东西。"

"你错了，"我说，"是一个女孩子，一个名叫林绿绿的山地女孩，美丽得可以让石头熔化。"

"林绿绿？"他作沉思状，眨动着眼睛，"你碰到了她吗？那确实是个可以让石头熔化的女孩，她全身都是火，能烧熔一切。"

"也烧熔你吗？"我说，望着他的衣服。

"我？"他盯了我一眼，"我是比石头更硬的东西。"

"是吗？"我泛泛地问，从他衣领上取下一瓣揉皱了的喇叭花花瓣，那抹被摧残了的蓝色躺在我的手心，显得有些可怜兮兮的，我那可爱的蓝色花环，想必现在已经不成样子了！"人不可能抵御美丽。"我自语地说。

"你说什么？"他追问。

"没什么，"我望着手里的蓝色花瓣，"我可怜这朵花。"

他皱皱眉，斜睨着我："我不懂你在说什么。"

"你懂的。"我说，吸了口气，"别谈这个，告诉我林绿绿的故事，她为什么整天在山林里游荡？"

"因为她是个森林的女妖呀！"

"哼！"我哼了一声，"她爸爸想把她嫁给谁？"

"我不知道，我敢打赌，全镇的未婚者都想娶她，包括……"他突然咽住了。

"包括谁？"

"不知道。"

"包括你吧！"我玩笑地说。

"或者。她不是蛮可爱吗？能娶到她的人也算有福气了，只是——"他沉思起来，说，"她需要碰到一个人，这人能够让她安定下来——"

"——休息她漫游的小脚。"我接下去说。

"你在背诗吗？还是叽咕个什么鬼玩意儿？"

"不知哪本小说里的句子。"我说。

"你很爱看小说？"

"也很爱写，有一天我会写一本小说。"

"写些什么呢？"

"我还不知道，我想，要写一些很美丽的东西。"

"不过，人生并不是都很美丽的。"

"也不是都很丑陋。"

"当然，"他审视我，"但是你得把人生写得立体化，那么就美丑都得写到，否则，你只是写了片面的，不会给人真实感。"

"大部分的人生都是美丽的，属于丑陋的只是小部分，我想不必强调那小部分，而可以强调那大部分，因为人有爱美的本能，却没有爱丑的本能，对不对？我希望我将来写出来的小说，让人看了像喝了一杯清香的茶，满心舒畅，而不要有恶心的感觉，像喝猫血那一类的小说。"

"喝猫血？"他蹙蹙眉。

"我看过一篇翻译小说，写一个磨刀匠如何扭断了猫的脖子，把嘴凑上去吸它的血，然后磨刀匠死后，他的狗又如何咬断他的脖子，去吸他的血……"

"噢！别说了，你从哪儿看到这样一篇可怕的东西？"

"这是一篇名著呢，是德国作家欧伦堡的作品。我相信这种磨刀匠，如果真有其人的话，全世界顶多只有这一个，但是可爱的人物，全世界比比皆是，那么，为什么不在那些可爱的人物身上去找题材，而一定要在磨刀匠这种人身上去找题材呢？同时，我也不认为暴露丑恶就叫作写实。"

"很有道理，"他点点头，深深地望着我，"你迷惑了我，咏薇，我没有看过像你这样的女孩子，有这么单纯的外表，却有这样丰富的思想——"他凝视我，眼睛中有一簇火焰在跳动："告诉我，你第一篇小说要写什么？"

"写——"我从他袖子上再取下一瓣蓝色的花瓣，"写一篇标题叫《一串蓝色花串》的小说！"说完，我抛开他，向幽篁小筑跑去。

"咏薇！"他大喊，追了过来。

我们一前一后冲进幽篁小筑，刚刚赶上吃午饭。

第九章

到幽篁小筑的第十天，我才第一次到镇上去。

和我同去的是凌风，他本想用摩托车载我去，但我更喜欢步行，何况，假如走捷径，不经过大路，而横越过那片山坡和旷野，那么，只要步行四十分钟就可以走到，而且沿途都有树荫可以休息。

我们是早晨八点钟出发的，抵达镇上还不到十点。

这并不能叫作"镇"，像凌风说的，它不过是个山地村落而已。建筑大部分是茅草的顶，泥和草砌出来的墙，小部分是砖头和石块，街道（假如那算是街道的话）并不整齐，房子也盖得很零乱，大概总共有三百多户。看样子，这些家庭都很穷苦，每家最多的东西是孩子，几乎每个大门口，都有四五个孩子在嬉戏，甚至孩子还背着孩子，孩子还抱着孩子。全镇里最"豪华"的建筑就是那所小学校。

这所小学位于全镇的顶端，显然是台湾光复之后所建的，能把教育带到这穷乡僻壤来，实在令人惊异。望着每家门口那些半裸的孩子，我才真正领会义务教育的必需。学校是砖造的平房，有一道矮矮的围墙，挂着"××乡小学"的招牌，里面总共只有六间教室，一间办公厅，和一大块名之为"操场"的空地。操场上竖着一根旗杆和两个单双杠，还有一块沙坑。这就是学校的全貌。另外，就是在操场对面，一排五间的教职员宿舍。

现在正是放暑假的时候，每间教室都空着，门也锁着，但仍有不少的孩子在操场中游戏，爬在双杠上，或滚在沙坑里，包括一两岁的孩子都有。

"这就是所谓的镇，"凌风说，"我告诉你的不错吧？简直没有东西可看。"

"仍然有很多东西可看，"我说，"这是另一个世界，如果我不来，永远无法想象一个山地村落。"

有两个孩子打起来了，他们满地打滚，扑打着对方，打得激烈而凶狠。"看他们！"我说，"教育这一群孩子一定是个艰巨的工作。"

"应该有更多的人来教他们如何生活，"凌风说，"大部分的山地人都不懂得过日子，他们是只顾今天，不顾明天，而且，他们永远不明白什么叫卫生。"

"这还是教育的问题，没有人告诉他们肮脏会带来疾病。不过，韦校长说他们是生活得很满足也很快乐的。"

"只要肚子不饿，他们就不会忧愁。"凌风说，微笑地望着那群孩子，"在台湾，你真想找到饿肚子的人，可也不容易。以前，他们靠打猎维生的时候，生活还困难一点，现在，他们已经懂得用农耕来代替狩猎，饿肚子的事大概就不会有了。"

"我奇怪，山地人为什么要住在山地？平地不是比山地舒服得多吗？"我说。

"好问题！"他笑了，"我想，一定是给平地人赶到山上去的！"

"好答案！"我也笑了，"记得山地人都比平地人剽悍得多，似乎不容易'赶'吧？"

"但是，他们没有平地人狡猾，"他指指脑袋，望着我说，"这里面的机器比剽悍的身体更厉害！狮子够剽悍了，可是照样被人类关到动物园里去，大象呢？老虎呢？还被人类训练了去走钢丝呢！"

我可从来没有听说过大象老虎会走钢丝的，不过，他的话好像也很有道理。我们不再研究这个问题，他拉住我的手说："我们去看看韦校长！"

"他永远住在学校吗？"我问。

"是的，不论寒暑假。"

"他没有家？我的意思是说，他没有结过婚？"

"不知道，反正在这儿的他，是个光棍，或者在大陆上结过婚也说不定。"

"他有多少岁？"

"大概四十五六吧！"他盯着我，"你对他很感兴趣？"

"很好奇，"我说，"他好像不是一个应该'埋没'在山地小学里的人。"

"或者你不该用'埋没'两个字，"他踢开了脚下的一颗石子，沉吟了一下说，"无论生活在哪里，人只要能自得其乐就好了。"

"他在这儿很快乐吗？"

"问题就在这里，"凌风摇摇头，"老实说，我不认为他很快乐，他心里一定有个解不开的结。"

"说不定他是为了逃避一段感情，而躲到山上来。"

凌风扑哧一笑，拍拍我的肩："你又忙着编小说了！我打赌他不会有感情的纷扰，他已经度过了感情纷扰的年龄。"

"别武断，"我瞪了他一眼，"你没有经历过四十几岁，怎么知道四十几岁的人就没有感情的纷扰了？在我想象中，感情是没有年龄的界限的！"

"你也别武断！"他瞪回我一眼，"你也没经历过四十几岁，怎么知道他们有感情的纷扰呢？"

"你的老毛病又来了！"我说。

他大笑，我们停在韦白的门前。

这是一排宿舍中的第一间，凌风敲了门，门里传来低沉的一声："进来！"推开门，我们走了进去，这是间大约八席大的房间，对个单身汉来讲，不算是太小了。窗子敞开着，房间里的光线十分明亮。韦白正坐在书桌前面，埋头在雕刻着什么，他工作得那么专心，连头都不抬起来一下。

凌风忍不住喊了一声："韦校长！"

他立即抬起头，看到我们，他显得十分惊讶，说："我还以为是帮我做事的老太婆呢！你们今天怎么有兴致到镇上来？"

"陪咏薇来看看，"凌风说，"她还是第一次到镇上来呢！"

"坐吧！"韦白推了两张椅子给我们。

我并没有坐，我正在好奇地打量着韦白的房间。天地良心，这可不是一间很整洁的房子，我从没看过一间屋子里会堆了这么多书，两个竹书架堆得满满的，地上、窗台上、书桌上、墙角上也都堆着书。除了书以外，还有木头、竹子、各种已完工或未完工的雕刻品和大大小小的纸卷。韦白注意到我在打量房子，他笑了笑。"很乱，是不？"

"很适合你。"我说。

他倒了两杯茶给我们，茶叶很香，我立即嗅出这是青青农场的茶叶。在桌子旁边坐了下来，我望着他书桌上的雕刻品，他正在刻的是一大片竹片，上面雕刻着一株菊花和几块山石。刻得劲健有力，菊花上方，有草书的两行字，是《红楼梦》中黛玉《问菊》一诗中的句子：

孤标傲世偕谁隐？一样花开为底迟？

我不由自主地拿起那块竹片，反复把玩。这雕刻品已经近乎完工，只有几块石头和几匹草还没有刻完。孤标傲世偕谁隐？一样花开为底迟？我望着韦白，他正和凌风聊天，问他爸爸妈妈好不好，我忍不住地冒出一句："韦校长，你在自喻吗？"

"什么？"他不解地望着我。

"孤标傲世偕谁隐?"我指指竹片上的句子,"你在说你自己吗?我对你也有同样的问题呢!"

"哦!"他嘴角牵动了一下,仿佛是在微笑,但他的神情却有些落寞。"你以为我是孤标傲世的?"他问。

"你不是吗?"

"不是。"他摇摇头,"有才气的人才能说这句话。我住在这儿只是不得已罢了。"

"不得已?"我追问,"为什么是不得已?只要你愿意离开,你不是就可以离开吗?"

"但是我并不愿意离开。"他有些生硬地说。

"我不懂,"我摇头,"你的话不是非常矛盾吗?"

"你不懂的东西还多呢!"他微笑地望着我,语气变得非常柔和了,"你还太小,将来你就会知道,整个的世界都是矛盾的,没有矛盾,也就没有人生了。"他燃起一支烟,振作了一下,说:"为什么谈这样枯燥的话题?咏薇——我直接喊你的名字你不在意吧?"

"很高兴,韦校长。"

"你在这儿住得惯吗?"

"她被苦情湖迷住了,"凌风插嘴说,"我想她是越来越喜欢青青农场了,对不对?"他转向我。

我点点头:"这里有许多我预料不到的东西和景致,还有许多我预料不到的人物……"

"怎样的人物?"韦白打断我。

"像你,韦校长。"我坦白地说。

他笑了笑，喷出一口烟。烟雾笼罩下的他，那笑容显得有些难以捉摸，是个无可奈何的笑。

"我看得出来，"他说，"你还是编织幻想的年龄。"

"你在笑我吗？"我问，"我以为你的意思是说我很幼稚。"

"我不会笑你，"他摇摇头，"因为我也有过满脑筋幻想的时代。"

"你是说——"凌风插了进来，"像你现在这样的年龄，就不会再幻想了？"他暗中瞟了我一眼，我知道他是在为我们刚刚辩论的问题——四十几岁的人有没有感情纷扰——找答案。"并不是完全没有，"韦白又喷了一口烟，"我这种年龄，也是一个'人'哩！是'人'就有许多'人'所摆脱不开的东西——"（现在轮到我在暗中瞟凌风了。）"只是，对许多问题已经看透了，知道幻想只是幻想，不会变成现实。年轻的时候，是硬要把幻想和现实混为一谈的。不过，即使能区别幻想和现实，人仍旧还是会去幻想。"

"感情呢？"凌风迫不及待地问，又瞟回我一眼，"你会不会还有感情波动的时候？"

韦白抛下了烟，从椅子里跳起来，笑着说：

"嗨，今天你们这两个孩子是怎么回事？想在我身上发掘什么秘密吗？"

"咏薇想在你身上找小说题材，"凌风轻易地把责任推在我身上，"你知道，她想成为一个女作家！"

"错了！"我说，不满意地皱起眉，"我只是想写作，并不想当女作家。"

"这有什么区别？"凌风说。

"写作是一种发泄，一种倾吐，一种创造……"我热烈地说，"作家只是一个地位，当女作家就意味着对地位和名利的追求，这是两回事。"

"我懂得咏薇的意思，"韦白说，"她所热衷的是写作本身，至于能不能成名作家，这并不在她关心的范围之内，如果能，是意外的收获，如果不能，也无所谓，对不对？"

"对了！"我说，"就像一个母亲，尽她的本能去爱护她的子女，教育她的子女，并且创造了她的子女，在她，只是一种感情和本分，并不是为了想当模范母亲呀！"

韦白笑了，说："你的例子举得很有意思。"走到窗前，他看了看窗外的阳光，回过身来说："天气很好，我们到溪边去钓鱼如何？有兴趣吗？"

"好的！"凌风站了起来，他本来对于一直坐着聊天已经不耐烦了，"你的渔竿够不够？"

"我有四五根呢！"

"用什么东西做饵？"我问。

"蚯蚓。"我皱眉，凌风笑得很开心。"到乡下十天了，你还是个城市里的大小姐！"他嘲笑地说。

"这与城市和乡下有什么关系？"我说，"即使我是个乡下姑娘，我也会认为切碎一条蚯蚓是件残酷的事情！"

"可是，你可照样吃鱼，吃虾，吃鸡，吃猪肉，都是切碎了的尸体！"

"嗨！"我有些生气了，瞪视着他，"我从没有看过一个比你更爱抬杠和更讨厌的人！"

他大笑了，拿着渔竿跑出门去。我一回头，看到韦白正用一种奇异的微笑注视着我们，于是，我不再多说什么了，我不愿韦白认为我是个爱吵爱闹的女孩子。

带着渔竿，我们来到了溪边。这条河是经过镇上，再经过青青农场，继续往下流的。我们一直走到青青农场与村落之间的那一段。放下渔竿，凌风立即用带来的小铲子挖开了泥土。这一带的土壤都很肥沃，他立刻找到了三四条又肥又长的蚯蚓。我把身子背过去，不看他们对蚯蚓的宰割工作，半晌，凌风笑着喊："咏薇，你到底要不要钓鱼呀？"

"要，"我说，"请帮我上上鱼饵好吗？"

"自己上！"凌风说。

"那么，我还是在树底下休息休息吧！"我闷闷地说。

"这儿，给你！"韦白递了一根上好鱼饵的钓竿给我，我接过来，对凌风白了白眼睛。凌风只是自己笑着，一面拿着渔竿走下河堤，把鱼饵甩进了水里。

我们开始钓鱼。三个人都有一阵短期的沉默，阳光在水面闪着万道光华，蝉声在树梢上热烈地喧闹，几片云薄而高，从明亮的蓝空上轻轻飘过。我坐在草丛里，渔竿插在我身边的泥地上（因为我握不牢它），凌风站在我身边，渔竿紧握在他手中。韦白在距离我们较远的地方，坐在一块大石头上面。

浮标静静地荡在水面，流水缓缓地轻泻，我聚精会神地瞪着浮标，只要一个轻轻的晃动，就手忙脚乱地去抓渔竿，一连三次，渔竿上都仍然只有鱼饵。凌风一动也不动，但是，当他第一次拉起渔竿，上面已经有一条六七寸长的鱼，活蹦乱跳地迎着阳光闪耀。"第一条鱼！"凌风笑吟吟地说，取下鱼放进鱼篓，重新上上饵，把渔钩甩入水中。"你觉不觉得，"他望着我，"我们活着也就像钓鱼一样？"

"我不懂。"我摇摇头。

"不是钓鱼，就是被钓。"他静静地说，"而且不论钓鱼与被钓，机运性都占最大因素。"

"你是说命运？"我问，"你认为命运支配着人生？"

"并不完全是，"他说，"我欣赏中国人的一句老话'尽人事，听天命'，许多时候，我们都是这样的。如果尽了全力而不能改变命运，就只有听命运安排了。"

"我从不以为你是个相信命运的人。"

"你知道我是学工的，"他笑笑说，"猜猜我为什么学工？"

"你对它感兴趣呀！"

"天知道！"他说，"我最感兴趣的是音乐，从小我幻想自己会成为一个音乐家，对一切的乐器都发狂，但是，考大学的时候，我爱上了一个女孩子……"

"哦？"我挑了挑眉毛。

"最起码，我自以为是爱上了她，她是在台中读中学的同学，她说，她将来只嫁工程师。我那时简直对她发狂，我一直是会对许多东西发狂的。她看不起我，因为我在学校中的数学没有及格过，她说：'假如你考得上甲组，我就嫁给你！'我一发狠，几个月都没睡好过一夜，终于考上了成大的土木系，这就是我学工的原因。"

"你那个爱人呢?"

"嫁人了,嫁给一个美国华侨,最气人的是,那个华侨是个小提琴手,在纽约一家夜总会里当乐师。"

我大笑,笑弯了腰。凌风叫着说:"你的渔竿!快拉!快拉!有鱼上钩了!"

我急忙拿起渔竿,用力一拉,果然,一条鱼在钩子上挣扎蹦跳,我欢呼着说:"我钓着了!我钓到了!这是我生平钓到的第一条鱼!"

"第二条。"凌风在说。

"什么?"我问,一面叫着,"帮我捉住它!赶快,我不知道怎样可以取下它来!"

凌风把渔线拉过去,但是,那条活蹦乱跳的鱼不知怎样挣脱了钓钩,落进了草丛里,凌风扑过去抓住它,它又从他手掌中跳出来,他再抓住它,用两只手紧握着,那鱼的尾巴仍然在他的手掌下摆来摆去,嘴巴徒劳地张大又合拢,合拢又张大。

"看到了吗?"凌风说,"它在为它的命运挣扎,假如它刚刚从草丛里跳进水里去,它就活了,现在,它的命运是等待着被宰割!"他的话使我心中掠过一抹恻悯,那鱼挣扎的样子更让我不忍卒睹。凌风把鱼放进了篓子中,重新帮我装上鱼饵,招呼着我说:"你来吧,甩远一些!"

我呆呆地站着发愣,凌风喊:"你还钓不钓呀?"

鱼还在鱼篓中乱跳,扑打得鱼篓噼啪作响,我突然提起鱼篓,几乎连考虑都没有,就把两条鱼全倒回了河里,那两个美丽的小东西在水中几个回旋，就像两条银线般窜进河流深处，消失了踪影。凌风大叫一声，一把抓住我的手臂，嚷着说："你这算哪一门子的妇人之仁呀！把一盘好菜全糟蹋了！"

"不是妇人之仁，"我笑着说，"只是，想做一做它们的命运之神。再去扭转一下它们的命运！"

凌风的手还抓住我的手臂，他的眼睛盯着我的脸，在我脸上逡巡着。然后，他放开我，走开去整理渔竿，嘴里喃喃地说了一句什么，我问："你生气了吗？"

他回过头，对我蓦地一笑。"我说，你会成为很多人的命运之神呢！"他调侃地说。

"去你的！"我骂了一句，不再去管我的渔竿，而跑到韦白身边。他抱着膝坐在那儿，一副悠闲自在的样子，渔竿用一块大石头压着。我看了看他的鱼篓，完全空空如也。

"你什么都没钓着吗？"我多余地问。

他深深地看了我一眼，说："在我这样的年龄，很难会钓到什么了，不像你们，可以钓到满篓子的快乐。"

我一怔，望着他，突然感到他是这样地孤独寂寞，又这样地怀才不遇。他的语气如此深地感动了我，我跪坐在他的身边，凝视着他说："你的篓子里也有许多东西是我们所没有的，对吗？最起码，那里面应该装满了回忆。是不是？"

他笑笑，用手摸摸我的头发。

"你是个好女孩。"他说，猛地把头一甩，站了起来，"好了，来吧，我们该收起竿子，分头回家了。"

是的，太阳已到了头顶上，是快吃午饭的时间了，烈日下不是钓鱼的好时候，我们该回去了。

第十章

我从没有像这一段时间这样喜爱游荡过，清晨的原野，正午的浓荫，黄昏的落日，以及那终日潺潺不断的流水，都吸引着我，迷惑着我。在林内小憩，在原野上奔窜，溪边涉水，湖畔寻梦，或者漫步到镇上，好奇地研究着那些画了脸的山地人，所有的事都充满了新奇的刺激。每天，太阳都以一种崭新的姿态从视窗射入，把我从沉沉的梦中唤醒，每次我都惊奇地望着一窗莹翠，感到浑身血液兴奋地在体内奔流。十九年来，我这是初次醒来了，活生生的。每根血管，每个细胞，都在感受和迎接着我周遭的一切。属于一种直觉，我感到有某种事情会在我身上发生了，虽然我并不能确定那是什么事，但我可以从我自己不寻常的兴奋状态中清楚地感觉出来。

这天早晨，我看到凌霄在田地里修整着一片竹篱，我走过去，高兴地说："要我帮你忙吗？"

他看了我一眼，手里忙着绑扎松了的竹子，那些竹篱是架成菱形的格子，上面爬满了绿色的藤蔓，开着一串串紫色的蝶形小花。"好的，如果你不怕弄脏了你的手。"他说。

我摇摇头，笑着说了声没关系。他递给我一些剪成一段段的铁丝，要我把空隙太大的地方加入新的竹子，绑扎起来，并且要小心不要弄伤了卷曲伸展的藤须。

"这是什么植物？"我一面绑扎，一面问。

他又看了我一眼，显得有些奇怪。

"这是蚕豆花呀！"他说，"你没见过蚕豆花吗？"

"我叫它作紫蝴蝶花，"我说，红了脸，"从没有人告诉过我这就是蚕豆花。"我摘了一朵放在掌心里，那细嫩的花瓣何等美丽："我以为吃蚕豆是春天的事情。"

"我们下两次种，"他说，"在山地，因为缺水不能种稻，我们就种种豆子、花生、番薯和玉蜀黍，蚕豆应该是秋收后下种的，可是，我利用这块地也种种，照样有收成，只是不太好，到了秋天，我们还要再种一次，那次就可以卖了。"

"在我吃蚕豆的时候，我绝不会想到它的花这样可爱。"我打量着那些花。

"生物都很可爱，"他头也不抬地说，"不只动物，植物也是，看着一颗种子发芽苗长，以至于开花结果，你会觉得感动，它们是一些毫不做作的、最原始的生命！"

"这就是你宁愿整天在田地里工作的原因吗？"我问，"你对这每棵植物都有感情？"

"我对泥土有感情，"他眺望着面前的原野，"我喜欢这块大地，看，整个大地都是活着的，而且我对工作也有感情。"他淡淡地加了一句："闲散是一件苦事。"

"为什么？"我抗议地说，"在各处走走，闻闻花香，看看流水，这绝非苦事，我生平没有像现在这样完完全全闲散过，但是我觉得非常快乐。"

"你并没有闲散，"他说，"你很忙，忙着吸收，像蜜蜂吸取花蜜似的。"

我愣了愣，拿着铁丝站在那儿，瞪大眼睛望着他，然后我挑起眉梢，兴高采烈地说："嗨！我一直以为你是个只知道工作的机器！"凝视着他，我带着种自己也不了解的感动的情绪说："你应该常常让人走进你的思想领域里去才好。"

他看了我一会儿。"你是说，我常把自己关起来？"

"我认为是如此。"我在田埂上坐了下来，打量着他，"你有时显得很孤僻，很冷漠，很——难以接近。"

他停止了绑扎，蹙着眉沉思，然后，他笑了起来，他的笑容使他刻板的脸生动明朗。

"你带着一颗易感的心到这儿来，"他微笑地说，"渴望着用你善良的本能去接近你所能接近的一切，是吗？"

"或者是——"我更正地说，"去了解我所能接近的一切。"

他摇摇头，温柔地说："咏薇，你的野心太大了，没有人能了解别人，到现在为止，我甚至不了解自己呢！"

"谁又能了解自己呢？"我说，"不过，渴望了解也是人类的一种本能，对吗？所以，人类才会进步，才有科学和各种知识……"我停住了，因为，我看到章伯伯正向我们走来，他穿着件脏兮兮的工作服，背着个锄头，满腿的泥，像个道道地地的农夫。

"凌霄，你弄好没有？最好要快一点……"他猛地止住，看到了我，"哦哦，你在这儿。"他转过身子，一声也不响地就大踏步走开了。我呆呆地说："他怎么了？"

"不知道。"凌霄说，脸色突然阴暗了下来，刚刚的兴致已荡然无存。重新回到他的工作上，他不再说话，不再笑，也不再注意我，只发狠地、迅速地把铁丝缠绕在竹子的接头处。我疑惑地坐在那儿，奇怪着乌云是从什么地方来的，为什么刹那间阳光就隐没了。他看起来又变得那么陌生和遥远了。我忘了我们刚刚谈的是什么题目，而且断定无法再重拾话题了。

"你为什么不到溪边去走走？"他突然抬起头对我说，紧绷的脸上没有丝毫笑容。他在下逐客令了。

我识趣地站了起来，一语不发地把铁丝放在田埂上，就掉转身子，向幽篁小筑走去。我没情绪去溪边，最起码，在这种不愉快的气氛中没有心情去。我穿过竹林，越过家畜的栏栅，走向凌云的鸽房，鸟类应该比人类友善些，我想。

章伯母正在鸽房前面，用碎米喂着鸽子，同时打扫着鸽笼。"去散步吗？"她微笑地问我。

"在田间走了走，"我说，"凌云呢？她怎么不管鸽子了？"

"她在绣花呢，"章伯母说，把晚霞用手指托了出来，怜爱地抚摸着它的羽毛，"凌云怕脏，清理鸽笼的工作她向来不管，这鸽子真漂亮！"

晚霞扑了扑翅膀，飞向天空，在天空中盘旋了几圈，就越过竹林，不知飞向何方去了。章伯母看了看我，关切地问："有什么事吗？你看来不大高兴的样子。"

"没有。"我说，逗弄着珊瑚，用手指顶住它勾着的嘴，轻叫着说，"珊瑚，珊瑚。"

"瑚瑚，瑚瑚。"它说。

我笑了，多么可爱的小东西呀！尽管没有剪圆它的舌头，它仍然有着学习的本能呢。

离开了章伯母，我走向我的房间，推开房门，我有一秒钟的迟疑：凌风正坐在我的书桌前面。我冲进去，掼上房门，一下子就站在凌风身边，他正捧着我那本"幽篁小筑星星点点"，看得津津有味。我大叫了一声，劈手夺过我的本子，嚷着说："谁允许你动我的东西？"

他笑得前俯后仰，指着我说："好咏薇，你什么时候把我们幽篁小筑变成动物园了呀？"

我瞪大眼睛，他笑得更厉害了。拿起本子，在翻开的一页上，我看到我自己的笔迹，清清楚楚地写着我对章家每个人的评语：

　　章凌风：一只狡猾而漂亮的公鹿。

　　章凌霄：一只沉默工作的骆驼。

　　章凌云：一只胆怯畏羞的小白兔。

　　章一伟：一只粗线条、坏脾气的大犀牛。

　　章舜涓：一只精细灵巧的羚羊。

我把本子扔在桌子上，瞪视着章凌风，用冷冰冰的语气说："你不该侵入私人产业里。"

"我并不想将这产业占为己有呀！"他满不在乎地说。

"这种偷看的行为是恶劣的！"我继续说。

"你应该习惯于我的恶劣。"他的嘴边依然带着笑，眼光灼灼地盯着我。

"我想你一向都对你恶劣的行为感到骄傲，"我说，"像撒谎、欺骗、捉弄别人，甚至讽刺、谩骂、玩弄女孩子……你就代表这一代的年轻人，有点小聪明而不务正业……"

"慢着！"他打断我，笑容消失了，"仅仅看了看你的小册子，就该换得你这么多的罪名吗？还是你过分地关心我？我的讽刺、谩骂、玩弄女孩子使你不安了吗？"

"别强词夺理！"我涨红了脸，"不要以为每个人都欣赏你的油腔滑调！"

"你也别太盛气凌人！"他竖起了眉毛，"以为所有的人都该接受你的教训！"

"你犯了幼稚病！"

"你才犯了狂妄病！"

"你比我狂妄一百倍！"

"你像个啰唆的老太婆！"

"没有人要你逗留在这里！你尽可以不听我啰唆！"

"我会走，用不着你赶！"他愤愤然地站起身子，对我恶意地瘪了瘪嘴，"告诉你，好小姐，随便发脾气并不代表你比别人优越，不管你怎样做出骄傲自负的样子来，你仍然是个毫不懂事的小女孩！你对这个世界知道多少？你对人的了解又有多少？你只是自以为懂得多，自以为站得直，你才是真正犯了幼稚病！"他摇摇头，再加上一句："既幼稚又狂妄！"

我为之气结，站在门口，我打开房门。

"请你出去！"我说。他走向门口，用手支着门框，对我冷冷地凝视了两秒钟。

"我记得你对我说过一句话：轻浮和贫嘴都不代表幽默。这句话确实让我获益不少。我现在也要告诉你一句话：任意教训别人和发泄脾气都不是洒脱！"眯起眼睛，他从眼缝里望着我，"你比一粒沙子还渺小，认清了这一点，你再去教训别人！"

砰的一声，他带上了房门，消失在门外了。我愣在那儿，好一会儿都不知道自己在想些什么，做些什么。然后，一阵懊恼和悔恨的感觉抓住了我，我不知道为什么要和凌风吵架，他所偷看的东西并没有什么了不起，我原可以一笑置之的。而我却把情况弄得那么糟糕，不但毁坏了原有的愉快气氛，还自讨了一番没趣。走到床边，我平躺在床上，用手枕着头，呆呆地瞪视着天花板。半晌，我冷静了下来，不禁回味着凌风说的话，越回味就越不是滋味，我开始恨他了，恨他的话说得那样刻毒，那样不留余地！本来，清晨我曾有那么好的心情，而现在，什么都不对头了，先是凌霄，后是凌风，把我所有的热情全打进了冷窖。

我躺了好一会儿，直到凌云推开门进来，她带着她的绣花绷子，安安静静地走到我的床边，给了我一个恬然的微笑。

"二哥说和你吵了架,"她用平静的语气说,"你一定不要和他生气,他很难得会不和人吵架的。"

我从床上坐起来,只感到满心的沮丧。

"我并不想和他吵,"我蹙紧了眉,"我也不知道是怎么回事!"

"他说你是个巫婆!"她笑着说,很开心的样子,"我从没有听到他叫人巫婆,你一定真正地气着他了,他跑出去的时候脸红得像珊瑚一样。他对挨骂向来满不在乎的,你骂他什么了?"

"我不知道。"我更加沮丧。

"不要难过,"她坐在椅子上,开始绣她的东西,"妈妈说,有人能骂骂他是件好事。我向你保证,明天他就会把什么都忘记了,二哥喜欢吵吵闹闹,但是他从不会对任何人真正生气。大哥看起来脾气好,事实上比二哥脾气坏,他把许多事都藏在心里,不像二哥,藏不住一点儿事情。"

"你在绣什么?"我问。

"一对枕头套。"

"谁的?"我走过去,看了看绷子中的图案,几株雏菊和一带短篱,图案很雅致,绣工更精细得惊人,"你绣得真好!准备给谁?"

"不好!"她红了脸,"是韦校长的,没有人帮他做这些。"

我看了凌云一眼,心中掠过一阵特殊的情绪,仿佛若有所悟,但又把握不住什么具体的东西。坐在桌前,我拿了一支铅笔在小册中的一页上乱画,一面心不在焉地问:"凌云,你有没有恋爱过?"

她惊跳了一下,针扎进了手指,她把受伤的手指送进嘴里衔着,用一对黑白分明的大眼睛注视着我,然后,她垂下了头,脸一直红到脖子上,支支吾吾地说:"我——没有。"

"你从没有爱过什么人吗?"我追问,想到鸽子、晚霞和纸条。但是,我没有权利探听别人的秘密,我只是心中烦躁和无聊而已。

"你为什么要问?"她抬起头来了,"勇敢"地望着我,她的脸红得十分可爱。

"我知道你爱着一个人,对不对?"我微笑地说。

她又惊跳了一下,愣愣地瞪大眼睛,像个受了惊吓的小动物。"你怎么知道?"她嗫嚅地问。

"你二哥不是叫我巫婆吗?"我说,笑了。我没预料到她会那样不安。"巫婆都有未卜先知的本领呀!"

"可是——"她沉吟了一下,恳求地说,"你一定不要告诉别人。他们会笑我。而且——而且——"她犹豫了半晌,吞吞吐吐地说:"你一定知道吧!"

"知道什么?"我问,完全摸不着头脑,我对她的恋爱不过从一张小纸条里获得的线索而已。

"你是知道的,对吗?你知道他——他是不会和我——"她垂下眼帘,长睫毛下浮上一层泪影,刚刚红艳的嘴唇现在发白了,她显得十分激动。我惊异地发觉,在她那恬静的外表下,竟藏着一颗多么炽热的心。"你一定不能告诉别人,你答应我不告诉别人吧!"

"你放心，"我恳切地望着她，"我不会告诉任何人，这是我们之间的秘密，好吗？"

她感激地望着我。"你是个好人，咏薇。而且，你那么聪明，又那么洒脱，我但愿有你二分之一的勇敢和坚强。"

"勇敢和坚强？"

"是的，你不是很勇敢和坚强吗？我从没有听你提过你父母的事，你承受一切苦恼，然后在旷野中发泄。如果我是你，我会受不了的。"

我默然。勇敢和坚强？如果我有这两项优点，那么至今我自己还没发现过。事实上，我何曾勇敢和坚强？

"你错了。"我淡淡地说，"我不是勇敢和坚强，我只是冷漠，他们离婚不关我的事，我根本不在乎。"

她摇摇头，深深地凝视我，眼睛里盛满了关切和同情，她的声调也一样："你在乎的，咏薇，你并不冷漠。"

我皱皱眉，我不想谈这件事。我觉得她有些自作聪明，她并不了解我，我们生活在两个世界里。她很单纯，而我很复杂。她单纯地爱，单纯地生活，单纯地梦想。我呢，思想是繁复的，生活是矛盾的，感情是自己也无法捉摸的。对许多事情我可能很热情，对爸爸妈妈这件事，我确实是冷漠的，我不愿找借口来自怨自艾。"别谈我，谈你吧，"我说，"谈谈你所爱的那个人。"

她的脸上浮起一片阴云。

"何必呢？"她轻轻地说，显得可怜兮兮的，"他离我那么遥远，我不过做梦而已。"

有梦总比无梦好，我想。她脸上尽管有着阴云，眼睛却光辉灿烂。我心底若有所失，失去了什么？我也不知道，只隐约地体会到自己那种本能的酸意。那个男人是谁，他不是也痴心地爱着她吗？那是谁？我望着那绣花绷子，答案不是很明显吗？但是——但是——但是有些什么不对头！

"他是谁？"我冒失地冲口而出。

"什么？"她又吃了一惊。

"你的男朋友是谁？"

"你不是知道吗？"她瞪大了眼睛。

"我怎么会知道呢？"

她犹豫了，好半天，她迟疑着没有开口。然后，她长叹了一声，站起身来说："过两天我告诉你，好吗？我把所有的事都告诉你。我真渴望有人能帮我分担一些。但是，不是今天。"

"现在，你只要告诉我他的名字。"我坚持。

"我——"她迟疑着，终于没有说出来。事实上，也没有时间让她说了，章伯母推开门来叫我们去吃饭。

我们一起到了饭桌上，凌风坐在我的对面，我不知道他的气平了没有，但他不看我，也不和我说话。凌霄带着他一向的沉默，只瞥了我一眼，就埋头吃饭。凌云静悄悄地端着饭碗，也是心事重重，我环视着四周，突然沉重得举不起饭碗了。"怎么回事？"章伯母敏感地四面望望，"今天饭桌上怎么这样安静？"

"他们心里都有鬼！"章伯伯叽咕了一句，用一种古怪的神色望着我们。他的眼光落在我身上："咏薇，我早上看到了你。"

"我知道。"我说，还记得他怎样猝然地离去。

"好，这样很好，"他牛头不对马嘴地说，"你应该如此，应该和凌霄学学田里的工作。"

章伯母蹙起了眉头。我疑惑不解，根本不明白章伯伯的意思。凌霄抛下了饭碗，突然站了起来，鲁莽地说："我去除草去！"

他转头就大踏步冲出了饭厅，我没有忽略他脸上愠怒之色，谁得罪了他？章伯母喊了一声："凌霄，你才吃了一碗饭！"

但是，凌霄已经跑得无踪无影了，饭桌上有片刻尴尬的沉默，然后，章伯伯愤愤然地把筷子在桌上一拍，怒容满面地说："不识抬举！你看我将来……"

"一伟！"章伯母打断了他，看了我一眼，章伯伯不说话了，但仍然满面怒气。我愕然地看着这一切，心里疑惑得厉害，到底是怎么回事呢？我的眼光和凌风的接触了，他狠狠地盯了我一眼，就立即调开了目光，我惶惑得更厉害了，难道是为了我吗？我有什么使他们不高兴的地方吗？

"好了，吃饭吧！"章伯母温柔的声音放松了空气，把一筷子鸭肉夹进我碗里，"咏薇，吃哦，干吗不动筷子？"

大家都静静地吃了起来。我划着饭粒，到青青农场以来，我这是第一次食不知味。

第十一章

　　落日在水面静静地闪熠，成千成万条金色的光芒穿透了流水，像某个神仙所撒下的一面金线织成的大网。但是，这网网不住那一溪流水，也网不住那绚丽的黄昏。我望着流水被金线所筛过，望着晚霞由明亮转为暗淡，心中恍恍惚惚，一分无法解释的哀愁，淡淡地，飘忽地，从树叶上落下，从暮色里游来，轻轻地罩住了我。这是不能分析的，我经常会陷在这种轻愁里，过分美丽的景致，过分感人的故事，甚至一片云，一朵花，一块小鹅卵石，都会带给我哀愁的感觉。不过，我是喜欢这种感觉的，那样酸酸楚楚，又那样缥缈虚无，和那黄昏的光线一样轻而柔。它使我感到自己是活着的、存在的，和充满感情的。

　　我就这样坐在溪边的大树下，半埋在浓密的草丛中，注视着前面的溪流和落日。白天所发生的那些事，凌霄莫名其妙的愠怒，凌风的争吵，以及凌云的恋爱……现在离我都很遥远，目前，我只是沉醉在那流水的淙淙和天际色彩的变幻里。

但是，她来了。我听到赤脚踩着流水的声音，就知道是她来了，那森林的女妖，她从流水的另一头走来，沿着水边向上游走。她还是上次我在梦湖边上所见到的样子，披散着一头美好的黑发，穿着件红色的衬衫，半裸着那古铜色的、丰满的胸部。她赤着的脚毫不在意地踩进水里，溅起了无数的水珠，沾湿了她的裙子，贴在她线条美好的大腿上。她不时回顾，唇边有着挑逗的笑容，于是，我发现了，她并不是一个人，她后面还跟着另外一个人：一个男人。

我惶惑了一会儿。那男人紧跟在她后面，脸色凝重而诚恳，用迫切的声音不住地喊着："绿绿，绿绿，绿绿！"

我盯着那男人，绿绿，绿绿，绿绿……我的记忆在活动，绿绿，绿绿，绿绿……我到这儿的第一个早上，曾在树林中听到的呼唤，我曾以为是莉莉或是丽丽。那红色的身影就是她。那男人并非凌风，而是面前这一个，这个我非常熟悉的人——章凌霄。

这发现使我那么惊异，我竟无法把眼光从他们身上收回来。他们并没有发现我，茂密的草和满树的绿叶把我掩护得很好，再加上那逐渐加浓的暮色，正遍布在溪边和草原上。

"绿绿，绿绿！"凌霄仍然在喊，带着点恳求的味道。

"做什么？"她把头向后一甩，让垂在眼睛前面的头发披向脑后，那姿态美得迷人。"你要做什么呀？"她笑着问。

"绿绿，你别折磨我吧！"凌霄抓住了她的手腕，"你停下来，听我说几句话。”

“你别说吧，你说的话我听不懂。”她发出一串轻笑，充满了挑逗，“你如果要吻我，我就让你吻，但是，别和我讲那些爱情的大道理！”她微仰起头，噘起嘴唇，放肆地说：“来吧！”

凌霄并没有吻她，反而用一种悲哀的神色望着她，叹口气说：“你不懂吗，绿绿？我对你是真心真意的，不是玩弄，我要给你一个家，你懂吗？”

“家——”她轻蔑地说，“你要我到你家去做下女吗？像秀枝一样的？”

“你明明知道的，绿绿，我要娶你，要你做我的太太，你为什么一定要歪曲我的话呢？”

“呸！”她啐了一口，“你不会娶我的，我知道你们，我完全知道！你爸爸看到我像看到毒蛇一样，你以为我不知道？你不会娶我的，你心里和所有的人都是一样的，他们见到我就是扯我的衣服，抓住我，抱我……”

“绿绿！”他打断她，痛苦地说，“希望你有一天能够懂得，懂得人类也有高尚的情操，懂得真正的爱情里有多少尊敬的成分，别轻易地侮辱它！”

“呸呸！”绿绿不耐地喊，“我听不懂你的话！你爱我为什么不来吻我抱我呢？你爱我什么地方？我的身体？我的脸？对吗？那么，来吧！我在这里，你为什么没有胆量上来？”

“绿绿，你被那些追逐你的男人吓怕了，”凌霄有些激动，“我不是那样的人，绿绿。我爱你因为你真实，因为你自然而原始，没有丝毫的虚伪和造作。这感情不是属于肉欲的，你懂吗，绿绿？"

"我不懂，"绿绿摇头，"你要爱就爱吧，不用在嘴里讲许多大道理！"

"你跟着韦校长念了好几年的书，难道还不明白？"

绿绿猛烈地摇她的头，落日余晖把她的影子映在水中，是一片虚幻的光与影。"韦校长的话我也不懂，"她坦率地说，"他和你一样，喜欢讲道理，讲——"她用手拍拍头，想出她要说的字了："哲学！我不知道什么叫哲学，什么叫道理。活着就活着，爱就爱，恨就恨，说那些话有什么用呢？后来韦校长不教我了，他对我说：'绿绿，过你自己的生活吧，你高兴干什么，就去干什么，做一个完整的你自己比什么都好！'所以，我不念书了！"她长叹一声："念书真是苦事！为什么有那么多人喜欢做这种苦事呢！"

"这也是我爱你的地方，"凌霄深情地说，"你像一块岩石、一片山林一样地朴实，又这么美，比黄昏还美，比清晨还美，而且，美得这么真实！"

"你讲完了没有？我要走了！"绿绿挺了挺身子，想摆脱掉凌霄的掌握，"我再不回去，爸爸又要打我了！"

"等一下！请你，绿绿。"凌霄说，"只告诉我一句，我会不顾一切地争取你，你爱我吗？你愿意嫁我吗？"

绿绿大大地摇头。"不！我不嫁你！"她毫不考虑地说，"我不要住到你家去，我不喜欢你们家，你们会把人都关起来，关在那些小房间里。"她伸展她的胳膊，那模样好像天地

121

都在她手中："我过不惯，我会死掉！"

"但是，绿绿，没有人要关你。"凌霄急切地说。

"不！不！我不要！"绿绿挣扎着要跑走，"你爸爸妈妈不喜欢我，你爸爸叫我野人，叫我妖精！我不要！"

"再说一句话，绿绿，"凌霄把她抓得紧紧的，"你有一些爱我吗？"

绿绿咯咯咯地笑了起来，她的笑声里充满了性感与诱惑，她那裸露的手臂浴在落日的光线里，染上一层柔和的橙与红，她毫不做作地扭曲她的身子，在凌霄掌握中转动得像一条蛇。笑停了，她说："我不知道！"

"你应该知道！"

"但是，我真的不知道！"绿绿又笑了，摆脱掉凌霄的掌握，她快乐地说，"我愿意跟你玩，凌霄，只要你不向我说那些道理，也不要问我爱不爱你……"她停住，突然问："凌霄，什么叫爱呀？我是说爱情。"

"喜欢，喜欢得想占为己有。"凌霄匆促地解释，显然有些词不达意。

她摇头。"我没有爱情，我不想把什么东西占据！"她迈开步子，开始沿着溪流奔跑，水花在她的脚下四面飞溅。她一面跑，一面回头说："我明天来找你，早上，在那边树林里！"

"绿绿！再等一下！绿绿！"凌霄喊着。

但是，绿绿已经跑走了，随着她的消失，是一片溅着水的声音，和一片清脆的笑声。凌霄没有追过去，他站在溪边，目送她的影子消失。然后，他在一块石头上坐了下来，痛苦地用手捧住头，把手指插进头发里。就这样，他坐了好一会儿，才长叹了一声，站起身来，慢慢地向下游走去。他的影子长长地拖在他的后面，显得那样无力和无可奈何。

我有好久都透不过气来，这就是凌霄的故事吗？他和一个山地女孩的恋情？那个不懂得恋爱的女孩子，那个属于山林的女妖！我沉思良久，然后，我觉得我开始了解这种感情了，也有些了解凌霄了。

暮色渐渐加浓，水里的金线已经消失，天边的云块变成灰蒙蒙的一片。我站了起来，拍了拍裙子上的灰尘，慢慢地向幽篁小筑走去。我所发现的事情，使我有一种新的颖悟，还有一种新的感动。当我踩着草地向前行进时，我觉得连天地都充满了新的感情。

在幽篁小筑的门口，我碰到了韦白，他踏着黄昏的暮色，从草原的另一头走来。"嗨！韦校长。"我招呼着。

"咏薇，"他点点头，"到哪儿去了？"

"溪边，"我说，"你呢？从哪儿来？"

"镇上。"

"你有好几天没来过了。"我说。

"是吗？"他心不在焉的。

他在想什么？他没有勇气到这儿来吗？我望着他，他眉头微锁，紧闭的嘴唇包住了许多难言的、沉重的东西，我几乎可以看到他肩头的重担和心头的愁云，比暮色还重，比暮色还浓。

我们一起走进幽篁小筑，章伯伯不知道为了什么，正在客厅里发脾气，凌霄坐在桌子前面，凌风斜靠在窗前，章伯母在低声劝解："好了，好了，孩子们有他们自己的世界，这不是我们可以勉强和主宰的事！"

"你还说！"章伯伯咆哮着，"凌霄就是被你宠的！又不是你生的，干吗处处护着他？"

原来他在骂凌霄！为了什么？凌霄天天默默工作，不言不语的，还说被宠坏了，那么凌风呢？我愕然地望着凌霄，他满面愁容地坐在那儿，紧闭着嘴一语不发。我们的出现，打断了章伯伯的责骂，凌风立即发现了我们："好了，爸爸，客人来了！"

"怎么回事？"韦白问。

"别提了，"章伯母立即说，"父子间总会有些摩擦的，一伟太勉强凌霄了！"

"还说我呢！"章伯伯愤愤地说，"中午吃饭的时候你看他那副怪样子，下午又不知道跑到哪里去了，八成是和那个野娼妇去鬼混……"

"爸爸！"凌霄跳了起来，嘴唇发白了，"我不是章家的奴隶，我会忠于我的工作……"

"你不是章家的奴隶，难道我是？"章伯伯大叫，"你把工作放下不做，去和那个野女人不三不四……"

"爸爸！"凌霄哑着喉咙说，"希望你不要侮辱我所尊重的……"

"哈！尊重！"章伯伯怪叫着说，"你们听听，他用的是'尊重'两个字哩！哈，尊重，尊重！你们听见没有？"

凌霄脸上红一阵，白一阵，我从没有看到他这样激动过，他抖动着嘴唇，却一句话也说不出来。章伯母忍耐不住了，挺直了身子，她坚决而迅速地说："一伟，假如你不能了解孩子的心灵和感情，你最起码应该可以做到不伤害他们！我不知道这有什么好笑！"回过头去，她对凌霄说："你去吧！你爸爸一生没有了解过感情，你是知道的……"

　　"这是你教育孩子吗？"章伯伯勃然大怒，"你这是什么意思？"

　　"凌霄早已成人了，他是自己的主人！"章伯母说，"你不能永远把他当孩子，你应该让他自由，让他去决定自己的事！"

　　"不能！他是我的儿子！我来管！不是你的！"

　　凌风离开了窗口，慢慢地走了过来，轻描淡写地说："爸爸，你一定要让韦校长每次看到我们家都在吵架吗？"

　　韦白也走了过去，他把手放在凌霄的手臂上，诚恳而严肃地说："一伟，你有个好儿子，别把他逼走了。他不是不能分辨是非的人，他会处理他自己的事！"

　　"你们为什么都要帮他说话？"章伯伯气呼呼地说，"难道我给他选择的人不好吗？"他的眼光在满室搜寻，突然落在我的身上。"咏薇，过来！"

　　我一愣，惊讶地望着他。"做什么？"我疑惑地说。

　　他把我硬拉过去，嚷着说："你们看看，难道咏薇还赶不上一个林绿绿吗？她哪一点不比那个野娼妓高明千千万万倍？"拉着我，他说："咏薇，你愿意嫁给凌霄吗？"

我生平没有遭遇过比这更尴尬的事，瞪大了眼睛，我惊愕得无法开口，然后，窘迫的感觉就使我整个的脸孔都发起烧来。凌霄似乎比我更难堪，他废然地转过身子，背向着我们说："爸爸！你这算什么！"

说完，他干脆一走了之，向门口就走。偏偏章伯伯还不饶他，竟厉声喊："站住！凌霄！咏薇哪一点不满你意？你说！"

章伯母忍无可忍，走上前来，她一把把我拥向她的怀里，恳求地说："一伟，你别为难孩子们好不好？你叫咏薇怎么下得来台？这不是你能一厢情愿的事呀！你饶了他们吧！"说完，她望着我，眼睛里竟隐含泪光，说："咏薇，别在意你章伯伯的话，他向来是这样想到什么说什么的。你现在去帮我告诉秀枝一声，说韦校长在我们家吃晚饭，让她多准备一份，好吗？"

我知道章伯母是借故让我避开这段难堪，就点点头向门口走去。韦白有些迟疑，这当然不是留在别人家吃饭的好时候，他犹豫地说："我看我——"

"韦白！"章伯母喊了一声。

韦白不再说话了，我走出客厅，在院子里，我遇到凌云，她呆呆地站在那儿，手里捧着她的绣花绷子，看到我，她说："是韦校长来了吗？"我点点头。她迟疑地说："我要给他看看我帮他绣的枕头套。爸爸——还在发脾气吗？"

"我不知道。"我说，心中充满了别扭和不愉快的感觉，刚刚在客厅里所受的难堪仍然鲜明，离开了她，我径自走向厨房。

那是一顿很沉默的晚餐，每个人都有自己的心事，这一顿饭竟比午餐时更不愉快。我只勉强扒了半碗饭，就离开了饭桌，事实上，章伯母等于没有吃，韦白也吃得很少，只有章伯伯，发脾气归发脾气，吃饭仍然是狼吞虎咽。

　　我很早就回到房里，这是个月亮很好的夜晚，旧历十六七的月亮，几乎还是一个正圆。在窗前坐了片刻，有人轻敲我的房门。我打开门，凌风停在外面，一只手支在门上，静静地望着我。"是不是还在生我的气？"他轻轻地问。

　　我摇摇头。

　　"也别生爸爸的气，嗯？"

　　我点点头。

　　他把手伸给我。"我们讲和了，好不好？咏薇，以后别再吵架了。"

　　我迟疑了一下，他说："握一下手，怎样？"

　　我把手伸给他，我们握住了手，微笑在他的眼角漾开。他握住我的手摆了摆，说："去散散步，好吗？月亮很好。"

　　我们去了，月亮真的很好，草地上有露珠，有虫鸣，有静静的月光，静静的树影和静静的梦。

　　归来的时候，我看到客厅里还有灯光，韦白还没有走，他的影子靠窗而立，清晰地映在窗子上。

第十二章

　　我在章家的地位忽然陷进一种尴尬的情况里，章伯伯的惊人之举使我有好几天都不舒服，尤其见到凌霄的时候，我更不知道该怎么应对才好。凌霄也同样难堪，于是，无形中，我们开始彼此回避，而我也失去了最初几天的好心情。

　　这种情况一直到三天后才解除。这天早晨，我在鸽房前遇到章伯母，她把我带进她的书房里。这间房间我几乎没有进来过，里面有一张小书桌和两张藤椅。四周的墙壁，一面是两扇大窗，另外有两面都是竹书架，居然排满了各种的书，琳琅满目。另一边墙上有一幅画，画着一株兰花，我不用费力就可以找到韦白的题款。靠在书桌前面，我环屋而视，从不知道章伯母是一个精神食粮如此丰富的人。

　　"你有这么多书！"我感慨地说，"和韦白一样。"

　　她看了我一眼，笑笑说："书可以治疗人的孤寂。"拉了一张椅子，她说："坐坐吧！咏薇，你爱看书，以后可以常到这儿来拿书看，说不定这里有些你在市面上买不到的书。"

我坐进椅子里，眼光停在书架旁边的墙上，那儿挂着一对竹子的雕刻品，对这雕刻品我并不陌生，我曾在韦白的书桌上见过，两片竹子上刻的都是菊花，但姿态构图都不一样，上面刻的字是曹雪芹的句子，黛玉《问菊》诗中的四句，左边的是我所见过的那块："孤标傲世偕谁隐？一样花开为底迟？"

右边刻的字是：

"圃露庭霜何寂寞？鸿归蛩病可相思？"

我注视着这两幅东西，那菊花如此生动，使我神往。章伯母没有忽略我的表情，她微笑地说："刻得很好，是不是？那是韦校长刻的，韦白，一个很有才气的人。深山里不容易找到知音，他就总是把雕刻的东西送给我们，山地人不会喜欢这些，你知道。"

"他应该下山去，"我说，"这儿委屈了他。"

"他到山下去会更寂寞，"章伯母深思地说，"这儿到底有山水的钟灵秀气，山下有什么呢？"

或者这儿还有一个他所喜爱的女孩子，难道章伯母竟丝毫没有觉察出来吗？还是我的猜测错误？章伯母不再谈韦白了，抓住我的手，她亲切地望着我说："咏薇，你这两天不大开心？"

她是那样一个精细的人，我知道自己的情绪是瞒不过她的。摇了摇头，我支吾地说："不是的，是——因为——"

"我知道，"她握紧了我一下，"为了你章伯伯说的那几句话，对吗？"她注视着我，那对深湛明亮的眼睛明澈而诚恳。"你知道，咏薇，你章伯伯是个不大肯用思想的人，他经常都会做些尴尬的事情，但他的用意是好的，他喜欢你，所以希望你能成为章家的一员，他忽视了这种事情是不能强求的，他也不了解爱情的微妙。不过，无论如何，他没有恶意，你也别把这件事放在心上，好吗？"

我点点头。章伯母叹了一口气："人有许多种，有的细腻得像一首诗，有的却粗枝大叶得像一幅大写意画，你章伯伯就是后者。"

"你是前者。"我不经考虑地说。

她看看我，唇边有一丝苦笑。

"是吗？"她泛泛地问，"无论是诗还是大写意画，都需要人能欣赏和了解，它们都各有所长。"

"你能欣赏大写意画吗，章伯母？"我问。

她坦白地望着我，轻轻地点了点头。

"是的，我能欣赏而且了解。"

"但是——"我犹豫了一下，"我不认为章伯伯会欣赏或者了解诗。"

她不语，注视了我一段长时间，我们彼此对视，在这一刻，我感到我们是那样地接近和了解。然后，章伯母轻声说："他是不了解的，但是他很喜爱。人不能太苛求，对不对？能获得喜爱已经不错了。"

"不过——"我说，"我宁愿要了解。"

"那比喜爱难得多，你知道。"

"所以比喜爱深刻得多。"

她把我的两只手合在她的手里，我们静静地坐了好一会儿。她勉强地笑了笑，说："你倒像是我的女儿呢，咏薇！"摇摇头，她叹口气，微笑着加了一句："别怪我哦，咏薇，我也真希望你能成为我的儿媳妇呢！"

我站了起来，脸上不由自主地发热了，别开头去，我在书架上抽出一本书来，是冈察洛夫的《悬崖》，一本闻名已久却没有看过的书，我说："借我看，章伯母。"

"你拿去看吧！很好的一本书。"

我拿着书走出章伯母的书房，心里已经不再别扭和难堪，章伯母的话是对的，章伯伯并不是有意让人尴尬，他只是喜欢独断独行的老好人。我没有回我的房间，草原的阳光始终吸引着我，我想到溪边去，找一棵大树底下坐坐，同时，慢慢地欣赏我刚借到手的小说。不过，我才走了几步，就迎面遇到了凌霄，看到我，他略事迟疑，我也愣了愣，那层不安的尴尬依旧在我们的中间，他显然想避开我。没经过思索，我就及时喊了一声："凌霄！"

他停住，肩上搭着他的外衣，上身是赤裸的，他看来非常局促和不安。"有事吗？"他勉强地问。

"我想——"我急促地说着，决心消除我们之间的那份尴尬，同时，也表明我的立场，"我们这样总是彼此避开也不是办法，对不对？"我直视着他："何况，我短时间之内，还不会离开这里。"一层红色染上他的眉梢，他看来更不安了。

"原谅我，"他嗫嚅地说，"我没料到会把你陷入这种情况里。"蹙起眉头，他满腹心事地长叹了一声："唉！"

许多没说出口的话都在那一声叹息里了，我满心都充满了了解和同情，我还记得第一个早上在树林里听到他和绿绿的对话，以及数日前在溪边目睹的一幕。世界上每个人都有属于自己的感情，无论这份感情的对象是谁，感情的本身都那么美，那么值得尊重。"我了解，"我点点头说，"那是一个好女孩。"

"你说谁？"他愣了一下。

"林绿绿。"我安静地说，坦然地望着他，"我知道你对她的感情，如果我是一个男孩子，我也会爱她。我从没见过比她更充满野性美的女孩，像一块原始的森林，一片没被开发过的土地一样。"

他的眼睛发亮而潮湿，凝视了我好一会儿，他才垂下眼睛，望着脚下的田埂，轻声地说："你是唯一能'认识'她的人。假若每个人都能像你这样看得清她就好了。"

"还需要能看得清你们的感情，是吗？"我说，"不过你会克服这些困难的，章伯母站在你这一边，凌风和凌云都不会说什么，麻烦的只是章伯伯……"

"是绿绿，"他轻声地打断我，"她朴拙得无法了解感情。"

"有一天她会了解的，"我望着在阳光下闪耀的原野，"总有一天，我们会长大，突然了解许多自己以前不了解的东西。总有这么一天，你需要等待。"

"对了！等待！"一个声音突然加入了我们，我和凌霄都吃了一惊，抬起头来，凌风正双手插在口袋里，不知从哪儿冒出来的，含笑站在我们的面前。他的眼睛闪亮而有神，咧开的嘴唇带着抹生动的微笑。"咏薇，我发现你糟糕透了！"

"怎么？"我瞪大了眼睛。

"你受韦白的影响太深，"他不赞成地摇摇头，"看你讲的话和你的神情，像个悲天悯人的小哲学家！"望着凌霄，他眼睛里的光在闪动。"你是笨瓜，凌霄。"他说，"咏薇确实胜过了那个绿绿千千万万倍！"

"嗨，别扯到我！"我愤然地喊，不喜欢凌风的声调和语气，我又不是一件随他们安排的东西，难道我没有自己的选择和看法？凭什么要章凌霄来选择我？

"我显然伤到了你的自尊心，"凌风转向了我，那微笑仍然可恶地挂在他的唇边，"我只是对爸爸的安排不服气，他对大儿子想得太多，对二儿子想得太少。"

"哼！"我重重地哼了一声，"别说笑话，凌风。"

他假意地叹口气，做出不胜委屈的样子来。

"唉！"他说，"我最可悲的事情就是，每次我说的正经话，别人都当笑话来听。不过，不要紧，咏薇，假如你对我的印象不好，最起码我还可以等待。"看着凌霄，他笑吟吟地说："让我们彼此等待我们所等待的，如何？"

凌霄没有答话，每次他和凌风在一起，凌风总显得过分活泼，对比之下，他就显得十分木讷。太阳很大，我已经被太阳晒得发昏，凌风抬头看了看天空，耸耸肩说："你们想变成晒萝卜干？还是想成为烤肉？"把一只胳膊伸给我，他说："我们去树林里走走，怎样？"

我很高兴和他一起散步，有他在身边，空气就永远生动活泼。对凌霄说了声再见，我跟他向小溪的方向走去，只一会儿，我们就来到了树林里，突然阴暗的光线带给我一阵清凉。我们停下来，凌风拿出他的手帕，轻轻地按在我的额上。

　　"擦擦你的汗，"他的声音低而柔，"你被晒得像一根红萝卜。"

　　我抬头望着他，他的脸上毫无嬉笑之色，相反地，那对眼睛温温柔柔地停在我的脸上，眼光温存细致而诚恳。我从没有在他脸上看到这种表情，没有谐谑，没有轻浮，也没有造作……那眼光甚至可以让寒冰融化成水。他的手帕擦过了我的额（那样轻轻地擦过去，仿佛怕弄伤了我），擦过了我的面颊，又擦过了我的鼻尖，然后是下巴。他的嘴唇薄薄的，带着些微不自主的震颤，他轻声吐出两个字："咏薇。"

　　他的胳膊环住了我的肩膀，依然那样轻，那样柔，怕弄伤我似的。他沉重的呼吸吹在我的脸上，热热的，带着股压迫的味道。"咏薇，你怎么会在青青农场？"他低问，"你怎么会这样蛊惑我？像个梦一样让我无法抵挡。咏薇，告诉我你从哪里来的？从哪一颗星星上降下来的？从哪颗露珠里幻化出来的？告诉我，咏薇！告诉我——"

　　他的手臂逐渐加重了力量，我的身子贴住了他的。有几秒钟，我的神志恍恍惚惚，心旌飘飘荡荡，但是，我很快就恢复了意识，凌风的脸在我的眼前，那是张年轻而动人的脸，不过，他未见得是我梦想中的脸。爱情！那玩意儿对我太陌生，我本能地恐惧去接触它，我不知道，我也怀疑，我是不是真正喜欢凌风。反正，我现在不要恋爱，我惧怕被人捕获，尤其是凌风！为什么？我也说不出所以然来，我只知道我要逃避，逃避凌风，逃避他给我的晕眩感，逃避可能降临的爱情！

我推开了他，拾起我掉在地下的书，用生硬的、不像是我自己的声音说："你在说些什么？对我演戏吗，凌风？"

他怔了怔，接着，一抹恼怒飞进了他的眼睛。"咏薇，"他脸上的肌肉变硬了，"你是个没心肝的东西，你的血液是冷的……"

"别！"我阻止他，"不要发脾气，凌风，我们讲好了不吵架的！"他咽住了说了一半的话，瞪视着我，半晌，他呼出一口长气，愤愤地折断了手边的一根树枝，咬着牙说："对，不吵架，我现在拿你无可奈何，但是，总有一天，我要把你绕在我的手上，像玩蛇的人所收服的蛇一样！"

"记住，十个玩蛇的人有九个被蛇咬死！"我说。

他对我弯过身子，眼睛里仍然有愤怒之色，但语气里已恢复他的镇静："咧开你的嘴唇，咏薇，让我看看你的毒牙！"

我真的对他龇了龇牙齿，然后我笑着向树林的那一头冲去，他追了过来，我绕着树奔跑，我们像孩子般在树林里奔窜追逐，在每棵树下兜着圈子，但他终于捉到了我，抓住我的手臂，他喘息着，眼睛发亮。

"咏薇，我要揉碎你，把你做成包子馅，吞到肚子里面去！"

"你不敢！"我说，挺直背脊。

"试试看！"他握紧我，虎视眈眈的。

"别闹！有人！"我喊。

他放开我，我一溜烟就冲出了树林，一口气跑到溪边，他在后面诅咒着乱骂乱叫，我停在溪边的树下，笑弯了腰，他追过来，对我挥舞拳头："你当心！我非报复你不可！你这个狡猾而恶劣的东西！我今天不制服你就不姓章！"

我继续大笑，跑向流水，忽然，我停住了，有个人在溪边不远的地方，在另一棵树的底下，支着画架在画画。这是我曾经碰到过的那个画家，我还欠他一点东西，那天，我曾经破坏了他的灵感。凌风一下子抓住了我。"好！我捉住你了，这次我绝不饶你了！"他嚷着说。

"不要吵，"我说，指着前面，"你看那个男人，我以前也碰到过他，隐居在这儿作画，他不是蛮潇洒吗？"

凌风向前望去，放松了我。"嗨！"他说，"那是余亚南。"

余亚南？似曾相识的名字，对了，他就是韦白学校里的图画教员。看来这小小山区，竟也卧虎藏龙，有不少奇妙的人物呢！凌风不再和我闹了，拉着我的手，他说："我们去看看他在画什么。"

我们走了过去，余亚南并不注意我们，他正用画笔大笔大笔地在画纸上涂抹。一直到我们走到了他的面前，他才抬起眼睛来很快地瞟了我们一眼，立即又回到他的画纸上去了。凌风拉了我一把，我们退到余亚南的身后，凌风对我低声说："别打扰他，当心吓走了他的灵感。"

我望着他的画纸，画面上有远远近近的山，是几笔深浅不同的绿，有远远近近的树，也是深浅不同的绿，有溪流、岩石，色彩朦胧含混，整个画面像飘浮在绿色的浓雾里，一切想表达的景致全混淆不清。我低声地问凌风："你认为他画得怎样？"

"显然他又失败了。"凌风低语。

余亚南猛然抛下了他的画笔，掉转身子来面对我们，他看来十分气恼和不快。"我画不好，"他懊恼地说，"在这种气候下我画不好画，天气太热。"他用衣袖抹去脸上的汗珠，再用手背在额上擦了一下，给前额上平添了一抹绿色，显得十分艺术化："以后只能在清晨的时候画。"

"别画了，休息一下吧，"凌风说，"你见过我家的客人吧？陈咏薇小姐。"

他注视了我一会儿。"我们见过，是不？"他有些困惑地问，黑黑的眼珠里也有色彩，梦似的色彩，那是张易感的、漂亮的脸。

"是的，有一天早上，你差一点给我画了张像，因为我变动姿势使你失去灵感，你很生气。"我说。

"是吗？"他望了我一会儿，摇摇头，自嘲似的说，"我最大的敌人就是找借口，我自己知道，可是我仍然会为我的笨拙找借口。"

"你不是的，"我热心地说，发现他身上有一种特殊的气质，会引发别人的同情和热心，"那张画你几乎画成功了，你忘了吗？"

他的眼睛发亮，像个孩子得到了赞美一般。"是吗？"他问，"我忘了，不过，总有一天我会画出一张杰作来，我并不灰心。今年我要画一张去参加全省美展，只是，我总是把握不住我的灵感。"

"那是长翅膀的东西。"凌风说。我不喜欢他在这种场合里也用玩笑的口吻。

"你说什么？"余亚南瞪着眼睛问他。

"你的灵感，"凌风说，"你最好别信任它，那是长着翅膀的小妖魔，你如果过分信任它，它会捉弄你的。"

"你不懂艺术，"余亚南说，眼睛闪闪有光，声调里有单纯的热情，"所有的艺术家都靠灵感，你看过《珍妮的画像》那个电影吗？珍妮不是鬼魂，只是那画家的灵感。没灵感的画就没有生命，艺术和你的建筑图不同，你只要有圆规和尺就画得出来，我却必须等待灵感。"

"那么，你什么时候能确知灵感来了呢？"凌风问。

"当我……当我……"余亚南有些结舌，"当我能够顺利画好一张画的时候。"

"事实上，你随时可以顺利地画好一张画，"凌风有些咄咄逼人，"只要你不在一开始几笔之后就丢掉画笔，灵感不在虚浮的空中，它在你的手上，你应该相信你的手，相信你自己。"

"我非常相信我自己，"余亚南恼怒地说，"我知道我会成功，我有一天会成为举世闻名的大画家，像雷诺阿、梵高一样名垂不朽。我也相信我的手，我在色彩的运用和技巧表现上，台湾目前的一般画家都赶不上我！"

"那么，你的困难只是灵感不来？"凌风紧逼着问。

"我不是上帝，当然无法支配灵感。"余亚南懊恼地说。

"亚南，"凌风仰了一下头，一脸的坚毅和果断，"让你做你自己的上帝吧！人生耗费在等待上的时间太多了，你只能一生都坐在山里面等灵感！"

"你能不管我的事吗？"余亚南显然被触怒了，他那易于感受的脸涨得通红，"你以为我画不好画是因为……"

"你太容易放弃！"凌风立即接了口，"就像你自己说的，你太会找借口，灵感就是你最大的一项借口。假如不是因为你没有恒心，那么，你画不好画就因为你根本没有才气！"

"凌风！"亚南喊，他的眼珠转动着，鼻孔翕张，然后，他颓然地坐在草地上，用手捧住头，喃喃地说，"我有才气，我相信我自己！"

"那么，"凌风的语气柔和了，"画吧，亚南，你有才气，又有信心，还等什么灵感呢？"

余亚南的手放了下来，深思地看着凌风。然后，他站起身子，蹒跚地走到画架旁边，低声地说："你的话也对，我没有时间再等了！"撕掉了画架上的画，他重新钉上一张白纸。他零乱的黑发垂在额前，梦似的眼珠盯在画纸上。忽然间，他拿起一支画笔，蘸上一笔鲜红的色彩，在画纸上大涂特涂，我张大眼睛看过去，那不是画，却是一连串斗大的字："我和我过去的灵魂告别了，我把它丢在后面，如同一具空壳。生命是一组死亡与再生的延续！"

我记得这几个字，这是罗曼·罗兰在《约翰·克利斯朵夫》末卷序中的几句。他丢下了笔，转过头来，望着我们微微地一笑，他笑得那样单纯，像个婴孩的笑容，然后，他说："这几句话是我的座右铭，我不再等待了，以前的我就算是死掉了，我要从头做起。"

他把那张写着字的纸钉在树上，瞻望片刻，就回转身子，重新钉好画纸，准备再开始一张新的画。凌风拉拉我的衣服，说："我们走吧，别打扰他！"

我们走开了，没有和他说再见，他正全神贯注在他那张新开始的画里，根本没有注意到我们。走了好长一段之后，我说："你对他不是太残忍了吗？"

"三年以前，"凌风静静地说，"余亚南拎着一个小旅行包，背着一个画架，到了这儿。他去拜访韦校长，请求他给他一个职位，他说城市里的车轮碾碎了他的灵感，他要到山里来寻获它。韦校长立刻就欣赏了他，让他在学校里当图画教员。于是，从那天起，他就天天画画，天天找灵感，到今天为止，他还没有完成过一张画。"

我张大眼睛，注视着凌风，新奇地发现他个性中一些崭新的东西，他是多么坚强和果决！

"你给他打了一针强心针，他以后会好了。"我说。

"是吗？"他耸耸肩，"他那两句座右铭我已经看他写过一百次了。"

我们继续向前走，穿过了树林和旷野，来到竹林的入口处。我说："凌风，你将来预备做什么？"

他望着我，站住了，靠在一棵竹子上。他的脸上没有笑容，带着股认真的神情，他说：

"我学的是土木，我愿意学以致用，人生不能太好高骛远，也不能太没志气，只要能在你本分工作上做得负责任就行了。"

"你不想出名？"

"名？"他想了想，"出名的人十个有九个名不副实，如果真正名不虚传的名人，一定是很不凡的人，"拉住我的手，他深刻地说："世界上还是平凡的人比不凡的人多，最悲哀的事，就是一个平凡的人，总要梦想做一个不凡的人。咏薇，我有自知之明，我并不是一个不平凡的材料。"

我注视着他，从没有一个时候，这样为他所撼动，他不再是那个只知嬉笑的凌风，不再是被我认为肤浅的凌风，他的蕴藏如此丰富，你不深入他的领域，你就无法了解他。我不禁望着他出神了。直到他对我笑笑，问："看什么？"

"你。"我呆呆地说。

"我怎么？"

"不像我所认得的你。"

他笑了，拉住我的手。

"走吧，我们进去吧，慢慢来，咏薇，你会认清我的。"

我们拉着手走进了幽篁小筑。

第十三章

有一阵时间，我沉迷在《悬崖》那本书里，我为女主角叹息，又为男主角惋惜。而且，百分之百地被书中那位姨妈所折服，竟暗中把章伯母比作那个感情丰富而坚强的老太太，当她流泪的时候，我也流泪，当她平静之后，我还心中波潮汹涌，久久不能平复。书看完之后，我有好久都怅然若失，陷入一种迷迷惘惘的境界里。等到这种迷惘的情况好转之后，我就发起狂地想写小说来，写作的冲动使我什么都不注意，什么都不关心，在房间里关了三天，我依然什么都没写出来，我开始发现我比余亚南好不了多少，只是个有心无力的艺术狂。

我放弃了，重新在草原上奔逐。早上，我发现凌云和余亚南在一块儿喂鸽子，这使我很惊异，也很高兴，我一直觉得凌云的生活太单调，章伯母过分的宠爱使她变成个安静而内向的、娇滴滴的女孩子，即使青青农场有终日闪耀的阳光，她却很少走到阳光之下，这使她苍白细致，像一朵温室里的小花。余亚南不大到幽篁小筑来做客，无论他能否画好他的画，他都不失为一个热情诚挚的好青年。他在鸽房前面对凌云谈他的画，谈他的理想，谈他的艺术生命，凌云只是安安静静地听，不插一句嘴，她一向是个好听众——容易接受别人，却极少表现她自己。

我掠过了他们身边，只对余亚南问了一句："你画好了上次那张画吗？"

余亚南的脸微微红了一下，嗫嚅地说："我重新开始了一张，我要把梦湖画下来。"

换言之，他那张画又失败了，我猜他是来找凌风的，尽管凌风喜欢教训人，但凌风仍然是最了解他的一个。我对他的画兴趣不大，这是个美丽的早晨，我急于去森林间收集一些露珠和清风。

我在溪边停了下来，我还带着那本《悬崖》，想把其中精彩的部分重读一遍。坐在树下，我反复翻弄着那本书，不过，很快地，蜜蜂的嗡嗡和流水的淙淙就分散了我的注意力，我合拢了书，这时才发现书的底页有一行小字，是：

"韦白购于杭州，民国卅七年春。"

原来这是韦白的书，站起身来，我决心去镇上拜访韦白，和他谈谈小说，谈谈《悬崖》。

我只走了几步，一对大墨蝶吸引了我的注意力，我不知不觉地跟随它们走了一段，它们飞飞停停，在阳光下翩跹弄影，我很想捕获其中的一只，跟踪了一大段路之后，它们绕过一堆矮树丛，突然失去了踪迹。我站住，现在到镇上的路已经不对了，我辨认了一下方向，就向前面的山坡走去，只要继续往上走，我知道可以走到梦湖。

梦湖，梦湖，还是那么美丽！我在树林里奔跑，穿过森林，跳过藤蔓，绕过荆棘丛和石块。在梦湖外圈的树林外停住，我吸了一口气，冲进了林内，嘴里低哼着"曾有一位美丽的姑娘"那支歌曲，一下子就冲到了湖边。站住了，我瞪视着那弥漫着氤氲的湖面，自言自语地说："我要收集一大口袋的绿烟翠雾回去，把它抖落在我的房间里，那么我就可以做许多美好的梦。"

我来不及收集我的绿烟翠雾，因为我发现有个人坐在湖边上，正抬着头注视我。我望过去，是韦白！我不禁"呀！"地惊呼了一声，有三分惊异，却有七分喜悦，因为我本来想去看他，没料到竟无意间撞上了，幸好我没有去学校，人生的事就这么偶然！

他静静地看着我，眼神里有分蒙眬的忧郁，显然我打扰了他的沉思。他泛泛地问："你从哪儿来？"

"幽篁小筑。"我说，在他身边的草地上坐下，把那本《悬崖》放在我的裙子上。"我本来想到学校去看你的。"我说。

"是吗？"他不大关心的样子，"我一清早就出来了，你有什么事？"

"没事，只是想找你谈谈。"我用手抱住膝，"我刚刚看完冈察洛夫的《悬崖》。"

他看了我一眼。"是我借给章太太的。"

"是的，"我说，"它迷惑我。"

"谁？"他神思不属地问，"章太太迷惑你？"

"不是，我说《悬崖》。"

"悬崖——"他仍然精神恍惚，"每人都有属于自己的悬崖，是不是？如果不能从悬崖上后退，就不如干脆跳下去粉身碎骨，最怕站在悬崖的边缘，进不能进，退不能退。"

他这段话并不是说给我听的，是说给他自己听。我有些惶惑地望着他，他的眉梢和眼底，有多么浓重的一层忧郁，我几乎可以看到他肩上的沉沉重担。什么压着他？那份难以交卸的感情吗？

"我不相信你正站在悬崖的边缘。"我说，"你应该是个有决断力，而能支配自己生命的男人。"

"没有人能完全支配自己的生命。"他幽幽地说，用一根草拨弄着湖水，搅起了一湖的涟漪，"最聪明的人是最糊涂的人。"

这是一句什么话？我把下巴放在膝上，困惑地看着我面前这个男人，他那深沉的表情，成熟的思想，以及忧郁的眼神，都引起我内心一种难言而特殊的感情。他会掌握不住自己的方向盘吗？他爱着一个比他小二十几岁的女孩吗？他无法向女孩的父母开口吗？他为这个而痛苦憔悴吗？我瞪视着他，是的，他相当憔悴，那痛苦的眼神里有着烧灼般的热情，这使我心中酸酸楚楚地绞动起来。

他望着我，忽然恢复了意识。

"为什么用这种眼光看我？"他温柔地说，"你在想些什么？又在研究我吗？"

"是的，"我点点头，"你们都那么奇怪，那么——难读。"我想起第一次见到他，曾经讨论每个人都是一本难读的书。

"你想写作？"他问，"我好像听凌风谈过。"

"我想，不过我写不出来。"

"写些什么？"他淡淡地问，不很热心的样子，"现在写作很时髦，尤其，你可以写些意识流的东西，把文字反复组合，弄得难懂一点，奇怪一点，再多几次重复就行了。"

我扑哧一声笑了出来，谈写作使我高兴。

"你看得很多，一定的。"我说，"我不想写别人不懂的东西，文字是表达思想的工具，假如我写出来的东西只有我自己懂，那么连起码的表达思想都没做到，我还写什么呢？所以，我宁愿我的小说平易近人，而不要艰涩难懂，我不知道为什么目前许多青年要新潮，新得连自己也不了解，这岂不失去写作的意义？"

韦白坐正了身子，他眼睛里有一丝感兴趣的光。"你知道症结所在吗，咏薇？"他静静地说，"现在许多青年都很苦闷，出路问题、婚姻问题、升学问题……使很多青年彷徨挣扎，而有迷失的心情，于是，这一代就成为迷失的一代。有些青年是真的迷失，有些为了要迷失而迷失，结果，文学作品也急于表现这种迷失，最后就真的迷失得毫无方向。"他微笑地望着我，诚恳地说："假如你真想致力于写作，希望你不迷失，清清醒醒地睁开眼睛，你才能认清这个世界。"

"我希望我是清醒的，"我说，"你认为——真正的好作品是曲高和寡的吗？"

他深思了一会儿。"我不认为白居易的诗比黄庭坚的坏，但白居易的诗是村姬老妇都能看懂的，后者的诗却很少有人看得懂。《红楼梦》脍炙人口，没人敢说它不好，但它也相当通俗。不过，格调高而欣赏的人少，这也是实情，所以，文艺是没有一把标准尺可以量的，唯一能评定一本作品的价值的，不是读者，也不是文艺批评家，而是时间，经得起时间考验的，就是好作品。坏的作品，不用人攻击谩骂，时间自然会淘汰它。身为一个作家，不必去管别人的批评和攻击，只要能忠于自己，能对自己的作品负责任就行了。"

"你否定了文艺批评，"我说，"我以为这是很重要的，可以帮助读者去选择他们的读物。"

"我并不否定文艺批评，"韦白笑笑，认真地说，"但是，当一个文艺批评家非常难，首先要有高度的文艺欣赏能力，其次要客观而没有偏见，前者还容易，要做到后者就不太简单，那么，有偏见的文艺批评怎会帮助读者？何况，这是一个充满戾气的时代，许多人由于苦闷而想骂人，很多就借文艺批评来达到骂人的目的，徒然混淆了读者的看法，弄得根本无从选择。读者不知道选择哪一位作者，作者也不知道选择什么写作方向，这样，文艺批评就完全失去了价值。读者通常都会去选择他所喜欢的作家和读物，他能接受多少是他自己的问题，并不需要人帮助。"

我有些困惑。"我并不完全同意你，韦校长。"

"我是说我们台湾的文艺批评很难建立，在我看来，文艺批评只能说是批评家对某篇文章的看法而已，可供读者作参考，不能作准绳。"

我比较了解他一些了，用手支着头，我说："你认为写作时该把人性赤裸裸地写出来吗？"

"这在于你自己了，"他注视我，"先说说，你觉得人性是怎样的？"

"有善的一面，也有恶的一面，有美，也有丑。不过，我认为美好的一面比丑恶的一面多。"

"就这样写吧！"他说，"你认为多的一面多写，你认为少的一面少写。"

"你认为呢？"我热心地望着他，"你比我成熟，你比我经验得多，你认为人性是怎样的？"

他拾起我肩上的一片落叶，那片落叶尖端带着微红，叶片是黄绿色，边缘被虫咬了一个缺口，缺口四周是一圈褐色的绳边。他把玩着那片叶子，沉思有顷，然后，他把落叶放在我的裙子上，低声说："我不了解。"

"什么？"

"我不了解人性是怎样的，"他抬起眼睛来望着我，"因为我经验得太多，所以我不了解。咏薇，有一天你会懂，人性是最最复杂而难解的东西，没有人能够分析它，像那片落叶一样，你能告诉我，这片叶子是什么颜色吗？"

我说不出来，绿色里糅合着黄，黄色里夹杂着红，红色里混合了褐。我握着那叶片，半晌，才抬起头来，张大了眼睛，说："我不知道它是什么颜色，但是它是美丽的。"

"一句好话，咏薇，"他说，眼睛生动地凝视我，"你就这么相信人生和人性吧，你还很年轻，许多经验要你用生命和时间去体会，现在，你不必自寻苦恼地去研究它。嗯？"

这就是那个早上，朦朦胧胧的绿雾罩在碧澄澄的湖面，森林是一片暗绿，阳光静静地射在水上，反射着一湖晶莹的、透明的绿。我和韦白坐在湖边，把影子投在湖水里，谈论着文学和人性。四周只有蝉鸣，时起时伏，偶尔有几片落叶，随风而下。我们如同被一个梦所罩住，一个绿莹莹翠幽幽的梦。我心情恍惚，带着近乎崇拜的情绪，倾听韦白的谈论，我们不知道谈了多久，时间的消逝是在不知不觉中的。然后，我发现我半跪半坐在他的身边，我的手伸在他的膝上，他伸长了腿，坐在草地上，双手反撑在地下。他的眼神如梦，他那份成熟的忧郁压迫着我，使我内心酸楚而激动。

"我知道你为什么留在这深山里面，"我用一种不自觉的凄怆的语气说，"因为你爱上了一个人，这人在青青农场，你为了她而不离开，对吗？"

他震颤了一下，迅速地把眼光从湖面调到我的脸上，那受惊的眼睛张得那么大，像要把我吞进去，然后，他平静了，深深地注视我，他说："不要胡说，咏薇。"

"你是的，对不对？"我固执地问，心脏被绞扭一般地微微痛楚起来，"你爱她，她也爱你，对不对？"

他凝视我，眉梢微蹙着，眼底的忧郁色彩逐渐加重，脸色变得黯淡而苍白。好半天之后，他坐正了身子，把我的双手合在他的手里，用微带震颤的声音说："别在我身上找小说资料，好吗？咏薇？你不会了解我的，何苦来探究我呢？"

我的肌肉紧张，血流加速，有股热气往我眼眶里冲，我控制不住自己热切而激动的声调："我会了解你的，只要你不对我把你的门关着，我就会了解你的。"

"咏薇，"他拂开了我额前的短发，温柔地注视我，"你还没有长大，等你长大了，你就会了解许多事情，不要去强求吧，咏薇。"

但是，那另外的一个女孩比我成熟吗？比我年龄大吗？比我了解他吗？失意的泪水蒙住了我的视线，我从地上跳了起来，带着受伤的感情和自尊奔向林里，我自己也不明白为什么会如此激动，只觉得有股难以克制的、突发的伤心，靠在一棵松树上，我用手蒙住了脸。听到韦白奔进树林的声音，也听到他焦灼的呼唤在林内回荡："咏薇！咏薇！咏薇！"

我没有移动，也没有把手从脸上放下来，但是我知道他已经发现了我，而且走近了我。他停在我的面前，用手轻触我的手臂，小心地说："怎么了，咏薇？我说错什么了？"

我把手放了下来，拭去了颊上的泪痕，忽然感到很不好意思，尤其他的表情那样惶惑不安。垂下了眼帘，我不敢看他，轻轻地说："没什么！你别理我吧！"

"你不要跟我生气，好吗？"他低声下气地问，"假如我说错了什么，那绝不是有意的，那是因为——因为——因为我心情太沉重的缘故。"他握住我的手："懂了吗，咏薇？不要哭，在你的年龄，应该是和欢笑不分开的。"

我抬头看了他一眼，他深沉的目光恳切而温柔，那样静静地望着我，使我心怀震颤，我对他摇摇头，很快地说："你也该和欢笑做伴，韦校长。希望那个使你心情沉重的苦恼能够消除。最起码，你该知道，有人诚心地希望你快乐，尽管那个人是你不在意的小女孩！"

说完，我的脸就整个地发起烧来，抽出我的手，我不再看他，就向山下狂奔而去。他没有追赶过来，也没有叫我，我一直冲到山下，面孔仍然发热，心脏也不规律地猛跳着，奔跑让我喘不过气来，我停住，好半天才能平静地呼吸。休息片刻，我开始向幽篁小筑走去，走得非常快，仿佛后面有什么在追我似的。

在那块试验地上，我碰到凌风，难得他也会帮忙除草剪枝。丢下了他手里的锄头，他一把抓住了我。

"小蜜蜂，你从哪儿来？"他笑着问。

"别管我！"我摆脱开他，向幽篁小筑跑去。

他追过来，一下子拦住了我。

"怎么了？谁得罪了你？"

"别管我！"我大叫，从他身边蹿过去。

他伸出手来，迅速地握住了我的手腕，我挣扎，但是挣不脱他那强而有力的手指。

"怎么回事？"他逼视着我，"今天你不太友善，有什么东西刺伤了你？"

"我说别管我！"我生气地大喊，跺着脚，"我没有心情和你开玩笑！"

"为什么？"他眯起眼睛，从睫毛后面打量我，慢条斯理地说，"我以为我们已经把关系建立得很好了，不是吗？你有什么不痛快的事，告诉我，让我帮你想办法出气！"

我站住，不再和他挣扎，安静地望着他，他那年轻的脸带着狡黠的笑，我讨厌这笑容，他看来多么浮！多么不够深沉和成熟！吸口气，我冷冷地说："告诉你，凌风，我没有什么不高兴的事，你不必如此热心！而且，我也不喜欢你抓住我。"

他被刺着似的松了手，笑容仍在唇边，但语气已不和平。

"对不起，小姐，希望我没有伤了你尊贵的手臂，"他望望自己的手，"我以为我的手是没有毒的。"

"好了，"我转过身子，"我要回房去休息了。"

"慢着！"他又拦住了我，眼睛里有着危险的信号，"咏薇，什么因素让你这样骄傲？你以为我在追求你？还是你自认是公主或女皇？"

"我没有以为什么，"我懊恼地、大声地说，"你最好让开！别来打扰我！"

"没那么容易，"他冷然地说，又抓住了我，这次是百分之百的不友善，"你以为你有什么了不起？你以为可以随便对我板脸和教训我？我今天要剥去你这件骄傲的外衣！"

一把握紧了我的肩膀，他突然箍住了我的身子，在我还没弄清楚他的意图以前，他的头已经对我的头压了过来，我发出一声喊，开始猛力地挣扎，但他把我箍得紧紧的，反剪了我的双手，用他的一只手紧握着，另一只手扯住了我的头发，使我的头无法移动。然后，他的嘴唇紧压在我的唇上，他扯住我头发的手滑下去，揽住了我的腰。我无力于挣扎，他的嘴唇柔软、灼热，而湿润，舌尖抵住了我牙齿。我透不过气来，晕眩的感觉逐渐笼罩了我，我觉得要窒息，要晕倒。而另一种烧灼的热力从我唇上遍布全身，使我浑身酥软无力。阳光在我头顶上闪耀，我眼前浮动着千千万万道金色的光芒，那些光芒跳动着，旋转着，飞舞着。几千个世纪都过去了，几百个地球都破碎了，他终于放松了我，他那发亮的眼睛在我眼前变得特别大，他的声调暗哑，却带着胜利的嘲弄："我打赌你从没被人吻过，嗯？"

我呆呆地站着，屈辱的泪水涌进了我的眼眶，草原、树木，和凌风那可恶的脸全在那层泪雾之后浮动，我努力想平伏自己的喘息，却越来越被升高的愤怒弄得呼吸急促，胸腔燃烧得要爆裂。他把双手插进口袋里，唇边浮上一个微笑，清了清喉咙说："这有没有帮助你认清自己？嗯？你知道吗？你是个热情的小东西，你全身都燃烧着热情的火焰，你所需要的是火种，让我来做你的火种，帮助你燃烧，如何？"

我听着他说完，然后，我举起手来，像我在电影上见过的一样，狠狠地抽了他一耳光。他毫无防备之下，这一掌打得又清又脆。我沉重地呼吸着，愤愤地说："你卑鄙！下流！而无耻！我永远不会看得起你！永远不会！"

转过身子，我奔进了幽篁小筑，一直冲进我的屋里，锁上了房门。

我没有出去吃午餐，章伯母来唤我的时候，我隔着门告诉她我不舒服。

第十四章

　　好漫长的一个下午，我只是躺在床上，一动也不动地望着窗子，望着窗玻璃上阳光的闪烁，望着竹影绰约地移动，望着一窗明亮的日光转为暗红的霞光。四周很静很静，没有一点儿声息。章伯母曾三度来敲我的房门，并且轻唤我的名字，由于我没有答应，她一定以为我睡着了，也就悄悄地退开了。我躺着，心情恍惚迷离，时而若有所得，时而又若有所失。黄昏的时候，我睡着了一会儿，睡得很不安稳，凌风和韦白的影子像纵横的两条线，交织成一张大网，我在网里挣扎，喊叫。那网缠住我，使我无法呼吸。我喊着，叫着，突然从梦中惊醒，一头一脸的冷汗，坐起身来，我怔忡不宁地呆坐着，好一会儿，才拭去额上的汗珠，试着从床上站起来，一下午的躺卧让我筋骨酸痛，噩梦使我头脑昏沉，而且，我饿了。

　　我坐在镜子前面，审视着我自己，我的面颊苍白，眼神枯涩，头发凌乱地纷披在颊边额前。拿起一把梳子，我不经心地梳平了头发，丢掉发刷，我叹口气，忽然觉得一切都那样让人烦躁，我该怎么办？发生了和凌风这种事情之后，我如何再能在青青农场住下去？但是，离开这儿吗？妈妈爸爸的事情怎样了？何处是我的家？我能回到哪儿去？而且……而且……我怎能离开这儿的阳光、草原、树林、溪流、梦湖和苦情花？

绕着房间，我在房里走来走去，不断地走，直到我的腿疲倦。窗上的霞光更红了，打开窗子，我注视远处一天的红霞，天边在燃烧，竹叶的顶梢也在燃烧，紫色、红色、橙色的云在玩着游戏，忽而聚在一起，忽而分散各处。我深深呼吸，透过竹叶的晚风沁凉清爽，我把发热的面颊贴在窗棂上，我爱这儿！我爱青青农场！我爱这儿的云、这儿的山、这儿的树和落日！

又有人敲门，我听到凌云细声细气地低喊："咏薇！咏薇！"我甩甩头，甩不走那份烦恼。打开房门，凌云拿着她的刺绣站在房门口，一脸盈盈的笑。

"咏薇，你怎样了？妈妈要我来看看你。"

"我没什么，"我说，咬了咬嘴唇，"只是有些头晕。"

"一定是中了暑，"她从裙子口袋里摸出一盒薄荷油，"试试这个。"我接过去。她走了进来，把刺绣绷子放在桌上，我抹了一些薄荷油在额上，又抹了一点在鼻子下面，我喜欢闻那股凉凉的薄荷香。凌云倚着桌子，她白皙的皮肤带着微红，我这才了解古人描写好皮肤为什么用"吹弹得破"四个字。

桌上，她那精致的刺绣品似乎特别刺目，菊花、短篱和芦草。

"孤标傲世偕谁隐？一样花开为底迟？"我喃喃地念，"圃露庭霜何寂寞？鸿归蛩病可相思？"

"嗯？"凌云张大眼睛望着我，"你在说什么？"

"你不知道这几个句子吗？"我凝视她，"你没听说过这几句？这是曹雪芹的句子。"

"我不知道，"她摇摇头，黑白分明的眸子坦白而无邪，"我很少看书，尤其是诗，我看不懂。"

我愣了愣。"那么，你如何去了解他的思想领域？"我冲口而出地说。

"什么？"她有些莫名其妙，"你在说什么？"

"我说——"我咽住了，算了，何必呢？这不是我管得着的事，像韦白说的，人生没有办法分析和解释，也没有办法透彻地了解，我何苦一定要探究出道理来？何况，男女相悦是没有道理可讲的，那是偶然加上缘分再加上第六感第七感的吸引，所等于出来的东西。"我没有说什么，"我摇摇头，"我心情不好。"

"你在想家？"她问，"想你妈妈？"

"我——"我再摇摇头，"我不知道。或者，我应该回台北去了。"

"不要！咏薇！"她由衷地喊，热情地抓住我的手，"你不会这么快就回去，是不？我们都这么喜欢你，你一定要再住一段时候，你走了，我又要寂寞了。"

"你不会寂寞。"我慢慢地说。

"会的！一定会！"她喊，"别走，咏薇，再过几天，树林里的槭树都会转红了，冬天，我们可以到合欢山上去赏雪，我保管你会收集到许多小说资料，你在台湾见过雪吗？"

"没有。"

"留到冬天，咏薇，合欢山上积雪盈尺，我们可以去堆雪人，雾社的樱花也开了，那儿也有一个湖，他们叫它碧湖，湖边遍地遍野的樱花，盛开的时候红白相映，几里外都可以看到。咏薇，留到冬天，这儿的冬天比夏天更美，你会爱上它的，我向你保证！"

何必等到冬天？即使是夏天，我也已经爱上它了。倚着窗子，我默默地出神。如果没有凌风，如果没有上午那倒霉的一幕！

章伯母忽然出现在门口，她手里拿着一个盘子，里面是几个热气蒸腾的包子，显然是刚刚蒸好的，带着温暖和煦的笑容，她说："咏薇，你一定饿了，中午没吃饭。来，尝尝这包子味道如何？这是我自己包的，你章伯伯最爱吃面食。"

新蒸的包子发出诱人的香味，我发现我是真的饿了。拿起一个，我立即吃了起来，青菜猪肉馅，没有什么特别的作料，却美味可口。章伯母望着我，关怀地问："脸色是不大好，怎么了？是不是太阳晒得太多？"

"没有什么。"我摇摇头，勉强地笑笑。

"咏薇在想家，"凌云接了口，"她说要回台北去，我正在劝她呢！"

章伯母深思地看着我，带着狐疑的神色。

"是怎么一回事？"她警觉地问，"发生了什么？是你章伯伯又对你说了什么吗？"

"没有，不是的！"我猛烈地摇头，"真的没什么。"

"你不会无缘无故想回家，"章伯母说，轻轻地把手按在我的肩膀上，"告诉我，是怎么一回事？"

"没有事，只是，我忽然很想妈妈，"我说，突然感到眼眶发热，没来由的泪水充斥在眼眶里，我转过头，用不稳定的声调说，"我只是想回去！"

章伯母的手臂圈住了我，她仔细地审视我的脸，然后，她轻声说："好了，咏薇，别烦恼，嗯？我会查出你是为了什么，我不会饶恕那个让你难堪的人。至于回台北，你不是真心的吧，咏薇？"

我默然不语，章伯母拍拍我的肩。

"让凌云陪你出去走走，好吗？"

我摇摇头，我宁愿自己一个人。

走出了幽篁小筑，我无情无绪地穿过鸽房。秀荷正赶着羊群归栏，我望着她把它们赶进羊栏里，凌霄站在一边计数。那些毛茸茸的动物彼此挤着，笨头笨脑却又十分温柔，不知道它们的世界里，有没有烦恼和感情的纠葛？人类太聪明，所以就最会给自己制造问题和痛苦了。凌霄望着我："听说你不舒服，咏薇。"

"没什么，"我说，"天气太闷了。"

天气确实相当闷热，凉风不知何时已经停止，远处的晚霞红得有些不正常，更多的黑色的云层在移近。靠山边的树林和乌云接在一起，成为黑压压的一大片。我向前面走去，一面对凌霄说："如果我回来晚了，不要等我吃晚饭，我已经吃过包子了。"

"你最好不要走得太远，"他看了看天空，"天色不对，恐怕会下雨。"

即使下雨，能淋淋雨也不错，我心头正热烘烘地烦躁得难受。离开了他，我向溪边走去，直觉地认为溪水可以治疗我的烦恼。到了溪边，我走下河堤，脱下鞋子，踩进冰冰凉凉的水中。低着头，我看着水中自己的影子，看着流水从我脚下流过，看着云、山和树的倒影，还看着那些静卧在溪底的鹅卵石。我心中的烦躁果然逐渐平息，但，取而代之的，却是一分迷迷惘惘的空虚之感。流水在流着，流走了几千万世代人类的烦恼和欢乐。现在我站在这儿，它从我脚下流去，若干年后，当我尸骨已寒，它仍然会继续地流。生命是多么多么地渺小！无知无觉的世界才是永恒的，有知有觉的世界就有死亡。不过，如果没有我，也就没有世界了，不是吗？因为我存在，所以我能看到云和山，树和流水，如果没有我，这些东西的存在与否我全都不得而知，这样说来，"我"又是世界上最重要的了。

我的思想就这样浮游在"有我"与"无我"的境界里，朦朦胧胧地在探索生命的奥秘。第一声雷响并没有惊动我，第一滴雨点击破了水面，我那样陶醉地看着那被雨点划出的涟漪，一圈圈地向外扩散。第二滴雨点，第三滴雨点，第四滴，第五滴……成千成万滴雨点落了下来，无数的涟漪，无数个圆圈，扩散，又扩散。第一阵狂风和第二阵几乎是接踵而来的，我听到树林在挣扎呻吟，我的裙子飞卷了起来，头发扑上了我的面颊，然后，唰的一声，雨点骤然加大，狂猛地一泻而下。我跳出了小溪，在这样的狂风疾雨下漫步绝非享受，我希望能在全身湿透之前赶回幽篁小筑。

我向前奔跑起来，一手提着我的鞋子。雨声如万马奔腾，雷鸣和闪电使整个的原野蒙上了一层恐怖的气氛，四面密集的乌云把黄昏天际的彩霞一扫而空，黑暗几乎是立即就降临了。我加快速度奔跑，归途必须经过的树林在望了，我蹿进了树林，沿着小路奔跑出去，刚刚要奔出树林，迎面一个男人跑了进来，和我撞了一个满怀，我尖叫了一声，看到从那人身上落下的颜料和画笔，我松了一口气，最起码，这不是什么怪物，抬起头来，我说："余亚南，是你。"

他揽住我，眉毛和头发上都挂着水珠，他身上和我一样潮湿。树林里虽然幽暗，雨点却被树叶挡住了大部分，只是风吹过来的时候，树叶上筛下的雨水就更其猛烈。他的手围住我的肩膀，把我额前湿淋淋的头发掠向脑后，他注视着我说："我有没有撞痛你？"

"还好，只是吓了我一大跳。"

他微笑，黑幽幽的眼睛闪着一种特殊的光。

"你以为我会伤害你？"他问，"我看我们还是在树林里避避雨吧，找一个安全一点的地方，怎样？"

"树林里不是最危险吗？"我说，"当心被雷劈到。"

他拉着我走到一块由树叶和藤蔓组成的天然帐篷下面，

地上积满了落叶，虽然潮湿，却很柔软，他说："这儿怎样？只要没有大树干，就不会被雷打到。而且，这种夏季的暴雨马上会过去。"

他把画板放在落叶上，让我坐在上面，树林里黑暗而恐怖，他问："你害怕吗？你在发抖。"

"不是害怕，是冷。"我说，湿衣服紧贴在我身上，风吹在身上，有着浓重的凉意。

"靠着我，"他不由分说地用手抱住了我，他的手臂环住了我的腰，"这样会暖和一些。"

我的背脊本能地挺直了一下，一种不安的感觉袭上了我的心头，他没有忽略我身体的僵硬，十分温柔地，他轻声说："你怕我吗，咏薇？我不会伤害你的。"

"我——知道。"我嗫嚅着。

雨仍然在狂骤地奔泻，呼号的风从原野上窜进林内，树枝折断了，发出清脆的响声，雷声震动了大地，闪电像龙舌吐信，四周各种声响如同鬼泣神嚎。我和一个不大熟悉的男人同在一个黑暗的树林里，这给我一种完全不真实的感觉。

"咏薇，我还记得第一次看见你的时候，你站在水里，像一道天际的彩虹。"他轻轻地开了口，声音低而柔，带着一股蛊惑和催眠的力量。我默然不语。"我们见面的次数不多，可是，你给我的印象却很深刻，你的脸庞充满了灵性，眼睛蕴藏着智慧，每次我见着你，就像见到了光一样，不由自主地受你吸引，有时我会产生幻觉，你就是《珍妮的画像》里的珍妮，是我的珍妮，我的灵感。"他停了一下，"你会认为我太冒昧吗？"

我那份不安的感觉更重了，我试着想离开他，但他把我揽得更紧了一些。"你会认为我冒昧吗？"他重复地问。

"哦，不，"我勉强地说，"只是——我没你说的那么好。"

"你是的，你自己不了解，"他固执地说，"别动，咏薇，你该不是怕那个闪电吧？它不会伤到你的。我刚刚说你像我的灵感，你愿意让我帮你画张像吗？站在水边，云和天是你的背景，树枝的影子拂在水面，你微微地弯着腰，凝视水里的倒影……这会是一张得到国际艺术沙龙入选的作品。咏薇，你相信我会成为一个画家吗？"

"当然，"我咽了一口口水，"我相信。"

"你愿不愿意帮助我？"

雨小了些，风似乎也收了势，我倾听着，那突来的暴风雨像是已经过去了。"你听到我的话了吗，咏薇？"

"是的，我听到了。"我急忙说，头顶的树枝上突然传来了鸟鸣，在大雨倾盆的时候，它们不知躲向何方，一只鸟声唤来了无数小鸟的和鸣，叽叽喳喳地充满了喜悦和活力。"只要我能够帮助你。"

"你一定能够，我告诉你……"

我跳了起来，雨是真的停了。

"雨停了，"我急急地说，"我要赶回幽篁小筑去吃晚饭，谢谢你，余亚南，随时我愿意做你的模特儿！"

我转过身子，没有再等他表示意见，就向竹林外走去，走了好远，我又回身对他喊了句再见，心底有种不忍的感觉，因为他独自停留在黑暗的林内，默默不语，仿佛对我的突然离去作沉默的抗议，我不知道是不是伤了他的心，但林外凉爽而湿润的空气使我舒服多了。

乌云已经无影无踪，天际比刚刚亮了许多，但暮色十分浓厚。小草上全沾着亮晶晶的水珠，低洼之处水流成河。我提着鞋子，赤着脚向幽篁小筑走，浑身湿淋淋的，我必须从后门回去，我不愿意别人看见我这副狼狈的样子。

风吹过来，清清凉凉的，带着小草的甜味，昏暗的暮色像层朦胧的薄雾，迷迷离离地笼罩在草原上。我看着那些点缀在草原上的槭树、乌心木，和黄杞。想到凌云所说的，再过几天，槭树要转红了，绿色的草原上，疏疏落落地夹几树红叶，必定美得诱人。我将离去吗？我不知道。

走进竹林，前面羊栏旁边，有一栋小茅屋，是章家的柴房，我无声无息地越过那半掩的门口。忽然间，我听到门里一阵挣扎的声音，有个人突然从门里冲了出来，我大吃一惊，瞪眼看去，是林绿绿！她也满面惊愕地瞪着我，显然没料到我正在门外。她的衣服不整，头发凌乱，衣服上还沾着许多稻草，脸上有种凶野的美丽。但她浑身没有一点儿雨珠的痕迹，那么，她曾在柴房中躲过一阵大雨了。我正想和她说话，她却一甩头，转身就向原野中跑去了。我呆了呆，还没来得及移动，门里又冲出一个人来，看到了我，他猛地停住，我们面面相觑，我只听得到我自己重重的呼吸声。

那是凌风！他上半身赤裸着，头发是湿的，沾满了破碎的稻草，长裤裤管上全是泥，衣服比林绿绿更不整齐，脸上同样有着凶野的痕迹。

我们对视了几秒钟，然后我重重地从鼻子里哼了一声，掉头就向房里走去。这就是凌风，我总算认清他了，总算认清他了！如此放荡不羁的野蛮，他甚至不放过他哥哥的女朋友！

他猛地拦在我面前。"等一下，咏薇！"他喊。

我啐了一口，恨恨地、轻蔑地、咬牙切齿地说："卑鄙！下流！"

说完，我向屋里冲去，他一把抓住了我的手腕，他的手强而有力，我的手臂如同折断般地痛楚起来，我大叫："放开我！你这个无耻的下流坯！"

他的脸逼近我，眼睛恶狠狠地盯着我，愤怒地说："你以为……"他忽然咽住了要说的话，狡黠地收起了愤怒之色，换上个调侃而嘲弄的笑容，轻松地说："你为什么这样生气？你在吃醋吗？还是嫉妒？"

我从没有这样愤怒过，咬着牙，我气得一句话都说不出来，只能从牙缝里蹦出几个不连续的字："你……你……你……"

他收起了调侃的颜色，面部突然柔和了。

"好了，咏薇，犯不着气成这样，你需要马上换掉湿衣服，当心生病！"

"不要你关心！"我总算蹦出了一句话来，接着，别的话就倾筐而出，"你是个混蛋，章凌风！你没有自尊，没有人格！你是个标准的衣冠禽兽！我但愿没有认识过像你这种下流而没良心的人！亏你还受过大学教育，还……"

"住口！"他喊，愤怒又染上了他的眼睛，和我一样地咬着牙。他说："我没做过任何对不起自己良心的事，你也没有资格教训我！别以为你有什么了不起，你远不及林绿绿干净！滚开！别再来烦我！"

他把我用力一摔，我几乎撞到墙上，收住步子，我愤然地再看了他一眼，就奔进了我的屋子。锁上房门，我把自己掷在床上，顿时泪如泉涌，遏制不住地放声痛哭了起来。

第十五章

　　当天晚上我又没有吃晚饭，第二天我就发起烧来，头痛得无法下床。生病的主要原因，应该是那场大雨，再加上情绪不宁和感情激动。这一带没有医生，只有山地小学内有一个医务室主任，但他也只能医疗外科的疾病。不过，章伯母自己就是一个很好的家庭医生，她细心地看护我，亲自帮我准备食物，用家里储备的药品、消炎片和感冒特效药来为我治疗。

　　头两天我病势很猛，烧到三十九度，而且持续不退，人也有些昏昏沉沉。病中的人特别软弱，我在枕边哭着说要回家，像个小孩一样地喊妈妈。章伯母守在我床边，凌云更寸步不离我的左右。等我脑筋清醒的时候，章伯母就软言软语地劝我，用各种方式来让我开心。凌云甚至把她的鹦鹉带到我的床头来，让它来解除我的无聊。我融化在这浓挚的友情里，凌云使我感动，章伯母让我生出一种强烈的孺慕之情。

生病第二天晚上，我从沉睡中醒来，无意间听到门口的一段对白。

"她好些了没有，妈？"是凌风的声音。

"你为什么不进去看看她？跟她说说笑话？"章伯母在反问，"使她愉快，对她的病有帮助。"

"哦，不，妈，"凌风很快地回答，"她讨厌我，我只能让她生气。"

"是吗？"章伯母警觉的语气，"你怎么得罪她了？想必她闹着要回台北都与你有关吧？"

"她？要回台北？"凌风显然怔住了，"我以为……"

"你以为什么？"

"哦，没什么。"凌风停了半晌，然后用低沉的、自语般的语气说，"她误会我。"接着，是一声深长的叹息："唉！"

他的声音里有着真正的痛苦，那声叹息绵邈而无奈，竟勾动了我内心深处的酸楚，我本能地震动了一下。隔着门，我似乎都可以看到他浓眉微蹙的样子。一时间，我有叫他进来的冲动，但是，他的脚步迅速离开了门口，他走了。我的情绪松懈了下来，合上眼睛，我心底凄凄惶惶地涌上一阵惆怅。

章伯母停在我的床边，她温柔而清凉的手覆在我发热的额上，弯腰注视着我说："吃药了，咏薇。"我睁开眼睛，眼里迷蒙着泪水。

"怎么了？咏薇？"章伯母关心地问。

"我——"我想说要凌风进来，但是，我只说，"我有些头痛。"我在床上躺了一个星期，事实上，最后两天已经完全没有病了，但我精神上的病还没有好。我不敢走出房门，不敢见到凌风，我不知道见到他之后用什么态度对他，也无法分析我对他的感情。他是个浪子，一个百分之百的浪子，既没有凌霄的稳重，也没有余亚南的飘逸，更没有韦白的深沉。可是，我不明白我为什么总要想到他。我的思想完全不受我自己的控制，一星期没见到他似乎是很长久了，在这一星期里，他和林绿绿该是形影不离吧？他是不安于寂寞的人，他是不愿受拘束，也不愿委屈自己的人，谁知道他会怎样打发时间？可是——可是——可是这些又关我什么事呢？

我恨他吗？我不知道。柴房门口的一幕记忆犹新，光天化日下的强吻也不可原谅，或者由于我恨他，才总是想起他。病好了，我应该不再软弱，或者，我以后不会再理他了，我也应该不再理他，他只是个不拘形骸的浪子！他吻我，并非对我有情，他和林绿绿歪缠，也并非对绿绿有情，他就是这样的一个男人，喜欢游戏，喜欢征服，而不喜欢负责任！可是——可是——可是我为什么一直要想这些呢？

韦白来看过我，他亲切的神情使我安慰，他恳挚的祝福也感动我。凌云在我床边对他微笑，他温存地望着她，眼底有着深深切切的怜爱之情。我想起《红楼梦》里宝玉发现椿龄和贾蔷的感情后，所说的一句话："从此后，只得各人得各人的眼泪罢了。"我叹息，把脸转向墙里，谁能解释感情的事呢？

我应该可以出房门了，但我仍然赖在房里，连吃饭都由秀枝送到房间里来。章伯母显然了解我已痊愈，但她并不勉强我出去，只是常常用一种研究的神色望着我。

这天中午，秀枝送进我的午餐，我惊奇地发现，在托盘里，除了三菜一汤之外，缘着盘子放了一圈红艳的苦情花，数了一数，刚好十朵，每朵花都花瓣朝外，把整个盘子点缀得别致无比。苦情花提醒我的记忆，我依稀又奔逐在丛林里、草原上，和梦湖之畔。抬起头来，我惊喜交集地望着秀枝，问："谁弄成这样？"

"二少爷。"秀枝笑着说。

我的脸色沉了沉，我该想到只有他才做得出来，别人没这份调皮，也没这份闲情逸致。秀枝指了指饭碗旁边，说："还有一张纸条。"

我这才看到，在一朵苦情花的花心里，有一张折叠得很小很小的纸条。我犹豫了一下，就取出来，上面是凌风潦草的字迹，写着：

> 我就站在你的门外，等待接受你的审判。假若你愿意见我，请把苦情花全部收下，否则，就让它们留在托盘里，交给秀枝拿出来，我会识趣地走开，绝不打扰你。无论你收不收下苦情花，我都同样祝福你！所以，最起码，请收下我的祝福！
>
> 　　　　　　　　　　　　　　　　凌风

我迟疑了好一会儿，心跳得非常厉害，秀枝垂着手，站在一边等待着，我无法继续拖延时间。匆促中，我只得告诉秀枝："你走吧，等下再来收碗筷。"

我把托盘和苦情花一起留在房里。秀枝出去了，我坐在书桌前面，不敢回头，只听到我自己心脏狂跳的声音。门在我身后合拢，有脚步声轻轻地走到我身边，我不敢动，也不抬头。好半天，我听到一个低柔的、带着几分恳求味道的轻唤："咏薇！"

我抬起头，和他眼光接触的一刹那，像有闪电击中了我一般，竟使我全身震动。他的眼睛那样诚恳、惶恐，充满了恻恻柔情。他的身子慢慢地矮了下来，跪在我的面前，然后，他把头埋进我的裙褶里，静静地一动也不动。就这样，我们一语不发地待在那儿，时间仿佛也成了静止，世界上没有什么更重要的事了，有个男人跪在我的面前，那放浪不羁、任性骄傲的人——凌风！我的眼眶湿润了，有水雾在眼睛里凝结，沿着面颊滚落，我无法控制我的抽噎，泪水像决了堤的洪水，不住地滚下来。

他仰起头，他的手捧住了我的脸，轻轻地，他恳求地说："哦，不，咏薇，你不要哭。"

我抽噎得更厉害，他的声音撞进我的内心深处，绞动我的肺腑，使我的五脏全部痉挛了起来。

"哦，咏薇，别哭。"他继续说，"我知道我不好，我知道我浑身都是缺点，但是，给我机会，咏薇，不要轻视我，给我机会变好。"

我哭泣着揽住他的头，他站起身来，把我拉进他的怀里，用他温暖的面颊贴在我全是泪的脸上。爱情就这样无声无息地来了，韦白、凌霄、余亚南……所有的人物都从我记忆中退走，消逝。我面前只有凌风，我心底只有凌风，我整个灵魂里都只有这一个人——凌风！到这时为止，我才知道我是这样迫切地要他，从没有要过别的人！

他掏出了手帕，擦着我的脸，小小心心地拭去我眼角的泪痕，温温柔柔地说："喏，你不要再哭了。这场病让你变得这么消瘦，瘦得只剩下一对大眼睛了。一星期晒不着太阳，你整天躺在这小屋里想些什么？我打赌没有想过我，是吗？我却整天在你房门外面走来走去，你知道吗？"

我收起了泪，摇摇头："不知道。"

"我不敢进来见你，"他轻声说，握住我的双手，垂下眼帘，视线停在我的手上，"你是那样凶巴巴地毫不留情面，每句话都像刀一样要刺伤人。可是，你是对的，我不值得你喜欢，你不知道，咏薇，我费了多大的劲要得到你的欢心。"

"我以为——"我嗫嚅地说，"你是没有诚意的。"

"对你没诚意吗？"他抬起眼睛来凝视我，把我的手压在他的心脏上，"试试看，我的心怎样地跳着？刚刚我站在门口等待的时候，我觉得几百个世纪都没有那么长，秀枝空着手出来的那一刻，我的呼吸都几乎停止。咏薇，我一生从没有这样激动过。你相信我吗？"

我傻傻地点头。"记得那一天吗？咏薇，你在树林里睡着的那一天？我守在你身边，望着你沉睡，那时，我就知道有什么事情发生了，当你醒来，我觉得天地复苏一样，什么都充满了光明。这种情绪是我从来没有的，以后，我就费尽心机来了解你，接近你，而一天比一天更受你的吸引，更放不下你也逃不开你……"他喘了口气，"噢！咏薇，你是怎样一个小女巫呀！"

我低垂着头，无法说话，我曾几百次幻想我的恋爱，幻想那幽美动人的一刻，但，从没想到是这样带着窒息的压力和惊天动地的震撼。他用双手捧起我的脸，他的眼光深深地凝注在我脸上，好一会儿，才又低低地吐出几个字："还生我的气吗？"

我动了动嘴唇，不知说些什么好，为什么生他气呢？我已经记不得了，那是太遥远太遥远以前的事了。他尝试着对我微笑（因为，始终他眼睛里也蒙着水雾），尝试恢复他一向轻快的语气："你今天不会说话了吗？咏薇？如果还想骂我，就骂吧！你一向都是伶牙俐齿的。"

我摇摇头。"什么话都不必说了，只有一句——"我沉吟地说。

"是什么？"

"是——"我望着他，"你仍然可恶！"

他笑了，仿佛我的话使他开心。

"你又像你了！"他说。"哦，咏薇，"他喘口气，突然吻住了我，喃喃地喊，"哦，咏薇！哦，咏薇！"

这是他第二次吻我，那晕眩的感觉又来了，我不由自主地用身子贴紧了他，手臂紧紧地缠住了他的腰。晕眩，晕眩，晕眩，醉死人的晕眩……我喘不过气，只本能地回应着他。

像浸润在一池温水里，水在回旋，我在漩涡里转着、转着、转着……我以为一辈子也转不出这漩涡了，那美妙而醉人的旋转，然后，他的头抬了起来，嘴唇离开了我，我闭着眼睛，不愿睁开。"咏薇，"他轻喊，"你这个魔术家变出来的小东西哦！"

他的嘴唇又压上了我，这次却狂猛而凶狠，不再是一池回旋的温泉，而是一阵猛卷过来的狂飙，我无法透气，无法思想，无法呼吸，整个身子都瘫软无力，化为水，化为泥，化为虚无。

有人轻敲房门，我惊动了一下，他紧揽着我，不许我移动。"有人……"我低吟着说。

"别管他！"他说。

那是多少个世纪以来亘古常新的事！当他终于抬起头来，而我睁开了眼睛，世界已非原来的世界，我也不是原来的我，原有的生命离我的躯壳飞驰而去，新的生命已从天而降，我没理由地想流泪，想欢笑，想歌唱，也想酣眠。我伸展手臂，如同从一个长远的、沉沉的睡梦中醒来，从没有这样强烈感受到生命的可爱！我高兴，因为世界上有我！我高兴，因为我是活生生的！我高兴，因为我是那么完整的我！多么没理由的高兴呀，但是，我高兴！

那一个下午就那样昏昏沉沉地过去，我们在小屋里，时而笑，时而说，时而流泪，时而长长久久地对视不语。午餐在桌上变冷，我忘了吃，他也没有吃午餐，奇怪的是并没有人来打扰我们。当我们都发觉饿了的时候，我们就把桌上的冷饭冷菜一扫而空，吃得盘子底都朝了天，然后相视而笑。时间静静地流过去，等到光线已昏暗得让我们辨不出彼此，我们才惊异地发现整个下午只是这样短暂的一瞬。

那天的晚饭我和凌风一起出现在餐厅里，凌云由衷地祝福我的病愈，凌霄礼貌而诚恳地问候我，章伯母却用一对温柔的目光，微笑而含蓄地注视我，我立即知道她什么都了解了。她是那样细致而敏感的女人，有什么感情能逃过她的眼睛？说不定下午也是她安排好了不让人来惊动我们的，怎样一个善解人意的好母亲呀！章伯伯只是粗心大意地看了我一眼，用他一向洪大的声音说："病好了吗？到底是城里长大的女孩子，淋淋雨就会生病！喏，多吃一点儿，吃得多，就不会生病！"

我的胃口很好，凌风也不错。整个吃饭的时间内，他就是死死地盯着我，使我不能不回视过去。我想，全桌子都会看出我们的情形了，这让我脸红，又让我情不自已地要微笑。我一直朦朦胧胧地想微笑，仿佛不为了什么，只为了生命是那么美好。

饭后，我和凌风漫步在草原上。

天边有很好的月亮，大概是阴历十六七左右，月亮比十五的时候还圆还大。围着月亮的周围，有一圈金色的、完整的月华，我抓住凌风的手，叫着说："快许愿！"

"为什么？"

"妈妈告诉我，当月华完整的时候，你许的愿望就会实现！"我说。

"那么，我要许一个愿，"他握紧我的手，望着月亮说，"愿咏薇永远快乐！"

他的愿望有些出乎我意外，我望着他，我以为他会许愿，要我们永不分离。他用手围住我的肩，轻声说："只要你快乐，比什么都好。"低头凝视我，他说："和我在一起，快乐吗？"我轻轻地点点头。"那么，我永不会离开你。"

那是怎样的一个晚上？云层薄而高，月光清而远。草地上凝着露珠，原野在月色下迷迷离离地铺展着，疏疏落落的树丛，被月光染上一层银白。风在林间低诉，幽幽然，切切然。梦似的月光，梦似的夜晚！梦似的我和他！我不再渴求什么了，我脑子里什么都不想。

他解下他的衬衫，披在我的肩膀上，因为旷野风寒，而夜凉似水。"我不要你生病，"他说，"看到你消瘦苍白，让我的心好痛好痛。"

我们漫步在月光之下，缓缓慢慢地走着，我想问他关于柴房里的事，但那并不重要，现在没什么是重要的，我知道我有他！何必追问柴房里的事呢？何必破坏这美好的夜？我紧偎着他，原野上风也轻柔，月也轻柔。

前面有一棵孤立的矮树，孤零零地竖立在月色里，我疑惑地望着它，记忆中似乎有什么不对，矮树轻轻地晃动了一下，不，那不是树，是一个人！我抓紧了凌风："看！那儿有一个人！"

真的是一个人，他正伫立在月色里，呆呆地引颈翘望，面对着幽篁小筑的方向。"是谁？"凌风大声问。

那人影寂然不动，我们向前走去，月色下，那人的形状逐渐清晰，他没有发觉我们，而完全陷在自己的沉思里，他的目光定定地望着幽篁小筑前的一片竹林。

　　"是韦白！"凌风奇怪地问，"他在做什么？"

　　我拉住凌风，嗫嚅地说："大概他在散步。"

　　"不对，"凌风说，"他在出神！他的样子好像着了魔了，我们看看去。"

　　"不要，"我阻止了凌风，心里有些明白韦白，如果他不是为情所苦，就必然是有所等待，"我们走吧，何必去打扰他呢？"

　　"他已经快成为化石了，"凌风说，摇了摇头，"他的生活未免太寂寞了，可怜的人！"

　　他也不是很可怜，我想。他有所爱，也被爱，尽管隔在两个星球里，有那份凄苦，也有那份甜蜜，"爱"太美了，所以，往往一般人都要为它付出代价。但是，我和凌风呢？我不禁下意识地揽紧了他。

　　"我们走吧！"我们往回走，没有惊动韦白。我很沉默，恍恍惚惚地想着韦白，仅仅数日之前，我还曾把我童稚的恋情，系在他的身上，但是，现在，我已经醒来了，认清了自己，也认清了感情。是的，可怜的韦白！还有，可怜的凌云！我咬咬嘴唇，决心要帮助他们。我们依偎着，向幽篁小筑走去。

第十六章

　　生命的醒觉常常在一夜之间来临，我突然从沉睡中醒来了，觉得自己充满了活力及喜悦之情。镜子里的我几乎是美丽的，那流转着的如醉的眼睛，那微红的双颊和湿润红艳的嘴唇，以及浑身焕发的精神。我终日奔逐在草原上，和凌风嬉闹谈心。水边的垂钓，林中的散步，梦湖边共同编织着梦幻，山石上合力镌刻着心迹。我们做了不少的傻事，用芦苇结上同心结，放诸流水，让它顺流而下，我们说，水流过的地方，都有我们爱情的痕迹，而被自己感动得流泪。在梦湖边，我们俯身对着湖水中两人的倒影，说是如果两人影子重叠，就将世世为夫妻，结果两人都栽进了湖里，搅碎了一湖清影。悬崖上，我看到一朵百合，喜欢它名字的象征意味，凌风竟爬上悬崖去采摘，几乎摔得半死。

　　所有的傻事都做过了，我们就静静地躺在梦湖湖边，望着天际白云悠悠，听着林内轻风低诉，感受着湖畔翠雾迷离。

他会忽然用不信任的眼睛望着我，奇怪地问："咏薇，你怎么会到青青农场来？"

我平躺着，微笑地望着天。我怎么会到青青农场来？命运安排了一切，因为妈妈爸爸要分离，所以我和凌风会相遇。命运拆散了一对姻缘，是不是又会安排上另外一对来弥补？

"哦，"我低语，"因为这儿有你呀！"

"你不会离去吗？"

"我会离去，等妈妈来接我的时候。"

"可是你还会再来的，对吗？"

"当然，"我望着他，"你在想些什么呀？"

"这梦湖，"他喃喃地说，"这烟雾氤氲的梦湖，我怕一切都不是真实的。"他用手轻轻地触摸我，从我的手臂到肩膀，从肩膀到面颊，从面颊到头发："我怕你只是什么好妖怪变出来的小精灵，眼睛一眨就消失掉了。怕你只是一个虚幻的影子，完全由我荒谬的脑子里杜撰出来的人物……"

"噢！你多傻！"我轻叫，翻身伏在草地上，用手支着头，另一只手放在他的胸前，"你知道吗，凌风？你有一颗健康的心，这样的心是不会幻觉出人物来的，你还有一个坚强的头脑，这样的头脑也不会杜撰故事。而且，我是个有血有肉有灵魂的完整的人哪！"

"是吗？"他怀疑地盯着我，"你是吗？"

"是的，我是。"

"那么，证明给我看！"

他一把拉下我的身子，嘴唇火热地堵住了我的，我们滚倒在草地上，他强而有力的手臂紧紧地缠着我，嘴唇贪婪地从我唇边滑下去，沿着我的脖子到胸口，炙热的火焰烧灼着我，全身的骨骼都几乎被他压碎。他的手指摸索着我的衣领，牙齿咬住了我的肌肤，一股灼热的火焰从我胸中迸发，扩散到我的四肢，他喘息着，眼光凶狠而狂猛，我挣扎地推开他，喊着："不要！凌风，不要！"

他突然放开我，滚到湖边的草丛里，把他整个头都埋进湖水中。然后，他把湿淋淋的头从水里抬起来，头发和眉毛上全挂着水珠，他望着我，眼角带着一丝羞惭。

"对不起，咏薇。"他低声说。

我微笑着摇摇头，用手帕拭去他面颊上的水珠。他把头枕在我的膝上，合起眼睛，我们静静地坐着。

树林中一个红色的影子一闪，有对黑黑亮亮，像野豹似的眼睛在注视着我们，我悸动了一下，凌风惊觉地问："怎么？"

"林绿绿，"我说，"绿绿在偷看我们。"

"是吗？"他坐起身来，绿绿已经一溜烟地消失在林内了。凌风用手抱住膝，沉思地说："谁能阻止她的漫游。谁能让她休息，不再流浪？"

我摘下一朵身边的苦情花，注视着花瓣说："我们多自私，凌风，我们在幸福里就不去管别人！你觉不觉得，我们应该帮帮你哥哥和绿绿的忙？"

凌风摇了摇头："这是没有办法帮忙的事，咏薇，问题在于绿绿，她根本不喜欢凌霄。"

"你怎么知道？"

"这是看得出来的，绿绿虽然单纯，但她也相当野蛮，她比一般的女孩子更难征服。"

"想必你是有经验的！"我酸酸地说。

他盯了我一眼，眼角带着笑。"说不定，"他点点头，"你吃醋吗？"

"哼！"我哼了一声，两人都笑了。现在，绿绿不在我心上，事实上，什么都不在我心上。我们手拉着手，奔出了树林，奔下了山坡。

恋人的世界里，就有那么多忙不完的傻事，说不完的傻话，做不完的傻梦。我忙得无暇再顾及我周围的事情，甚至无暇（或是无心）顾及章伯伯和章伯母对我和凌风恋爱的看法，当然，我们的恋爱是没有办法保密的。我不再关怀绿绿和凌霄，也不再关怀韦白和凌云，直到一天晚上，凌云捧着她已完工的刺绣到我的房间里来。

那时我正坐在书桌前面，桌上放着我那本"幽篁小筑星星点点"，我满怀洋溢着过多的感情，急于想发泄。"我要写一点东西，"我告诉自己，"我一定要写一点东西。"但是，我不知道写些什么好，我胸腔里涨满了热情，却无法将它们组织成文句。

凌云推开门走了进来，微笑着说："看看我绣的枕头套，好看吗？"

她把枕套铺平在我的桌子上，那菊花绣得栩栩如生，这提醒我许多几乎忘怀的事，枕套、菊花、韦白！我依稀记起韦白伫立在竹林之外，记起某夜我在窗前看到的黑影，记起他痛楚烧灼的眼神……我曾想帮助他们，不是吗？但我如何帮助呢？

"非常好看，"我由衷地说，"韦白一定会喜欢。"

"他最爱菊花，"凌云说，笑吟吟地坐在我的桌边，开始缝制枕套的木耳边，"只要把边弄好，这枕套就算完工了，我本来想做一对，但是韦白说，何必呢？他念了两句诗，是什么残灯，什么孤眠的……"

"残灯明灭枕头敧，谙尽孤眠滋味。"我说。

"对了，就是这两句，"凌云停住了针，面色无限哀楚，接着就长叹了一声说，"他多么寂寞呀！"

我凝视着她，她又回到她的针线上，低垂的睫毛在眼睛下面投下一圈弧形的阴影，她抽针引线的手指纤巧而稳定。我佩服她的镇静，难道她已经认了命，就预备永远和韦白这样不生不死地"心有灵犀一点通"下去吗？

"我在这儿做针线不会打扰你吧？"她低着头说。

"当然不会。"我说，出神地望着她额前的一圈刘海和她白皙的后颈。章伯伯会让她嫁给韦白吗？我看希望不大，但是，他们不是一直很欣赏韦白吗？即使韦白比凌云大了二十几岁，不过，爱情是没有年龄的限制的！或者他们竟会同意呢！如果我是凌云或韦白，我要公开这件事，经过争取总比根本不争取好！尤其韦白，他是个男子汉，他更该拿出勇气来争取。

"咏薇，"她静静地开了口，"你会成为我的嫂嫂吗？"

"噢!"我怔了怔,不禁脸红了。"我给你做伴吧!"我含混地说。

"你会没时间陪我了!"她笑得十分可爱。"我二哥是个难缠的人,是吗?"她歪着头沉思了一会儿,"妈妈爸爸希望你和大哥好,你却和二哥好了,人生的感情就是这样奇妙,对不? 像我——"她忽然咽住了。

"像你怎么?"我追问。

她摇摇头,加紧了抽针引线,低声地说了一句:"你是知道的吧,何必要我说呢?"

我咬了咬嘴唇,她的脸色黯淡了,一层无可奈何的凄凉浮上了她的脸,她看来那样柔肠百折,和楚楚可人! 我实在按捺不住了:"你为什么不把一切告诉你母亲?"

"我不敢,"她轻声说,"告诉了又有什么用呢?"

"那么,韦白应该告诉!"我大声说,"他应该拿出男子汉的勇气来,永远低声叹气和哀毁自伤又不能解决问题,我实在不同意……"

"韦白!"她惊喊,迅速地抬起头来瞪着我,那对大眼睛张得那么大,盛满了惊愕和诧异,"咏薇,你在说些什么呀?"

"我说韦白,"我说,有些生气地瞪着她,"你不必做出那副吃惊的样子来,你也明白我是了解你们的!"

"可是——可是——"她嗫嗫嚅嚅地说,"可是我真不知道你在说什么!"

"我说你和韦白的恋爱,你们应该拿出勇气来面对现实,不该继续痛苦下去！"我忍耐地说。

"我和韦白恋爱？"她大大地吸了一口气，直愣愣地瞪着我，"咏薇，你一定疯了！"

"我没有疯，"我懊恼地说，"你才疯了！"

"是吗？"她不胜困惑的样子，微微地蹙拢了眉头，"但是，我从没有爱过韦白呀！"

这下轮到我来瞪大眼睛了，因为她那坦白而天真的脸上不可能有丝毫隐秘，那困惑的表情也绝非伪装。我坐直了身子，有些不信任自己的耳朵："你说什么？你从没爱过韦白？"

"当然，"她认真地说，"我很尊敬他，因为他是个学者，我也很同情他，因为他无亲无故，孤独寂寞，可是，这种感情不是爱情呀！是吗？"

"可是，"我非常懊恼，而且被弄糊涂了，"你说过你爱着一个人，你又帮韦白绣枕头什么的……"

"我爱着的不是韦白呀！"她美丽的眼睛睁得圆圆的，"帮韦白绣枕头是因为没人帮他做呀，你知道我喜欢做针线，家里的桌布被单枕头套都是我做的……"她顿了顿，就"噢"了一声说："噢，咏薇，你想到哪儿去了！韦白距离我那么远，他说的话十句有八句是我不懂的，我是像敬重一个长辈一样尊敬他的，他也完全把我当小女孩看待，你怎么会以为我们在恋爱呢？"

看样子我是完完全全地错误了，借鸽子传纸条的另有其人，我应该早就想到这一点，凌云只是个纯洁的小女孩，她和韦白真的无一丝相同之处，凭什么我会认为他们彼此相吸引呢？可是，韦白为什么那样凄苦地瞻望着青青农场？不是为了凌云？那么是为了谁？我注视着窗外的月色和竹影，呆呆地出神。忽然，像灵光一闪，我想明白了，为什么我总认为韦白爱着一个人，或者他一无所爱？只是青青农场的一团和气，使他留恋，也使他触景伤怀。我真像凌风所说的，未免太爱编织故事了，竟以为我所接触的每一个人，都是小说中的角色！还一厢情愿地想撮合凌云和韦白，岂不可笑！

"那么，"我收回眼光，困惑地看着凌云，"你所爱的那个人又是谁呢？"

她垂下眼帘，脸颊涌上一片红潮。"你真的不知道？"她低低地问。

"当然，你看我犯了多大的错误，我一直当作是韦白呢！"我说，心底还有一句没说出口的话，"不但如此，我还以为自己稚嫩的情感受了伤，对你着着实实地吃了一阵醋呢！"

"那是——"她望着我，眼中秋波流转，虽然没喝过酒，却醉意盎然，"是——余亚南！"

余亚南！我早该猜到！那个眼睛里有梦的年轻艺术家！不过，这里面有些不对头，有什么地方错了？余亚南和凌云，他们是很好的一对吗？余亚南，余亚南？我锁起了眉，那是个很痴情的人吗？

"怎么？"凌云担心地说，"有什么不对？"

"没有，"我支吾着，"只是——他很爱你吗？"

"我想是的，"凌云嗫嚅地说，"他是个艺术家，你知道，他正在找寻他的艺术方向，在这个时代，像他这样的年轻人并不多，抛弃了都市的物质繁荣，肯安于农村的贫贱。"她的眼睛闪着光："你不觉得他是个杰出的人物吗？"

"唔——"我喃喃地说，"或者是的，谁知道呢？"

"你好像并不太欣赏他。"凌云敏感地望着我。

"不是，"我说，"只是'杰出'两个字太难下定义，没有人能够评定别人杰出还是不杰出，这又不像身高体重一样可以量出来。"

"咏薇，你不是以成败论英雄吧？"她盯着我。

"当然不，"我说，"只要他肯努力，成名不成名完全没关系，一个对艺术有狂热的人，不见得会对名望有狂热。不过，据我看来，你那个余亚南并非不关心名利呢！"我停了停："凌云，他爱你到什么程度呢？"

"他说我是他的灵感，就像《珍妮的画像》那个电影中的珍妮一样，是他的珍妮。对一个艺术家来讲，这不就是最好的表示了吗？"

我怔了怔，灵感？珍妮？这和大雨、森林似乎有点关系，难道他不会用别的词句来示爱吗？而且，他的灵感未免太多了一些，有这么多灵感，为什么还画不出一张画来？我用手托住下巴，凝视着凌云说："或者，他还说你是他的光，你吸引他，他要为你画一张像，以天空森林什么的为背景……"

"真的，你怎么知道？"凌云天真而兴奋地望着我。

"那还会是一张国际艺术沙龙入选的佳作呢！"我低声自语，又提高了声音，严肃地说，"凌云，告诉我吧，你真的很爱他？"

"噢！"她发出一声热情的低唤，抛下手中的针线，抓住了我的手，用激动的声音说，"咏薇，你别笑我，我简直为他发狂，我可以为他死。"

我激灵灵地打了一个冷战。

"怎么？咏薇？"她惊觉地问。

"没什么，"我咬咬嘴唇，"凌云，既然你爱他，他也爱你，为什么他不向你的父母提出来？这是一件很好的事呀！恋爱并不可羞，你们何苦严严地守秘呢？"

"哦，不！"凌云长长地叹了一口气，用一对凄苦而热情的眸子望着我，"你不了解，咏薇，你不了解余亚南。"

"或者我比你了解得更多呢！"我低低地叽咕了一句，说，"我不了解他什么？"

"他是不要婚姻的，"凌云解释地说，"他是个艺术家，他的第一生命是艺术，婚姻对于艺术家完全不合适，他要流浪，要漂泊，要四海为家，他不要妻子和儿女，不要感情的桎梏和生活的负担，你懂吗？"

"他这样对你说的？"我问。

"是的，他是个忠于自己的人，他怎么想，他就怎么说，他从不掩饰自己。"

"他忠于自己？"我有些气愤地说，"忠于他自己的不负责任吗？"

"你不懂，"凌云热烈地为他辩白，"他不想欺骗我，才把他的想法告诉我，他说，如果我嫁给他，他会慢慢地怨愤生活，不满家庭，那么，我们会痛苦，会吵架，甚至于离婚，那还不如只恋爱而不结婚。就永远可以保持恋爱的美丽，不会让这段感情成为丑陋。"

"他的爱情是这样经不起考验？"我问，"而你还相信他的爱情？"

"爱情对于他不是唯一的事，你知道，"她热心地说，"他将更忠于他的艺术！"

"艺术！艺术！艺术！"我喊，"这真是太美丽的借口！我从没有听说过艺术和婚姻是不能并存的！唯一的解释是他根本不爱你，或者是不够爱你，我告诉你，凌云。"我俯向她，加强语气说："如果你真是他的灵感，失去了你，他就也失去了艺术，你明白吗？如果他真爱你，你就是他的生命，也就是他的艺术！你懂吗？"

她对我困惑地摇头，勉强地说："你别混淆我，咏薇，我没有你那么好的口才，我说不过你。但是，我相信余亚南的话，他爱我，就因为他太爱我，所以他不愿和我结婚，不愿让我将来痛苦，不愿看到我流泪……"

"可是，你现在就不痛苦吗？你现在就没流过泪吗？"我咄咄逼人地问。

"我——"她瑟缩了一下，挺了挺肩膀，说，"虽然有痛苦，但是我很满足。"

我看着她，她脸上有着单纯的固执。我无可奈何地耸耸肩，叹口气说："好吧，只要你满足，还有什么话好说呢？不过，凌云，我完全不信任你那位余亚南，他或者是个非常善良的人，但他也是个很不负责任的人。艺术不是一切事务的借口。不过，你相信他也就算了，但愿你将来不会流更多的泪！"

"咏薇，"她微笑地握住我的手，"你慢慢会了解他的，爱上这种人原是痛苦的事情，我不能对他太苛求，他是个艺术家！"

"难得有他这样的艺术家，也难得有你这种不苛求的爱人！"我也微笑了，握紧了她，"只是，凌云，你太可爱，他不把握住你，是他没福气。"

"爱情并不一定需要婚姻来固定它，"她说，"许多夫妻同床异梦，许多爱人却终生相爱！你怎么知道他没有把握住我呢？"

"你总有一天要结婚的。"

"我不。"

我们对望着，然后，我笑了。

"你是一个多么奇异的人哪！"我说，望着满窗月色和绰约竹影，"不过，人生许多事都在变，谁知道以后我们的想法和看法会怎样呢？"真的，谁知道呢？

窗外有只鹁鸪鸟在叫着："糊涂！糊涂！糊涂！"

我们不禁相视而笑。

第十七章

　　早上，我被一阵隐隐约约的争吵之声所惊醒了，披衣起床，天际才刚刚破晓，朝霞布满了天空，竹林顶端，还迷蒙着没有散清的晓雾。我换好衣服，打着呵欠走出房门，争吵之声加大了，我侧耳倾听，声音是从前门来的，正想走去看看，凌云的门开了，她的头伸出了房门，和我打了一个照面，我问："是谁在吵架？"

　　"我也听到了，"凌云说，"正想问你呢！"

　　我们一起向前门走去，穿出了客厅，就一眼看到章伯伯穿着件睡衣，按着衣袖，正挥舞着拳头在那儿大叫大骂，章伯母满脸焦虑之色，在一边劝解，但她的声音完全被章伯伯的吼叫所压盖。事实上，不只章伯伯吼叫，在章伯伯对面，有个又高又大又凶狠的人，正跳着脚大吵大闹，那样子像要把整个青青农场都吞下去。我立即认出那个人来，那是林绿绿的父亲！曾经在树林里把我吓得半死的人！他那高高的颧骨上的刺青，和那阴鸷的眼神都显得狰狞可怖。赤裸的上身露着粗黑的胸毛，那被长年累月的阳光所炙晒的皮肤黑而亮，结实的肌肉在他举得高高的手臂上凸出来。他的头向前冲，咧着嘴，露着牙，那是一只大猩猩，一只要吃人的猩猩！

"你给我滚！滚得远远的！"章伯伯在大叫，"他妈的！一清早在门口喊魂！你那个骚蹄子你自己不管好，到老子门口来吵什么？滚！滚！你给老子滚！"

那山地人吐出一大串听不懂的山地话，里面夹杂着日语的"巴格牙喽"，几乎每两句话里就有一句"巴格牙喽"，喊的声音比章伯伯还大，同时和章伯伯越逼越近，大有要打架的样子。我听不懂山地话，只有狐疑地望望凌云，凌云拉着我的手，她的手冰冷而紧张。

"他说林绿绿一夜没回去，"她在我耳边低声说，"他说是被大哥或者二哥带跑了，他说我们家的两兄弟整天带着绿绿鬼混，绿绿一夜没回家准与我们家两兄弟有关，他说要我们交出人来，以后两兄弟再和绿绿混在一起，他就要把他们杀掉！"

他的样子真的像是想杀人，我想起关于山地人脸上的刺青，是杀人的标记，看到他颊边、额前、下巴上都有刺青，不禁激灵地打了个冷战。章伯伯又丝毫都不让步，还在那儿吼叫不停："你以为你那个女儿有什么了不起？贱货！臭婊子！我们家的狗和猪都看不上！你丢了女儿不会去镇里搜，到我家来吵什么？你再不滚我叫老袁去埔里叫员警来抓你，送你进监狱！你滚不滚？要打架老子就奉陪！别以为老子打不过你！我这双手杀过小日本打过土匪，还怕你这个臭山地人！来呀！你要打就打！"

那山地人真的冲了过来，章伯母及时跑上前去，拦在他们的中间，她那小小的身子，挺立在两个巨人之间，真不算一回事，但她却有种不可侵犯的威严，那山地人也被震慑住，站在那儿，不敢再迈上前来。

"一伟！"章伯母急急地喊，"你这是干吗？他找不着女儿当然是着急的，好好解释清楚不就没事了吗？干吗一定要吹胡子瞪眼睛地找架打呢？"一眼看到我和凌云，她喊着说："凌云！去叫秀枝来翻译，我跟他说不清楚！"

凌云转身就跑进了屋里，这会儿，章伯母试着向那山地人解释："老林！我们没有看到绿绿，看到了绝不会把她藏起来，是不是？我家两个男孩子和她玩是有的，年轻人在一块儿玩也是件好事呀，是不是？不过，我保证我家两个男孩都不会跟她做坏事，你尽管放心好了……"

那山地人的脸色和缓了许多，显然他对章伯母比对章伯伯服气多了，他用生硬的普通话，结结巴巴地说："你不知道，太太，你不知道……"

他抓抓头，说不出所以然来，那样子也有些憨憨傻傻的。正好秀枝来了，章伯母就叫她把刚刚的话再翻译一遍给他听。那山地人面色又好了些，也对秀枝说了一大串，秀枝说："他说他本来不是来吵架的，只是来问问我们家两个少爷有没有看到绿绿。因为我们家两个少爷常常和绿绿在一起。他说他找到绿绿要打死她！"

"秀枝，"章伯母说，"你去把大少爷和二少爷都叫来！"

秀枝去了，一会儿之后，凌霄跟着秀枝来了，凌风却不见踪影。

"太太，"秀枝说，"二少爷不在屋里。"

"一清早，他又到哪儿去疯了？"章伯母说，望着秀枝，"你看到他出去的吗？"

"没有，"秀枝摇摇头，"他——"她欲言又止。

"他怎样？"章伯母严肃地追问。

"他床上的棉被没有动过，"秀枝说，"他一夜没有回来。"

空气凝住了一会儿，四周有片刻的岑寂，章伯母的脸色从来没有这样难看过，章伯伯也变了色，凌霄阴郁沉重，凌云惊愕地微张着嘴，我想，我的脸色也绝对不会好看，因为我体内的血液已经在奔腾了。

"好，"还是章伯母先恢复过来，她转向凌霄说，"凌霄，你昨天晚上见到绿绿没有？"

凌霄默默地摇头，苦涩地说："没有。"

"好吧，"章伯母说，"秀枝，你告诉他，我会查明这件事，如果我找到了绿绿，我会自己把她送回家……"

章伯母的话只说了一半，有个人出现了，那是凌风！他大踏步地走来，眉毛上和头发上都带着露珠，眼睛里有着睡眠不足的疲倦，裤子上沾着许多绿色的碎草。他的出现使大家都怔住了，他也有些吃惊，诧异地问："怎么回事？"

"凌风！"章伯母严厉地问，"绿绿在哪儿？"

"绿绿？"凌风一愣，未经考虑就答复了，"她刚刚回家去了，我和她在溪边分手的。"

"那么，"章伯母的声音更严厉了，"你一夜都和她在一起？是不是？"

"不错——"凌风毫不推诿地说，"我……"

"你们在哪里？"章伯伯大声喊，打断了他。

"在梦湖湖边。"

我不想再听下去了，转过身子，我离开了这叫嚣的一群，奔进了屋内，穿过客厅走廊，我跑回我的屋里，立刻锁住了房门。在书桌前坐了下来，我用手蒙住了脸，泪水冲出我的眼眶，从指缝里四散奔流。我遏制不住自己的抽噎，遏制不住胸腔中迸发的悲愤之情！凌风，凌风，凌风！我早该知道他是一块怎么样的料！我早该认清他的本来面目！而我却被他的花言巧语所唬住，被他伪装的热情所惑！凌风，凌风，凌风！我摇着头，痛楚地啜泣不已，我犯了怎样的错误，虚掷了一片热情！凌风，凌风，凌风！我捶击着桌子，咬紧自己的嘴唇。片刻之后，有急促的脚步声奔向我的房门口，有人在外面猛烈地敲门，是凌风的声音，喊着："咏薇！开门！咏薇！"

听到他的声音，我就哭得更厉害，走到门边，我把背靠在门上，哭着说："你给我走开，我不要见你！不要见你！"

"咏薇！"他发狂地擂击着房门，"你根本误会了，你开开门，我跟你解释！咏薇！咏薇！咏薇！咏薇！咏薇！"

他在外面一连串地喊着我的名字，我更加泣不可抑，语不成声地说："你还来干什么？你走开！不要理我！不要理我！"

"我跟你解释！"他大喊。

"我不听你解释！我根本不信你！不信你！不信你！"我大叫着说，泪下如雨。

"你不能凭猜测来定我的罪呀！"他喊着，狂力地捶着门，"咏薇！你开门！你再不开我就打进来！"

"我不开！我绝对不开！"我用背顶住门。

"咏薇，"他的声音放柔和了，在外面柔肠百折地、恳求地说，"你错了，咏薇，我没有做过什么坏事，我跟你发誓，咏薇。你开一下门，好不好？"

"不！不！不！"我叫，"我不要听！"

"你要听，咏薇，我告诉你，我不是和她单独在一起，还有余亚南，你可以去问余亚南，我说谎就被天打雷劈！咏薇！咏薇！你有没有听我？有没有听？"

"我不要听！"我还在哭，但事实上我是在听着，"你说谎！我不要听！"

"你应该信任我！"他的声音里带着苦恼和不耐，"咏薇，你到底开不开门？"

"不开！"

门外有片刻沉寂，我不知道他在外面做些什么，用背靠着门，我只是静静地啜泣。门外一点儿声音也没有，正当我觉得门外静得奇怪的时候，窗前砰然一响，一个人已越窗而入，我吓了一跳，瞪大眼睛，凌风正站在我的面前，喘着气望着我。我立即背转身子，面向着门，大嚷着说："你出去！

我不要看到你！不要看到你！”

他用手扶住我的肩膀，强迫我转过身子面对着他，他的脸色紧张而疲倦，眼睛焦灼地盯在我身上。“咏薇，我告诉你……”

“我不要听！”我尖声大叫，用力地摇着头，同时用双手蒙住了耳朵，一个劲儿地拼命喊叫，“我不要听！不要听！不要听！不要听你的花言巧语！”

“咏——薇！”他的坏脾气显然也发作了，他把嘴巴凑到我的耳边，使出浑身的力量来，震耳欲聋地大喊。同时，他强力地把我的手从耳上扯下来，用劲抓牢了我的手腕，狂叫着说：“我没有做错事，我告诉你我没做错事！余亚南要给绿绿画一张油画像，我们在梦湖边上生了火，这都是余亚南的鬼主意，要她站在火焰后面……他画了又画，一直画不好……喂喂，你听不听我？”

“我不听！你是撒谎专家！我不信！”

“我们去找余亚南对质！”他拉住我，不由分说地就向门外扯，“马上去！”

“我不去！”我挣扎着，“你们是狐群狗党、一丘之貉，他当然会帮你圆谎，我不去！”

他语为之塞，瞪大眼睛望着我，然后，他猛然放松了我的手，我差一点摔倒在地下。扶着墙，我好不容易才站稳了步子，他气喘吁吁地望着我，咬牙切齿地说：“好吧，信也由你，不信也由你，我的解释到此为止！让你去自作聪明吧！我不能祈求你谅解我所没有的罪行！”他深吸了口气，脸涨红了。打开门，他向外走去，走了两步，又回头望着我，用沉痛的声音说："咏薇，还谈什么海誓山盟，我们连基本的了解都没有！你信任你自己的偏见更甚于信任我，以后就什么都别谈了，只当我们根本没有认识过！"

砰然一声，他用力带上了房门，消失在门外了。我仍然靠在墙上，足足有五分钟，动也没有动。然后，我慢慢地走向床边，慢慢地躺下来，张大眼睛望着天花板，没有泪，也没有思想。

午餐的时候，我平静地到餐厅去吃饭，我和凌风交换了一个视线，既没打招呼，也没说话。他板着铁青的脸，对谁都不言不语，我心中在隐隐作痛，只能埋头在饭碗里。章伯母看看凌风又看看我，也默不开腔，这顿饭一定谁都没有好胃口。饭后，章伯母拿出一封信给我，说："今天早上邮差送来的，你妈妈的信。"

我接过信，虽然没有开封，我也知道不会有好消息，我知道妈妈一定另有信给章伯母，从章伯母的脸色上，我已经看出来了。拿着信，我沉默地退回我自己的房间，坐在桌前，我拆开信封，一个字一个字地把信看完。

信很简单，显然是妈妈在仓促中写的，上面写着：

> 咏薇：我和你爸爸已于昨日正式离婚，关于你的监护权，法院已判决归你父亲所有，这绝非我所能同意的，所以，我已上诉于最高法院，我一定要争取到最后，目前，还不能来接你，希望你在青青

农场住得惯，住得快乐。咏薇，我有许多话想告诉你，都不知从何说起，但是，你一向是个聪明的孩子，或者能体会我此刻的心情，我只能告诉你一句，我爱你，不管情况变得多么恶劣，我还是你的母亲：用整个心来宠爱着你的母亲！我只希望你能快乐，别无所求！咏薇，好好地生活，好好地笑吧！我尽快来接你！

妈妈

我把信纸塞回信封里，收起了信，静静地坐在那儿，望着窗口。片刻之后，我站起身来，走出了房间，投身在阳光闪烁的草原上。沿着阡陌和田垄，我走向树林，穿过树林，我来到溪边。低着头，我沿着溪流，一步步地向上游走，漫无目的地向上游走。我走了很久很久，我的腿疲倦了，烈日晒得我的头发昏，眼前有金星在闪动，但是我不想停止。转了一个方向，我机械化地向前走着，一个树林又一个树林，一片旷野又一片旷野，我走着走着，不断地走着。

那整个下午，我就在树林中和原野上走来走去，固执不停地走，没有目标也没有方向。太阳的威力逐渐减弱，一片明亮的红云从西面的天空游来，更多的红云在四方扩散，落日在云层中掩映，我停在一大片旷野中间，愣愣地望着那轮落日，心中恍恍惚惚，朦朦胧胧，全是一些被割碎的、不成形象的脸谱。

那条蛇什么时候游到我身边来的，我完全不知道，等到我发现它的时候，已经是它在乱棍下挣扎蜷曲的时候了，一个人拉开了我，棍子像雨点似的落在那条蛇的头上，它距离我不到两尺。我瞪大眼睛望着那个被打得血肉模糊的头，和那仍在蜷动的褐色躯体，不由自主地发出一声尖叫。

我不知道我为什么要叫，真正的原因并不是蛇，而是整个一天我都太紧张了，而且我的头那样昏，又那样疲倦，蛇惊动了我，我一径叫了出来，就接二连三地大叫不停了。

"咏薇！咏薇！咏薇！"那人抓住了我，轻拍我的面颊，焦灼地喊，"咏薇，没事了，没事了，咏薇！"

我停了下来，凝视着面前的人，那是凌风。

我们对视着，好久，好久。然后，凌风温柔地说："你如果想哭，就哭出来吧！咏薇，你已憋了一整个下午了。"他这样一说，我再也无法忍耐，哇的一声，就大哭了起来，他拥住我，把我带到附近一块石头上，他坐下来，把我抱在他的怀里，像哄孩子似的拍着我的背脊，而我也像孩子一样，尽兴地大哭不已，把眼泪鼻涕全揉在他的衬衫上。

"我不要他们离婚，凌风，你不知道，我从来不要他们离婚，"我边哭边说，"我要他们，我要他们两个！凌风，你不知道，我爱他们两个！我从来不肯承认，可是，我不要他们离婚！"

"我知道，我知道。"凌风不住地拍着我的肩膀，在我耳边温温存存地说，"我听妈妈说起，就马上来找你，我知道你的心情，我全知道。"

我哭着，不停地哭，然后，我抬起泪痕遍布的脸来，望着凌风，透过泪雾，他的眼睛那样柔和，他的脸那样恳切。用一条大手帕，他擦去我的眼泪，轻轻地说："我知道，好咏薇。这一天真够你受了，先是我的事情让你伤心，然后又是你妈妈爸爸的离婚，这一天真够你受了。"他吻吻我的面颊，低柔地说下去："我也不好，不向你好好解释，就跟你发脾气，我真不好，你能原谅我吗？"

我又哭了起来，伏在他的肩膀上，哭得悲悲切切。他拥紧了我，反反复复地说："都是我不好，你有伤心的事情，我不能安慰你，还让你生气。都是我不好，喏，擤擤鼻涕，别再伤心了。以后我再也不惹你生气，我要好好地保护你，让你什么伤害都不受。"

在这样亲切的安慰下，在这样温存的软语里，还有那温暖结实的怀抱中，我逐渐地平静了下来。用他的大手帕擤了鼻涕，我们并坐在落日的红晕里。他的手臂环抱住我的肩，晚霞在他的眼底静静地燃烧。

"舒服了一点吗？咏薇？"他低问。

我点点头。

"看，被太阳晒得鼻尖都红了，"他怜惜地摸着我的面颊，"一个下午，我跟着你走了两千五百里路。"

我有些想笑，可是笑不出来。他用手托起我的下巴，深深地注视我的眼睛。"我知道你已经不再关心早上的事，"他说，"可是我必须向你解释清楚，咏薇，我没有和绿绿做什么。"

"别说了，"我阻止他，"我知道了。"

"昨晚你在和凌云谈天，我不想打扰你，就到外面去散步赏月，才走到竹林外面，就碰到余亚南和绿绿，余亚南正想说服绿绿做他的模特儿，他想在夜色里的梦湖湖边，生一堆野火，画一张绿绿站在火边的裸像……"

"裸像？"我问。

"是的，对艺术家来说，人体素描是必修的课程，你知道。绿绿不肯。余亚南的构思引起我的兴趣，你想，湖边烟雾迷蒙，森林莽莽，一堆野火，和一个原始的裸女，会是怎样一幅画面，于是，我加入了余亚南说服了绿绿，我们一起到湖边，我管烧火，余亚南管画，整整累了一夜……"

"画好了吗？"我问。

凌风耸了耸肩："没有。余亚南说他的灵感睡着了。"

我扑哧一声笑了出来，凌风高兴地说："好不容易，总算笑了。"

我们手拉着手，踏着落日的余晖，向归途走去。我想着妈妈爸爸，他们多么轻易地遗弃了他们的感情世界，而我，我将永远珍重这份感情。

"想什么？"凌风转头问我。

"我不要离开你。"我傻傻地说。

"哦，咏薇，"他站住，望着我，"没有人会要你离开我。"

揽住我，他温柔地吻我。晚霞和落日在我们背后的天幕上烧灼，无数橙红、绛紫、靛蓝的各色光线，组成一张大网，把我们轻轻柔柔地网住。

第十八章

秋天在不知不觉之间来了，几乎是一夜的工夫，原野上的槭树就全转红了。绿色的旷野上，到处都是槭树，绿的绿得苍翠，红的红得艳丽，来到台湾，这是我第一次嗅到秋的气息。树林里，落叶纷飞，小溪边，芦花盛放，梦湖上，寒烟更翠，秋雾更浓。青青农场里，第一次下种的蚕豆已经结实，第二次的也已下种，玉蜀黍长得已有一个人高，等待着收割，红薯也都挖了出来，一个个肥大结实。连那块实验地上的药草，都长得一片葱茏，茂盛无比，薏苡长出了黑色的种子，硬而光滑，香薷、防风、八角莲、枸杞等都叶密茎肥，显然试验已完全成功。

我和凌风终日在原野上收集着秋风和秋意，凌风的假期已将结束，这是凌风最后的一个闲暇的暑假，明年夏天，他的暑假要接受预备军官训练了。所以，这难得的假期特别值得珍重。何况，等他一开学，我们就必定要面临离别的局面，即使距离并不远，即使可以书信往返，我仍然充满了怅惘和离愁。

这天我们又来到梦湖湖边（近来，几乎我们大部分的时光，都消磨在梦湖湖畔），那四季都开的苦情花，依旧鲜艳夺目，湖畔的绿草也青青如故，唯一不同的，是树林内不再是一片暗绿，而夹杂着无数红叶，湖边的草地上，也积着一层落叶。微风轻送，寒烟迷离，偶尔会有一两片红枫，被风吹落到湖面上，激起一圈圈的涟漪。绿波红叶，飘飘荡荡别有一番令人心醉的情致。

我和凌风并坐在湖畔的草地上，他望着我，我望着他，两人都不说话，他的假期只剩下一星期了。

半晌，他用手轻轻地摸着我的头发，说："咏薇，我们订婚吧！"

"怎样订婚？"我问。

"今天就去和爸爸妈妈说，请韦白来做证人，我们举行一个简单的仪式！"

"难道不需要征求我父母的同意吗？"我说。

"那么，你赶快写信，我要在走以前和你订婚！"

"写信给谁？"我凄凉地问，"他们又不住在一起，我也不知道谁是我的监护人！"

"咏薇！"他怜惜地握住我的手，"那么，不要得到他们的同意了，你已经十九岁，可以自己做主，你就分别写信通知他们就行了，好不好？咏薇——我那么迫切地想要你！"

"要一个名分吗？"我淡淡地说。

"什么意思？"

"何必要订婚呢？岂不是太形式化了？"我望着他，"反正目前我们不会结婚，你还在读书，我也没有成年，婚姻还是若干年后的事情。至于订婚，完全是个形式而已，我知道你心里有我，你也知道我非你莫属，还要订什么婚呢？不是等于已经订了？"

"噢，咏薇！"他热情地叫，把我的两只手合在他的手里，"我怕你会变心。"

"除非你！"我说，"你一直是风流成性，到处留情的！"

"咏薇——"

"别分辩！"我打断了他，"我还会不了解你吗？我打赌在台南你还有没解决的女朋友，甚至台中、台北……"我耸耸肩："有什么办法呢？你就是这样一个人！谁教我爱上了你？只希望以后……"

"别说了！"这次是他打断了我，他的嘴唇堵住了我的嘴，轻轻轻轻地说，"以前种种譬如昨日死！"

我闭上了眼睛，他的唇紧压在我的上面，片刻的时光静止。然后，我张开眼睛来，他的脸离我只有一寸之遥，他的眼睛大而深，我的脸孔静静地浮在他的瞳仁里。

"咏薇——"他低唤。

"嗯？"

"我们不要形式，让我们现在就订婚。"

"我同意。"

"我没有戒指送给你。"

"有，在我心里。"

"证人呢？"

"天、地、树林、梦湖，和苦情花。"

"噢！咏薇，我永不负你。"

他再吻我，天、地、树林、梦湖，和苦情花全在我面前旋转，无数无数地旋转，一直转着，转着，转着，仿佛永不会停止。他终于放开了我，我望着湖面的寒烟翠雾，望着天空的碧云、地下的黄叶，周遭全是梦，我们被包围在梦里，笼罩在梦里，我想起第一次被凌风带到梦湖来，他所向我背诵的词句："碧云天，黄叶地，秋色连波，波上寒烟翠……"

那时候，我怎么会料到，在即将到来的秋天里，我会和凌风在这湖边互许终身。但是，凌风快走了，此后前途茫茫，我们的事是不是真成了定局？这天、这地、这湖、这树……的凭据值得信任吗？

"想什么？"他问。

"但愿你不走。"我说。

"你留在这儿吧，咏薇，反正无论你跟父亲还是跟母亲，面临的都是尴尴尬尬的局面，还不如就住在我们家里，我有任何假期都赶回来。"

我摇摇头："我不能永远住在这儿，我必须离去。"

离去？然后到何处？什么地方是我的家？离愁别绪一刹那间就向我们卷来，无声无息地罩住了我们。为什么人生有这么多的问题？这整个暑假像是一场春梦，马上，梦会醒了，先是他离去，然后我也走了……哀愁沉重地压着我，我有些不知所措地泫然了。"别伤心，咏薇，我们还有一星期。"

他的话多不吉利，好像我们一生相聚的时间就只剩下一星期似的，我更加凄然了。

"喏，咏薇，别难过，你一伤心我就六神无主，"凌风捧着我的脸，"不管我们离别还是相聚，我永远是你的。咏薇，时间与空间算什么呢？这段感情该是超越时空的。"

这只不过是说说而已，尽管感情是超越时空的，人们仍然要相聚而不要别离。我叹息一声，望着湖面，又一片枫叶被风吹落在湖里，它轻轻冉冉地飘落在水面，立即，无数的涟漪陆续地荡漾开来。那片红叶像一条小船，在湖里漫无目的地漂流，它漂向了岸边，沿着岸边流荡，终于浮到了我们的面前，我低低地说："它来了！"

"谁？"凌风不解地问。

"那条红叶的小舟，载满了我们的感情。"我说，弯着腰，把手伸进湖水里，轻轻地托起那片红叶，许多水珠沿着叶片的周围滚下来，我低语，"这该是离人的眼泪。"

他倚着我，带着种感动和虔诚的神情，望着我手里的红叶，仿佛这红叶真是载满我们的梦幻和感情的小舟。红叶上的水渍逐渐干了，我取出凌风衬衫口袋里的钢笔，在枫叶上题下一首小诗：

> 霜叶红于火，上着离人泪，
> 飒飒凉风起，飘然落湖内。
> 秋水本无波，遽而生涟漪，

涟漪有代谢，深情无休止。

霜叶秋水两无言，空余波光潋滟秋风里。

几行小字，把枫叶两面都写满了，而且，由于叶面不沾墨水，写得非常吃力。把叶片放在凌风手中，我微笑地望着他，说："留着它，凌风，算我们的订婚纪念！"

他郑重地拿起叶片，送到唇边去吻了一下，收进衬衫口袋里。我们就这样，以梦湖为媒，以秋风为证，在一个凉风初起的早晨，订定了我们的终身。站起身来，我们依偎着走进树林，林内，已被我们的足迹踩出了一条小径，现在，小径上积满了黄叶，我们从黄叶上走过去，四周的树在低吟，蝉声在喧嚷，穿过树隙的阳光醉意盎然。落叶在我们的脚下籁籁作响，更多的落叶飘坠在我们的肩上和头发上。

穿出了树林，我们缓缓地走下山，阳光灼热而刺目，我系上了我的蓝绸帽子，凌风望着我说："你知道吗？余亚南给你起了一个外号，叫你蓝帽子。"

我笑了笑，提起余亚南，使我想起凌云，那是怎样的一段恋情呢？或者，他们比我们高雅些，所以他们的恋爱无欲无求，不像我们对未来有那么多的计划。或者婚姻和团聚是属于俗人的，他们艺术家向来喜欢打破传统不流于庸俗。我脑子里有些迷糊，许多思想和感情都胶着在一块儿，黏得分不开。

"你在深思的时候特别美丽，"凌风说，"一看到你的眼睛深幽幽地发着光，我就知道你的思想在驰骋了。"

我又笑了笑。我的思想驰骋在何方？望着原野上一片绵延到天尽头的绿，和那几株挺立在绿野上的红叶，我的思想真的驰骋了起来，驰骋在绿色的旷野里，追逐着穿梭的秋风。在溪边，我们碰到了韦白。

他正在溪边垂钓，背靠着大树，鱼篓半浸在水中，一竿在手，而神情落寞。我们走了过去，他抬起头来静静地望着我们，那深沉的眼光和那温和的面貌依然勾动我内心深处的恻然之情，自从知道他并非凌云的爱人之后，我对他有了更深的一份同情和关切，但也有了更多的不了解。或者正如他所说的，我还太年轻，所以无法体会一个中年人的心情。他那鱼篓，仍然除了回忆一无所有吗？那么，他在钓什么呢？过去？还是未来？

"嗨！"凌风和他打着招呼，"钓着什么？"他这句话几乎是代我问的。

"梦想。"韦白微笑着说，我想起头一次去拜访他的时候所谈的题目。梦想？不过，我觉得他钓到了更多的寂寞。"你们从梦湖来，我敢打赌。"他继续说。

"不错。"凌风笑吟吟地回答。

"找到你们的梦了？"他深深地望着我们，"今年的梦湖似乎蕴藏丰富。"

我望着他，他眼睛里有着智慧，他把一切的事情都看在眼睛里，他了解所发生过的任何事，我知道。或者，他是靠着咀嚼着别人的欢乐和痛苦为生的。

"你为什么不去湖边钓钓看呢？"凌风说，"或者会有意外的收获。"

"那是年轻人垂钓的地方，不属于我。"韦白说。

"何必那样老气横秋？"凌风笑着，"你说过，梦想是不分年龄的。"

韦白也笑了笑，我们在他身边坐下来。韦白干脆把渔竿压在地下，燃起了一支烟。喷出一口烟雾，他轻描淡写地说："余亚南要走了，你们知道不知道？"

"余亚南要走？"我不由自主地吃了一惊，"走到什么地方去？"

"我不知道，"韦白摇摇头，"大概是台北吧！他终于对这山野的生活厌倦了。"

"不再回来了吗？"我问，心中车轮一般地打起转来，凌云，凌云怎么办呢？

"大概不会再回来了，他已经辞去了教员的职位。能够在这里待上三年，我已经觉得他很难得了。"韦白说。

"回台北？"凌风微蹙着眉头，"他不是说台北的车轮碾碎了他的灵感吗？"

"这儿的山水也没有为他带来灵感，"韦白淡然一笑，"他说他完全迷失了，找不着自己的方向。事实上，他患上了这一代年轻人的病，最糟的是，这种病几乎是不治的，除非你长大了，成熟了。"

"什么病？"我问。

"流行病。"韦白吐出了一个烟圈，穿过树隙的阳光是无数的金色圆粒，在烟圈上下飞舞，"苦闷啦，彷徨啦，迷失啦，没有方向啦……这些成为口号，于是艺术、文学、音乐都要去表现这一代的苦闷，这一代的迷失和彷徨。为什么苦闷？为什么迷失？为什么彷徨？年轻人并不完全知道；往往是不知道为什么要苦闷而苦闷，不知道为什么要迷失而迷失。在这种情况下，艺术也好，文学也好，表达的方式都成了问题。最后，就只有本人才看得懂，甚至于，有时连本人都看不懂。"他望着我，对我微笑："咏薇，你还要写小说吗？"

"要的。"我说。

"维持不生病！"他诚恳地说。

"我一发烧就来找你，"我说，"你是个好医生。"

"我不行，"他摇摇头，"我不能当医生，我只知病理，而不会——"

"处方。"凌风接口。

我们都微笑了，我又回到原来的题目上。

"余亚南什么时候走？"

"总是这一两天吧，"韦白说，"这几天他一直在整理他的画稿。"

"到台北再去找寻他的珍妮？"我喃喃地自语了一句。

"你在说什么？"凌风警觉地望着我。

"没什么。"

离开了韦白之后，我们都非常沉默，我在想着余亚南和凌云，难道这就是结局？余亚南预备如何处置这段感情呢？毫不交代地一走了之吗？这就是"忠于自己"的做法？就是"爱"的表现？凌云知道他要走了吗？以后，一往情深的凌云又将如何处置自己？

"咏薇，"凌风突然开了口，用一种古怪的神色望着我，"你很关心余亚南的离去吗？"

"是的——"

"他对你很重要？"

我望着他，大笑了起来："别傻吧，凌风！"

迈开步子，我跑回了幽篁小筑。来不及去洗洗我被汗水所湿的面颊，也来不及用水润润我干燥的喉咙，我几乎立即就到了凌云的房间里。凌云正在桌前描一张绣花样子。

"凌云，"我关上门，靠在门上，"你知不知道余亚南要走了？"

"什么？"她惊跳了起来，愣愣地望着我，"你说谁？余亚南？"

"是的，余亚南。我刚刚碰到韦白，他说余亚南已经辞了职，要回台北去了。他没有告诉你吗？"

"我——"凌云的脸色变得非常苍白，"我不知道，我已经好几天没有见到他了。"

"这就是余亚南！"我愤愤不平地说，"这就是他的恋爱，我打赌他根本不准备告诉你，就想悄悄地一走了之。凌云，这种人你还放在心里做什么呢？"

"不——"凌云软弱地倒进椅子里，把头埋在臂弯中，"不——我不相信。"

"是真的，"我走过去，同情地把手放在她的肩膀上，"韦白不会说谎。"

"不——"凌云痛苦地摇着头，呻吟着说，"你让我静一静，我现在心乱得很，咏薇，请你让我单独在这儿。"

"好的，"我说，紧紧地握了她一下，低声说，"不过，答应我不要太难过吧，好吗？"

她点点头。我轻轻地退出了她的房间，十分为她难过。回到我自己的房里，我长叹一声，躺在床上。谁能解释感情是什么东西？它使人们快乐，也使人们痛苦，而且，它把人生弄得多么复杂呀！

吃饭的时候，我又见到了凌云。我实在非常佩服她，她的脸色依然苍白，但是，已经恢复了她的平静。坐在饭桌上，她庄严得一语不发，大大的眸子灼热地燃烧着痛楚，却埋着头不动声色地扒着饭粒，没有人注意到她吃得很少，只有章伯母奇怪地看了她一眼。"你不舒服吗？凌云？"她关怀地问。

"没有呀！妈妈。"凌云安安静静地回答。

章伯母不再问了，我诧异她那样精细的人，竟看不出女儿心中的痛苦。饭后无人的时候，我悄悄问凌云："你想通了吗？"

"是的，"她安静地说，"他必须走，去找寻他的艺术世界，没有一个艺术家会在一个地方定居的。"

"甚至不告诉你吗？"

"何必要有离别和哭泣的场面呢？"她说。

"你居然认为他所做的——"

"都是对的！"她打断了我，"我依然爱他！"

我叹息。怎样固执的一片痴情呀！

两天后，韦白来告诉我们，余亚南走了，他甚至没有到青青农场来辞行。

第十九章

距离凌风注册的日子只有两天了，连日来，章伯母和凌云都忙着给凌风补充冬装，凌云在三日里为凌风赶出一件毛背心来，章伯母缝了一床厚棉被给他。大家都很忙，只有我和凌风反而空闲，我是什么都不会做，而且满腹离愁。凌风和我一样，终日只是惨兮兮地跟在我后面，千叮咛万嘱咐地叫我勤于写信。章伯母常用宠爱而怜惜的眼光望着我们，当我帮她拉被里或穿针拿线的时候，她就会满足地叹口气，凝视着我说："凌风那个顽童，哪一辈子修到了你！"

我会红着脸跑开，心底却涨满了温情。凌风的冬装几乎全要从头做起，章伯母说，他每次带到学校里去的衣服，放假时从没有带回来过，全给同学穿去了，问起他来，他会说："宿舍里的同学全是乱穿衣服的呀，不知道给谁穿走了。"但是，他却很少把同学的衣服穿回来过，偶然有，也一定是破大洞的衣服。我哑然失笑，好一个凌风！我用全心灵来爱他！

　　全家都忙着，又由于秋收的季节，农场里的工作也特别忙，一部分的收成要运到埔里去出售，另一部分的杂粮急于下种。章伯伯、凌霄、老袁等人整天都在田里，还临时请了山地工人来帮忙。连山地小学唯一的一辆机器板车，也出动了来装运东西。看到大家都忙，我很为我的清闲感到抱歉。不过，事实上，我也很忙，我忙于和凌风依依话别，忙于在他临走之前，再去拜访我们足迹遍布的草原，树林，小溪，和"我们的梦湖"。

　　这天黄昏，我们从梦湖回来，完全浸润在彼此的深情和离愁里。穿过竹林，一阵不寻常的气氛就向我卷了过来，四周很静，幽篁小筑门口悄无一人，我却毫无理由地感到惊悸和不安，凌风也敏感地觉察到什么，望着我，他问："怎么了？"

　　"我——不知道。"我说。

　　我们携着手走上幽篁小筑的台阶，走进客厅，立即，我们都站住了。客厅里，绿绿的父亲正满面怒容地坐在一张椅子里，绿绿依然穿着她那件没纽扣的红衣服，瑟缩地站在她父亲的身边。我从没看到她如此沮丧和畏惧过，她那充满野性的眼睛里流露着惶恐，面颊和脖子上都有着肮脏的鞭痕。她并非自动地站在那儿，因为，她父亲铁钳一般的手指，正紧紧地扣在她的手腕上。房间里，除了他们父女之外，就只有章伯母，她的脸色严肃而沉重，显然在勉强维持冷静，正打开一包新乐园，递到那山地人面前，劝慰似的说："抽支烟吧！"

"不要！"山地人斩钉断铁似的说，这两个字的普通话居然咬音很准。

一看到我们进去，那山地人就直跳了起来，一只手仍然紧抓着绿绿，他用另一只手直指着凌风，沙哑着喉咙，怒声说："就是他！"

我吓了一跳，凌风也愣住了，四面环视，他不解地看看绿绿，又看看章伯母，问："这是怎么回事？"章伯母走上前来，对那山地人好言好语地说："老林，你先坐下，不用忙，我一定会解决这件事。"

"到底是怎么回事？"凌风追问，怀疑地望着绿绿，"绿绿，你又失踪了一夜吗？"

绿绿注视着凌风，眼睛里忽然浮起一层祈求的神情，然后默默地垂下头去。我心中怦然一动，她具有多么夺人的美丽，而一旦野性收敛，她的眼睛竟如此哀怨动人！她和凌风间到底有着什么？我狐疑地看着凌风，他的神情也十分困惑和暧昧，我的疑惑加深了。这时，章伯母忽然用命令的语气说："咏薇，你出去一下，我有话要和凌风说。"

她有什么话必须把我赶出去才能说？尤其我和凌风的关系她早已心许。对于我，应该再没有秘密了。但，她的神情那样严肃和焦灼，我不敢多说什么，只得穿出客厅，走到那间空着的房间里，我才走出去，就一头撞在急赶而来的凌霄身上。他满头大汗，满衣服的泥泞，一目了然，是刚刚从田里赶回来，望着我，他喘着气说："什么事？"

我皱皱眉，什么事？我怎么知道今天是什么事？

"妈叫秀枝来叫我，家里出了什么事吗？"凌霄再问。

"我不知道是什么事，"我说，"你进去吧，绿绿和她父亲在这儿。"

"绿绿？"他的眉梢飞过一抹惊异，立即推开门进去了。

我在门外站了几秒钟，有偷听一下的冲动，在我的感觉上，我有资格知道一切有关凌风的事情。但是，我毕竟没有听，走到院子里，我看到秀枝用好奇的神情在探头探脑，我走过去，装作不经心似的问："秀枝，老林和绿绿来做什么？"

秀枝对我神秘地抿了抿嘴角，说："还不是为了绿绿！"

"绿绿怎么了？"

"我没听清楚，太太本来要我来翻译，后来又把我赶出来，说不用我了，她听得懂，叫我赶快去找大少爷和二少爷，还说不要让老爷知道。"

不要让老爷知道？为什么呢？怕章伯伯又发脾气吗？这件事必定会使章伯伯又发脾气吗？我心中七上八下地转着念头，越来越感到不安，除了不安之外，还有一种模模糊糊的恐惧，连我自己都无法解释的情绪。我还记得第一次看到绿绿的情形，她的影子怎样漾在水里，像个来自丛林的女妖。我在院子中站了几分钟，无法克服我想探究谜底的冲动，我又折回到客厅门口，正好听到凌风在大声说："简直荒谬！我发誓与这件事无关！绿绿，你是最该知道的，你为什么不说话？"

绿绿说了句什么，我没听清楚，章伯母又说了一句什么，我也没听清楚，然后是老林像吵架似的一阵叽里呱啦的山地话。偷听使我脸红，而且也听不出所以然来，我走回到院子里，沿着走廊，回到我的房间。

我在房里待了好一会儿，凌云推开我的房门走了进来。她紧蹙着眉，大眼睛里也盛满了不安。

"你知道绿绿他们来做什么吗？"她问。

"不知道，你呢？"我问。

"也不知道，"她摇摇头，"可是，他们在前面吵起来了，我很害怕，你看要不要叫人去找爸爸来？"

"吵起来了？"我问。

"是的，你听！"

我听到了，客厅里人声鼎沸，争吵叫嚷里还夹杂着哭声，我吃了一惊，跳起身来，我喊着说："你最好还是把章伯伯找来吧！"

然后，我不再顾虑各种问题，就一直奔向客厅，打开了客厅的门，我看到一幅惊人的场面，老林站在客厅中间，正扭着绿绿，发狂似的抽打着她的背脊和面颊，甚至拉扯她的头发，绿绿则披头散发，一面挣扎，一面哭着喊着，骂着。老林直着眼睛，竖着眉毛，再加上脸上的刺青，看起来狰狞可怖。他攥着绿绿，劈头盖脸地乱打一通，一面打，也一面骂，他们两个讲的全是山地话，我一个字也听不懂。章伯母冲了过去，徒劳地想分开他们，一面喊着说："老林！你放手！你不能在我家打人！你要打她回去再打，我管不着，在我家就不许打！你放手！老林！你这样子会打伤她，她到底是你的女儿呀……"

章伯母的喊声全然无用，老林越打越凶，绿绿也越哭越厉害，再夹杂着争吵叫骂，把章伯母的声音全掩盖了。房屋里叫声、嚷声、哭声、骂声、打声……乱成了一团，我张大了眼睛，完全看呆了。忽然间，凌霄爆发似的大吼了一声："够了！"就蹿过去，一把抓住老林的肩膀，用力想阻止他的殴打，一面嚷着说："放开她！"

老林猛地松开了绿绿，车转了身子，捏住凌霄的胳膊，直瞪着他，用普通话说："是你！是不是？"

"见鬼！"凌霄说，"是我就好了！"

"我知道不是你。"老林生硬地说，摔开了凌霄，他像一头猩猩一样喘着气，双手笔直地垂在身边，走向了凌风，伸手去，他想抓住凌风，但凌风用胳膊挡住了他的手，退开了一步，喊着说："你别想赖在我身上，你有什么证据说是我干的？"

老林的拳头摇了起来，威胁地向凌风伸了伸，喃喃地用山地话和日本话乱骂，然后说："我知道是你！我知道！就是你！我知道！就是你！我知道！就是你……"

他重复着他会说的几句普通话，咬牙切齿地，磨得牙齿咯咯作响，令人听了不寒而栗。这会儿，章伯母扶起了倒在地下的绿绿，用焦灼而恳切的语气说："绿绿，你就不应该了，这不是保密的事情，是谁干的你就说出来，真是凌霄或凌风的话，我做主让他们娶你，不是他们做的你也别冤枉他们！这事只有你心里明白，你说呀！是谁？"

绿绿用手蒙了脸，哭得上气不接下气，不断地摇着头，她哭着喊："不知道！不知道！不知道！就是不知道！我什么都不知道！不知道！"

"你自己的事怎么会不知道？"章伯母的忍耐力显然也已到边缘，"你说，是不是凌风？"

"不知道！不知道！不知道！"绿绿的手从脸上放了下来，她泪痕狼藉的脸依然美丽，狂野地甩了一下头，她大声说，"不要问我，我什么都不知道！"

"是凌霄吗？"章伯母再问。

"不知道！不知道！"

"你都不知道！我们更不知道了！"章伯母有了几分气，"你要我们怎么办！你说！"

"不知道！"

又是一声不知道，章伯母正要再开口，门砰然一声打开了，章伯伯扛着一根扁担，带着老袁直冲了进来，气势汹汹地往房间里一站，大声说："怎么回事？又来找什么麻烦？"

"一伟，"章伯母警觉地挺直着背脊，"你别动手，大家好好解决。"

"到底是怎么回事？他们来吵什么？"章伯伯不耐地问，高大的身子像一截铁塔。

"是这样，"章伯母碍口地说，眉头蹙拢得到了一块儿，"绿绿怀了孕，老林说是凌风干的。"

我只觉得脑子里轰然一响，在整个吵闹过程中，我都是糊糊涂涂，似清楚又不清楚，似明白又不明白，而且，吵闹、殴打、哭喊已经把我弄昏了头，我根本没有时间来分析问题的症结。现在，章伯母的一句话，仿佛醍醐灌顶，我整个明白了过来。顿时，我就像掉进了冰山雪窟里，从内脏到四肢都冰冰冷了。

室内有几秒钟的安静，章伯伯歪着头，似乎还没接受他所听到的事实，然后，他就惊天动地地大吼了一声，把扁担一横，嚷着说："滚你妈的蛋！你们给我滚出去！滚！滚！滚！老袁，给我把这一对野人打出去！他妈的，小婊子怀了野种，栽在我们姓章的身上，滚你妈的蛋！……"

他冲着老林大吼，一面真的挥舞着扁担，老袁也在后面挽袖子，舞拳头，老林开始用山地话破口大骂，才骂了几句，章伯伯的一声震动房子的大吼封住了他的嘴："我叫你滚！你再不滚我打破你的脑袋！滚呀！滚！老袁！你不给我把他们打出去，等什么？"

老袁向前冲了一步，他高大结实的身子和章伯伯不相上下。老林看出不是苗头，一把扯住绿绿，他们向门口退去，一边退，老林一边咬着牙，气喘吁吁地说："我……烧掉你们！看吧！我放火——烧掉你们！"

他的普通话虽不标准，这句话却喊得怨毒深重。他边喊边退，章伯伯也节节进逼，室内的空气紧张而凝重。退到了门外，他拉着绿绿向竹林跑去，临消失之前，还大叫了一句："我——杀掉你们！全体杀掉！"

他们的影子和声音都消失在竹林外了，室内剑拔弩张的空气稍稍放松了一些，但，紧接着就被沉默所控制，大家都不说话，老林临行的威胁也颇有分量，房里有暴风雨来临前的刹那沉静。时间不知道过去了多久，章伯母的声音响了起来，轻轻的声音却像轰雷般在屋子里炸开。

"凌风，你做的好事！"

凌风愕然地抬起头来，惊异地喊："妈，你也以为是我干的？"

"别掩饰了，"章伯母的声音十分沉痛，"我自己的儿子，难道我还不了解！"

"妈——"凌风张大了嘴。

"别说了。"章伯母软弱地坐进一张椅子里，"我早就知道你总有一天要闯祸。"

我用手捂住嘴，嘤然一声哭出声来，转过身子，我跑向门外，凌风在我身后大喊："不是我干的！你们完全冤枉我，咏薇——不是我干的，咏薇——"

我跑回屋里，砰然一声关上房门，把他的狂喊之声关在门外。

这就是一段爱情的终结吗？我不知道。坐在桌前，我审视着过去未来，从没有感到这样地孤独无助。自从和凌风认识，发生过多少的争吵，多少的不快和误会，流过多少次眼泪，伤过多少次心，但从没像这次这样让我感到彻骨彻心地寒冷和绝望。什么都幻灭了，什么都破碎了，那些美的、好的、梦一般的感情，已消失得无影无踪，放在面前的事实竟如此不堪！如此丑陋！难道这就是人生？就是我在梦中塑造，在幻境中追求到的爱情？是凌风欺骗了我？还是我欺骗了自己？人间，真的有爱情吗？有诗人笔下，小说之中，那样美丽，那样迷人的爱情吗？而我，我所遭遇的是什么？我所认识的爱情是什么？先是爸爸和妈妈，然后是余亚南和凌云，现在是凌风！整个"爱情"只是一个骗人的东西，这是一个疯狂的欺骗世界！我是被骗了，被凌风所骗，被爱情所骗，被诗人作家所骗，被我自己的意识所骗！我是完完全全地被骗了！暮色不知是什么时候来的，我孤独地坐在黑暗里，一任夜色降临，一任月移竹影，窗外的世界还是那样美，或者，这份美也是骗人的，谁知道月光里有没有毒素？竹林里有没有魔影？

我不必去分析这整个的事件，也知道章伯母所说的是实情，柴房门口的一幕记忆犹新，蓝色喇叭花瓣的蛛丝马迹也无法忘怀，这就是凌风！我早就认清了他，却一直自己欺骗自己，直到最坏的事情发生，直到我再也无法欺骗自己，如今，我怎么办？

门口有声音，我忘记锁门，门被推开了，一个人旋风一般地卷了进来，是凌风！他停在我面前，用灼热的手抓住了我的手腕："咏薇，你也以为是我做的，对吧？"他的声音比我预料的稳定得多，只是夹杂着抑压的怒气。

"你不要想来跟我解释，"我痛苦地转开头，"我相信我自己眼睛所见到的事实！"

"你不会认为是你自己的眼睛有问题，对吧？"他声音里的怒气在加重，他的呼吸沉重地鼓动了空气，"我根本没有机会，也没有余地为自己辩白，对吧？你们所有的人都判了我的罪，大家都说，他是浪子，他风流成性，他顽劣不堪，他永远闯祸胡闹……所以，是他做的！于是，我什么机会都没有，只能说是我做的，是不是？"

"再说这些有什么用呢？"我软弱得没有一丝力量，"我不想听你说，如果你肯让我一个人在这儿，我就很感激你了！你走吧！"

"你的意思是说，我们之间也完了，对不对？"他的呼吸更重了，开始无法控制自己的声调。

"你应该娶绿绿，"我的喉头胀痛，声音枯涩，"你该对那个可怜的女孩负责任！"

"我娶个鬼！"他愤怒地大叫，忽然一把拉起我来，"咏薇，你跟我走！"他拉住我，不由分说地向门口跑去。

"到哪儿去？"我挣扎着，"我不去！"

"你一定要来！"他把我拖出了房门，由后门拖向外边，"我要把这件事情弄清楚，你跟我去弄清楚！走！"

他拉着我穿过竹林，跑向原野，秀枝在后门口诧异地张大眼睛望着我们。原野上秋风瑟瑟，树影幢幢，我挣不脱他铁一般的手腕，跟着他跌跌撞撞地跑向前去。

第二十章

他跑得非常之快，原野上凹凸不平，没有多久，我已气喘不已，但他的脚步丝毫都不放松，反而步步加快。我跟跄着，挣扎着，喘着气喊："你带我到哪里去？我不去！"

"去找绿绿！"他也跑得气喘吁吁，"去找他们理论！"

"我不去！"我喊。

"你非去不可！"他喊。

我们跑进了树林，荆棘刺伤了我的手臂，树枝钩破了我的衣服，他紧抓住我的手，发狂地向前奔跑，我跟不上他的步子，数度跌倒又爬起来，我的头发昏，喉咙干燥，被他紧握的手每个骨节都在痛楚。一根藤蔓绊住了我的脚，使我整个身子冲出去，再跌倒下来，我的手臂擦在一株树干上，痛楚使我放声尖叫，他停住，喘息地望着我。

"你发疯了！"我喊着，坐在地下，用手蒙住了脸。

"好了！咏薇。"他把我拉起来。黑暗的树林内看不清他的脸，只看到他被痛苦燃烧着的眼睛。"你要跟我去弄清楚这件事！我们走！"

"我根本不要去！"我大喊，"你放开我！"

"你一定要去！"他也大喊，"我会把绿绿捉来，她凭什么不肯说出那个人的名字？我要把她吊起来，审问出事情的真相！"

"你想威胁她，我知道！"我发着抖，他眼睛中有一抹狂野的光，"你想让她害怕，使她不敢说出来！我明白了，她怕你，所以不敢说出你的名字！你现在又想威胁她，叫她另外说出一个人来……"

啪的一声，他猛地抽了我一个耳光，我站立不住，差点跌倒，退后了几步，我望着他。月光和树影在他的脸上交错，他的嘴扭曲着，眼睛疯狂而凶狠。我不由自主地打了一个冷战，他的表情使我恐惧，而那一耳光的重击，在我脸上热辣辣地发着烧。生平没有挨过打，也从不知道挨打的滋味，这一耳光带来的不只委屈，还有更多的恐怖，再加上他那凶狠的表情，和林内黑黝黝的光线，我不知道我是和怎样的一个人在一起？是人还是魔鬼？他向我走近了，我不住地后退着，四肢剧烈地发起抖来，喃喃地，我语无伦次地说："你你——你——不能碰我，你——你——你——不能——不要打我！你——"

他逼得我更近了，他的嘴唇也在颤抖："咏薇，你过来，你别怕我，我不是要打你，我不知道是怎么回事，咏薇，你别怕，我不打你，是你把我逼急了，咏薇，咏薇……"我听不清他说的话，只看到他越来越向我逼近的脸，和那只他曾打过我耳光的手。他向我伸出手来了，我退着，退着，一株树挡住了我，我退无可退，他的手已接触到我的衣服，他嘴里还在不停地说："你怕什么？咏薇？是我呀，是凌风。我没有想到会吓着你，咏薇，你别怕，我不再打你，咏薇……"

我抖战得十分厉害，直直地瞪着他，当他的手接触到我的衣服的一刹那，我爆发了一声恐怖的尖叫，掉转身子，不辨方向地狂奔而去。凌风在后面紧追了过来，同时发狂般地大喊："咏薇！咏薇！你别跑呀！咏薇！我不打你！你回来，咏薇，你会摔跤，咏薇……"

我没命地奔跑，脑子里糊里糊涂，除了恐怖的感觉，什么意识都没有。我只知道要逃开凌风，必须逃开他！穿出了树林，我不辨方向，在原野上狂奔。凌风紧追不舍，边追边喊："咏薇！咏薇！咏薇……"

我跑着，目光模糊，呼吸急促，突然间，斜刺里蹿出一个高大的黑影来，拦住了我的去路，我抬头一看，是张狰狞可怖的脸！绿绿的父亲！他举着一把刀像个凶煞神般对着我，我大叫一声，折回了头再跑，我撞在凌风的身上，跌倒在地下。凌风弯腰注视着我，他的手颤颤抖抖地抚摸着我的面颊，嘴里喃喃不清地说："都是我不好，我吓着了你，我不该打你，都是我不好，咏薇，我那么那么爱的咏薇，我怎么会打你……"

那高大的黑影扑了过来，我完全昏乱了，只会不断地狂喊，那山地人携住了凌风，我什么都弄不清楚了，只听到不知从何处传来一声女性尖锐的呼叫："凌风！小心！刀子！"

然后，我看到月光下刀光一闪，接着是凌风的一声痛苦的呼号，我从地下跳了起来，正好看到那山地人把刀子从凌风的肩膀上拔出来，我张大了嘴，望着从凌风肩膀上汩汩涌出的鲜血，完全吓呆了。然后，我看到那山地人再度举起了刀，对着凌风挥下去，我大喊，出于下意识地扑了过去，但是，有个人影比我还快，一下子蹿过来抱住了那山地人的胳膊，我看过去，是绿绿！月光下，她的脸苍白紧张，那山地人怒骂着要拔出手来，但绿绿拼死抱住她父亲的手臂和刀子，同时，对我大喊着说："你站在那儿干什么？还不赶快去叫人来！去呀！去呀！去呀！"

　　一句话提醒了我，我转身向着幽篁小筑飞奔，同时尽我的力量大声喊："救命呀！救人啦！"但是，在各种刺激和惊恐之后，我已经浑身无力，跑了没有多少步，就摇摇欲坠得要跌倒，扶住了一棵树，我靠在树干上拼命喘气，只觉得眼前发黑，头中嗡嗡作响。好一会儿，我才回过气来，又拉开喉咙大喊，迈着不稳定的步子向前奔跑，当我看到手电筒的光的时候，我真高兴得要晕倒，我鼓足余力来喊："救人呀！谁在那儿？"

　　来的不止一个人，是凌霄和老袁。秀枝看到我们出去的时候就告诉了章伯母，一定是章伯母的第六感使她派出凌霄和老袁来找我们。凌霄扶住了我，我们尽快回到凌风被刺的地方，远远地，老林看到我们就带着绿绿窜进了黑暗里，等我们赶到，月光下，只有凌风独自倒卧在血泊里，鲜血把他的白衬衫染成了一片鲜红。

我站住，深吸了一口气，喃喃地说了一句："他杀死了他！"就双腿一软，晕倒了过去。

这以后的事我都是朦朦胧胧的，我不知道自己是怎样被带回幽篁小筑的，也不知道凌风是怎样被抬回去的，只晓得当我醒来的时候，是在自己的房间里，而整个幽篁小筑都是沸沸扬扬，全是人声。我站了起来，虽然软弱，神志却清明多了，打开房门，正好凌云从对面走来，我一把抓住她的手，急促地说："凌风呢？他死了，不是吗？"

"他没有死，"凌云握住了我的手，紧紧地握住，她一定怕我再倒下去，"他只挨了一刀，血流了很多，你现在可以去看他吗？他在找你。"

我抽了一口气，然后，我扑在门框上，轻轻地啜泣了起来，凌云用她的胳膊围住我的肩膀，她在危急之中，反而比我坚强。好一会儿，我才控制住自己的情绪，拭去了泪，跟她走向凌风的房间。

房里全是人，章伯伯、章伯母、凌霄、韦白，还有韦白学校里的校医，挤满了一个房间，吵吵嚷嚷的。章伯伯在摩拳擦掌地说要剥老林的皮，韦白在劝解。不过，这些对我都是些模模糊糊的影子，我的眼光只是定定地停在凌风的身上。

他躺在那儿，脸色比纸还要白，嘴唇上没有丝毫的血色，但是，眼睛却瞪得很大，带着种烧灼般的痛苦，用眼光环室搜寻，我们的眼光接触了，立即像两股电光，绞扭着再也分不开来。在这一瞬间，我分不出是喜是悲，也不知道对他是爱是恨，只觉得酸甜苦辣各种情绪，涨满胸怀，竟不知该如何处理自己，只能愣愣地站着，愣愣地望着他。

好半天，他微微掀动了嘴唇，虚弱地低唤了一声："咏薇！"

我再也忍不住眼泪，到如今，我才了解自己竟是这般软弱无能，似乎除了流泪，我就没有任何办法。呆站在那儿，我低着头唏嘘不已，章伯母长叹了一声，说："唉！这真不知道是怎样的一笔孽债！"

推了一张椅子到凌风床边，她把我按进椅子里，拍拍我的肩膀说："好孩子，你就陪陪他吧，我真不知道该怎么办了！"

我也不知道该怎么办，被动地坐在那张椅子里，我只是一个劲儿地低头垂泪。章伯伯在和校医研究，是不是要把凌风送到埔里或台中去医治，校医表示没有伤到筋骨，目前又血流过多，还是在家调养比较好，韦白也说缺乏交通工具，如果用三轮板车颠上一两小时，可能再度造成伤口流血，一动不如一静。只有章伯伯坚持要送医院，怕有校医没检查出来的伤势。最后，还是凌风呻吟着说了一句："我绝不去台中，我要留在家里。"

章伯伯看看凌风，不再坚持了，但又想出一个新的问题："经过情形到底是怎样的，咏薇？"

"我——"我收集着散乱的思想，"我也弄不清楚，大概老林就等在幽篁小筑附近，跟踪着我们到野地里，等我们离幽篁小筑很远了，就乘人不备蹿了出来。"

"哼！我要剥他们的皮！"章伯伯咬得牙齿咯咯作响，

"简直没有法律，任这般野人杀人放火，我们的生命还有什么保障！天亮我就去找警察来，看吧！我不报这个仇我就不姓章！这些王八蛋……"

"我说算了吧！"章伯母又叹口气，声音十分疲倦和苍凉，"仇恨都不是简简单单一点小原因造成的，这些年来，你用山地人做工，又不肯客客气气地待他们，他们早就怀恨在心，再加上绿绿——"她咽住了，又叹口气："唉，总之一句话，他们如果有五分错，我们就也有五分。现在，千幸万幸没有出人命，我们就别再追究了吧，继续闹下去，又有什么好处呢？"

"怎么？"章伯伯跳了起来，"凌风挨他一刀难道就算了？他以为我们章家人好欺侮……"

"你不是不了解，"章伯母幽幽地说，"山地人都单纯朴实，就是剽悍一些，如果你不去惹他们，他们绝不会来惹你的，这事就让它过去吧！"

"我绝不这样——"章伯伯的话讲了一半。

"好了，"韦白插了进来，"凌风需要休息，我们出去讨论吧！让凌风睡一下。"他们向门外走去，章伯母回头对我说："你陪他一会儿，嗯？"

"我——"我犹豫着。

"咏薇，"凌风在床上恳求地唤我，"请你留下来，我有话对你说。"

我情不自禁地坐了回去，当他们退出门的一刹那，我忽然想起绿绿，那个在最危急的关头，拼死命保护了凌风的那个女孩子，我对她的最后一个印象，是她用全力抱住她父亲的刀子。她怎样了？会不会也受了伤？在那种情况下，要不受伤几乎是不可能的。谁会去治疗她？我追到房门口，叫住了凌霄。"你最好去找一找绿绿，"我低声说，"可能她也受了伤。"

"是吗？"他的脸微微地扭曲，眼睛里有着痛苦，"她怎么会——"

"是她救了凌风，"我说，"她用身子扑在她父亲的刀上。"

凌霄脸上的表情十分复杂，沉思片刻，他点点头说："你放心吧，我会去找她。"

我回到凌风的床边，他的脸色更苍白了，被单上到处都染着血渍，伤口虽被厚厚的绷带所包扎，血仍然渗了出来。我有些惊悸，血使我害怕。

"你还在流血，"我说，"我去找医生来！"

"不要，咏薇，"他用那只未受伤的右手抓住了我，他的手是灼热的，"你坐下来，好吗？"

我坐了下来，不安而且担心："你在发烧。"

"别管它，好吗？"他软弱地，却坏脾气地说，"你只是想跑开而已，陪着我对你是苦刑，我想。"

我忍耐地坐着，咬住嘴唇，默然不语。被伤害的感觉咬噬着我，各种复杂的情绪包围住我，仅仅是昨天，我还多么愉快而骄傲地享受着我的爱情和生命，张开了手臂，拥抱着整个的世界。现在呢？我处在多么可悲而尴尬的地位！他对我还要求些什么呢？那个女孩怀着他的孩子，又拼了命来保护他，一个男人，还不该对这样的女孩负责任吗？我应该走开了，走开，走开，走开……走开到远远的地方去，到世界的尽头去。

"你为什么不说话？"他暴躁地说，"你觉得勉强就不要待在这儿！"他呻吟着，头在枕上转动，大颗的汗珠从额上滚了下来。

泪水涌进了我的眼眶，模糊了我的视线，我继续忍耐着，因为他显然十分痛楚，而且在发着烧，抬起眼睛来，我望着他，哀求地说："你别折磨我了吧，凌风！"

我的眼泪软化了他，沉默了片刻，他把灼热的手压在我的手上。"对不起，咏薇，"他呻吟地说，"你一定不要跟我生气，我发脾气，是因我太痛苦的原因，我不知道你心里是怎样想的，这使我焦急——哎。"他把头转向一边，汗湿透了枕头套。"你已经相信我了，是不是？哎哟！"他呻吟，抓紧了我的手，"给我一点水，好吗？"

我倒了一杯水，把手插在他脑后，扶起他的头来，喂他喝着水，他如获甘泉，大口大口地把水喝完了，然后，他侧过头来，把灼热的嘴唇贴在我的手臂上，轻轻地吻着我，低声地说："咏薇，我多么多么爱你！"

泪沿着我的面颊滚落，他的声音绞痛了我的心脏。把他的头放回在枕头上，我用一块毛巾打湿了，压在他的额上，含泪说："你就好好睡一下吧！"

"但是，你已经相信了我，对不对？"他固执地问。

"相信你什么？"

"我没有做过那件事！绿绿那件事！"

我默然，我知道那个孩子必定是他的，我也不想再欺骗自己。

"喂！"他的坏脾气又来了，暴躁地喊，"你相信了，是不是？"

我望着他。"现在不要谈这个问题，好不好？"我勉强地说，"你需要休息，赶快睡吧！"

"但是，你相信我了，对不对？"他大声喊，用手扯住我，"你一定要告诉我，你相信我了，对不对？"

我挣脱了他，走到门边去。

"我不相信，凌风，我无法说我相信！"我哭了出来，"你别再问我，你睡吧！我去找医生来看你！"

"你不要走！"他大叫，从床上挣扎着爬了起来，"我告诉你，那不是我干的事，我告诉你——哎哟！"他不支地倒了回去，碰到了伤处，痛苦地大叫："哎——啊！"

我跑回床边，用手按住他，哭着说："好，好，算我相信你，你别再折磨我了，你躺着吧，凌风……"我泣不成声，真不知道这是哪一辈子的冤孽！

章伯母和校医闻声而至，医生给他注射了一针镇静剂，又打了两针消炎针，他烧得很高，医生表示，如果发烧持续不退，就只有赶快送医院。整晚，我、凌云，和章伯母都守在他的床边，轮流照顾他，不停地把冷毛巾敷在他的额上。

他辗转呻吟了一夜，天快亮的时候，他的烧退了，开始进入平静的睡眠状态。

"他没事了，"医生说，"以后只是休养，给他在学校里请假吧，他起码要在床上躺两个星期。"

他睡得很安稳了，呼吸均匀地起伏着，我注视着他，他熟睡的样子像个天真无邪的婴孩。我的凌风！我那样深深切切爱着的凌风！当他好了之后，他不会再属于我，我也不会再属于他。另一个善良而无辜的女孩有权利得到他，这是我离去的时候了。

"咏薇，你去睡一下吧！"章伯母说，"你已经累了一整夜。"

"是的，我要去了。"我说，拉平了凌风的被角，再深深地看了他一眼。再见了，凌风！别了，凌风！我抬起含泪的眼睛来望着章伯母。"他醒来的时候……"

"我会告诉他你怎样看护了他一夜，"章伯母温柔地说，"你去吧！"我点点头，没什么可多说的了，也不必说了。我慢慢地走向门口，轻轻地说了一句："再见！"

走出凌风的房间，我看到韦白一个人站在晨光微曦的院子里，背着手，望着天空的曙色。看到了我，他深深地审视我，温和地说："咏薇，够你受的了！"

我冲向他，把头仆在他的胸前，低低地哭了起来，一面哭，一面说："韦白，为什么人生这样苦呀！"

他用手揽住了我，轻抚着我的头发，像个慈父般拍着我的背脊。这个我崇拜过，敬爱过，甚至几乎爱上了的男人，这时我对他所有的感情，都综合汇集成一种最单纯的、最诚挚的孺慕之情。以后，我什么时候再会见到他？我不知道。

但几个月来，他对我助益良深。捧起我带泪的脸，他低低地说："咏薇，生命就是这样，昆虫每蜕变一次要受一次苦，而成长就在这种痛苦之中。"

"是吗？"我傻傻地望着他。

"是的，"他点点头，"你比刚来的时候，已经长大了很多，你还会再长大的。"

我也点了点头，似乎是懂了。低低地说了声再见，我离开了他，回到了我的房间里。

我立即收拾我的东西，我只带了那顶蓝帽子和几件换洗衣服，留了一张简单的纸条，在曙色里离开了幽篁小筑。

我将徒步到埔里，然后搭车去台中。

戴上帽子，我对幽篁小筑再看了最后一眼，这幢农村的小屋，有我的初恋，我的眼泪，我的欢乐，和我的悲哀。现在，我走了，带去的只是满怀愁苦。

我迈开步子，踏上了一段漫漫长途。

第二十一章

太阳逐渐地升高了，虽然季节已进入了秋天，太阳的威力却丝毫没有减弱，那条满是黄土的公路赤裸裸地曝晒在烈日之下。我的帽子挡不住热力，汗水在我的头发里面蒸发。我的双腿疲倦无力，四肢像瘫软成一团的棉花，步行让我感到非常吃力，而阳光让我头晕目眩。我不知道这样走到埔里要几小时，也不知道是不是有公路局的车子可乘（事后我才知道确实是有的，而且只要走到镇上就可以搭车），对方向也糊糊涂涂，只是盲目地向下山的方向走。

这样走了两小时之后，我才发觉自己的"出走"过于冲动。第一，我从昨天晚上起就没有吃东西，再加上一夜没有睡觉和紧张、恐惧、伤感的各种刺激，早已虚弱到极点，两小时下来，我已举步维艰。第二，事先一点计划也没有，我即使走到了埔里，又准备怎么办？到台中？然后呢？回台北？去找妈妈？还是找爸爸？第三，这是最严重的一点，我发现我身上没有带钱。在青青农场，钱根本毫无用处，几个月来我没有用过一毛钱，早已忘记人的世界里，没有钱是无法生活的。妈妈走时给了我两百元，我全放在抽屉里，离开的时候竟连想都没有想到，这样走下去，我怎么也不可能徒步到台北，那么，我该怎么办？

我生平没有如此疲倦和泄气过，站在路边，我翻开每一件衣服的口袋，抖出了我随手带的一个小皮包里的全部东西，只找到了二十三块五角钱，这一点钱够我干什么呢？我几乎想折回青青农场，但是，我的倔强不容许我回头，青青农场里那些解决不了的感情纠葛，也不容许我回去，我眼前始终浮着绿绿拼命救凌风时的表情，那样勇敢，那样不顾一切！不，反正我不能回去，无论情况多么困难，我还是要先走到埔里再说。

随后，我发现我的脖子上还有一条戴了多年的金项链，这增加了我的勇气，到埔里之后，我或者可以找到一家当铺或银楼，那么，最起码可以换得我到台中的旅费，到了台中，我就可以打电报给妈妈，让她来台中接我。这发现让我定了心，我继续走上了我的旅程。

那旅程何等艰苦！许久许久之后，我都忘不了那一天。炙热的阳光，飞扬的灰尘，我跟踉地迈着步子，越走越无力，越走越困苦。我的嘴唇开始发干，继而喉咙烧灼，胸腔像要爆炸，胃部也跟着疼痛起来。公路蜿蜒漫长地伸展着，仿佛直通天边，无论怎样走，也走不到终点。我的头涨痛而晕眩，阳光里有数以千万的金星在跳动，好几次，我都觉得自己会倒下去，好几次，我瘫软地坐在路边的草里喘息，像个受伤的、迷途的小绵羊。这样，我走了又走，不知道走了多久，也不知道走了多远，但是，埔里依旧不知在地球的哪一点。

当我在路边发现了一块草地，又发现一座小树林的时候，我高兴得想欢呼，走进了树林里，我倒在一棵松树底下，像一支烧熔了的蜡烛，整个身子全瘫痪了。躺在那陌生的树林里，我舌敝唇焦，喉咙、胸腔和胃部都在烧着火，我用舌头徒劳地舔着嘴唇，汗珠像雨点般从额上滚下来，衣服都被汗水所湿透，贴在我的背上。

林子里静悄悄的，软弱和孤独开始向我袭来，我想起青青农场的竹林，溪水，和那山上的梦湖！我想起凌风，凌云，凌霄，还有韦白，他们现在都在做什么呢？我离开青青农场才几小时，但是，好像已经有几百年了。我已经开始怀念它，而且，越来越感受到离别的强烈的痛楚了。

有一只鸟从远方飞来，扑棱棱地落在我身边的松树上，我仰躺在地下，望着它白色的羽毛在阳光下闪烁。能当一只鸟多好，高兴飞到哪儿就飞到哪儿，如果我是一只鸟，我先要飞回青青农场去看看，看看凌风，看看凌云，凌霄，章伯母……看看我所爱的那些人。

我忽然从地上坐了起来，那只鸟似曾相识，是一只白色的鸽子，它多像凌云的鸽子呀！凌云的玉无瑕！它在松树上歪着头看着我，我不由自主地对它伸出手去，试着喊了两声："下来！玉无瑕！下来！"

它真的飞了下来，毫不考虑地直飞到我的手背上，玉无瑕！它竟然是玉无瑕！我像个流浪人看到了亲人一般，突然涌上了满眶泪水。用手轻轻抚摸它光滑的白色羽毛，我悲悲楚楚地对它说："你从那边飞来的，是吗？你还要飞回那边去，是吗？"而我呢？我也从那边来，却不能飞回那边去！我举起它来，用面颊贴着它，鼻中酸楚，泪雾迷蒙。它扑动了两下翅膀，我立刻抓牢它，对它说："别走，玉无瑕，再陪陪我吧！我是这样孤独！"

它真的停了下来，一个劲儿地歪着头打量我，我抚摸着它，猛然间，手触到了什么，低头一看，它的脚上绑着一张纸条，凌云的情书？不！余亚南已经走了，这不会是他们的通信。解下了那张纸条，我打开来，上面的字迹使我欲哭无泪，竟是凌云写给我的！上面写着：

咏薇：你的出走使二哥发狂，合家大乱，如果接到了这张纸条，盼立即回来！

凌云

我用手蒙住脸，坐在树林里无声地啜泣。我的心在呼喊着："回去！回去！"我每个细胞都在跳动，每根神经都在呼唤凌风。折回青青农场的愿望超过了一切。半晌，当我放下手来，玉无瑕已经飞走了，它怎么会找到我？这不是天意要我回去吗？

我站了起来，走回到公路上，阳光刺痛我的眼睛。我站在路边迟疑了两分钟。玉无瑕已经飞回去了，我也要飞回去，我发现几个月的青青农场的生活，也把我训练得有了家鸽的习性。我回转了方向，开始往青青农场走去。

我在下午四点多钟回到了青青农场，疲倦，衰弱，饥渴，而肮脏，我没有走到幽篁小筑，只在看到青青农场的招牌时就完全脱力了，我扶住那块招牌，身子往下溜，晕倒在牌子底下。

我醒来的时候，一室温暖的灯光罩着我，没有比再看到章伯母温柔的微笑更安慰的事了，也没有比又接触到我那住了几个月的小屋更亲切的事了，我想哭，又想笑，章伯母静静地坐在我的床边，用手抚摸着我的面颊，轻轻地说："再睡一会儿，咏薇，你还很衰弱。"

"我流浪了一天。"我哑声说，喉咙还在隐隐作痛。

"我知道。"章伯母对我温存地微笑。

"我收到了玉无瑕传的信。"我说。

"我知道。"章伯母再说。

"我总算回来了。"我说，倦意仍然浓重，打了一个呵欠，我伸展四肢，"凌风好吗？"

"你回来了，就没有什么不好的了。"

我微笑，把头转向一边，又沉沉地睡去了。

事后，我才从凌云嘴里知道了那天我走后的事情，据说，凌风在八点多钟突然从沉睡里醒来，大叫着说我走掉了，他们都认为他在做噩梦，但他坚持要见我，于是，凌云只得到我的屋里来叫我，而发现了我的留条。然后，整个章家都陷入了混乱，凌霄在附近找了一圈没有找到，老袁和章伯伯、韦白都出动了，各方面寻找，凌风发狂一般地要自己去找，他们只好给他注射镇静剂。章伯母发现我没有带钱，认为我必定不会走远，于是韦白建议利用鸽子，凌云就把每只鸽子的脚上都绑上纸条，六十几只鸽子全体放了出去。这原是碰碰运气，因为鸽子不会寻人，只希望我能认出鸽子来。没料到真会有一只鸽子飞到我的附近，而被我认了出来，竟鬼使神差地收到了纸条。鸽子放掉之后，凌霄又骑摩托车出去找，到了镇里，没有找到，又往埔里的方向找了一段，但估计我不会走得太远，而没有继续找下去。然后，都认为我一定搭上了公路局的车子，去了埔里或台中，直到四点半钟，韦白发现我倒在青青农场的牌子底下，手里紧握着凌云写的纸条。他把我抱了回来，先抱到凌风的床前，凌云说，当凌风看到我那么狼狈的时候，他哭了，像个孩子般哭得非常伤心，说我不该这样轻率地离去，简直是虐待自己。

这些都是后来凌云陆续告诉我的，至于那一天，我沉沉睡去后就一直睡到第二天早晨才醒来，醒来时已红日满窗，凌云捧着一盘热气腾腾的食物站在我的床前，微笑地望着我。我坐起身来，从来没有感到那样饥饿。凌云把托盘放在我床前面，笑着说："你一定饿垮了，赶快吃吧！我那个好哥哥哦，已经问起你一百二十次了。"

我的脸微微发热，噢！凌风！能重新见到他是多么欣慰的事情，我好像有几百个世纪没有见到他了！托盘里的蛋香绕鼻而来，我看过去，一大杯新鲜牛奶，两个油炸荷包蛋，还有一大盘刚出笼的热包子。我多久没吃过东西了？起码一百天！我想。拿起筷子，我立即大吃特吃了起来，我的好胃口使凌云发笑，她坐在我的床沿上，絮絮地向我述说，凌风怎样一清早就问起我，睡得好不好？吃东西了没有？做噩梦了没有？醒来了没有？有人照顾没有？生病了没有？……她叹了口气，笑着说："你不知道他有几百个问题！简直像个老太婆了！"

我饱餐了一顿之后，又好好地梳洗了一番，觉得精神恢复了不少，镜子里的我虽然依旧苍白，但眼睛又是亮晶晶的了。换上了一身干净的衣服，我和凌云来到凌风的房间里。在走进房间之前，我的意识全陷在一种朦胧的喜悦里，因为我出走过，我几乎失去了这一切，而我又回来了，重又拥有这一切，这使我有种强烈的失而复得的欣喜。因此，我完全没有想到我出走的原因仍然存在，那份纠葛并未解决，而凌风——依旧不是个忠实的好爱人，依旧不该属于我。

跨进房门，我一眼看到满房子的人，韦白，章伯伯，章伯母，凌霄，再加上和我一起进来的凌云，挤满了一个房间。他们围在凌风床边，似乎在追问绿绿的事情，我的出现使他们住了口，但是，我的喜悦也已经从视窗飞走了，我开始发现，我的出走虽然不智，我的回来却更加不智。

凌风费力地用右手支起他的半个身子，眼睛像电光般射向我，哑着声音说："咏薇，你——你怎么这样傻？"

我站在他的床边，低垂着头，不知道该说什么好，重逢的喜悦和绿绿的阴影同时并存，感情上的矛盾和精神上的压迫让我喘不过气来。凌风握住了我的手，握得那样牢，好像怕我逃走。他用沉痛的语气说：

"咏薇，你真不该出走，在真相没有弄明白之前，你尤其不该走。"

他顿了一顿，叹口气，痛心地说："我是那样坏吗？咏薇，你对我连一点儿信心都没有！"

我依然不语，章伯母拍了拍我的肩膀，用故作轻快的语气说："好了！咏薇总算回来了，这比什么都好，假若把你弄丢了，你叫我怎么见你母亲？"

"她会回来的，"韦白站在我对面，微笑地望着我说，他的笑容温暖而解人，"她是只小鸽子，她认得哪儿是她的家。"他的话一直讲进我内心深处。

章伯伯背负着手，在室内不停地走来走去，看样子心情十分恶劣，忽然停在我的面前，他盯着我问："你为什么要出走？咏薇？我们待你不坏呀！"

我咬住了嘴唇，别过头去。章伯母急忙打着岔说："好了好了，这事情已经过去了，别再谈吧，还是讨论如何处置绿绿，凌风既然否认这件事，我们只有找着绿绿，问个清楚明白……"

"根本不用问，"章伯伯愤愤地说，"那准是一个山地人的种，老林是看上了我们家，想尽办法要把女儿嫁过来，整个事情全是诡计，如果不是你们阻止，我就把老林关到监狱里去，他不吐出实情来才有鬼！呸！他想动我们家的脑筋，活见他的大头鬼！想想看，我们章家怎么会娶那种野人，他做梦！甭想！"

"老林不是个无中生有的人，"韦白静静地开了口，"这事最好还是彻底解决，否则总是后患。"

"彻底解决就是把老林抓起来……"章伯伯吼着说。

"让整个山胞村都动公愤？"韦白问，"他们的爱和恨都很单纯，别让他们觉得平地人在欺压他们！"

"那么，我们难道真娶绿绿？"章伯伯瞪大眼睛，"韦白，你是不是也认为那个孩子是凌风的？"

"那个孩子是我的。"一个声音忽然低而清晰地冒了出来，像枚炸弹一般震动了每个人，我瞪着眼睛望过去，是凌霄！他挺立在视窗，阳光从视窗射在他的脸上，他的神情坚决、果断、和不顾一切。他的眼睛光明磊落，薄薄的嘴唇紧紧地抿成了一条线。一目了然，他已经拿定了主意。

室内好半天没有人说话，然后，章伯伯的头向凌霄伸了过去，用低哑的声音说："刚刚是你在说话吗？"

他的神情阴鸷凶猛，仿佛要把凌霄吞进肚子里去。但，凌霄的背脊挺得很直，脸上丝毫没有畏惧之色，他直视着他的父亲，安安静静地说："是我。"

"你说什么？"章伯伯阴沉地问。

"我说绿绿的孩子是我的，"凌霄坦白地说，"事到如今，我的良心不允许我再沉默下去，凌风也不该受平白的冤枉。"他抬起眼睛来望着凌风，低声说："我很抱歉，凌风，你这一刀应该我挨的。"

啪的一声，章伯伯重重地对凌霄挥去了一掌，凌霄后退了一步，嘴角立即流出血来，他用手背擦去了嘴边的血渍，站在那儿默然不语。章伯伯扑了过去，一把抓住他胸前的衣服，咆哮着说："你干的好事？天下的女人死绝了？你会找到那个臭婊子！你把我们章家的脸全丢光了！现在你说怎么办？怎么办？我打死你这个混蛋！"

章伯母拦了进去，拉开了章伯伯，她喘着气说："一伟，你别冲动呀！怎么你永远这样沉不住气？"面对着凌霄，她深深地注视着他，说："凌霄，你知道你在说些什么吗？你能确定绿绿那个孩子是你的？"

凌霄的脸色转为苍白，他的眼睛热情而明亮："妈，我很知道我在说些什么，你不了解绿绿，她不是一个淫荡的女孩子！"

"见你的鬼！"章伯伯破口大骂，"她整天在光天化日之下勾引男人，还说她不淫荡！生来的荡妇相！"

"一伟，"章伯母忍耐地说，"你就少说两句吧！问题在这儿，你发脾气于事无补呀！"望着凌霄，她说："为什么你到现在才说？事情一开始你为什么不承认？"

凌霄垂下头去，半晌，他才抬起头来，眼底有一抹淡淡的羞惭和迷惑。"我不知道，"他困难地说，"我想，人都有一些弱点，在那种情况下，我觉得承认了很丢脸。而且，我和绿绿并不是——很认真的，我想，我只是玩玩而已，并没料到我需要真正地负责任……"

"现在你为什么又承认了呢？"章伯母继续问。

"我不能让凌风代我受过，"凌霄垂下了眼睛，"他已经挨了一刀，不能再因此失去咏薇。"他看了我一眼："何况——

何况——那个孩子总是我的呀！"

"我不了解，"章伯母脸上有困惑之色，"绿绿为什么不肯指出你来呢？"

"我告诉你为什么她不说，"章伯伯愤怒地插了进来，"因为她也不能确定孩子是谁的，我打赌和她睡过觉的男人起码有一打！"

"这是不对的，"凌霄的脸色又苍白了，他有些掩饰不住地激动，"绿绿不是这样的人，她不承认，只是因为我没有承认，她也是一个人，她也有自尊，她不愿勉强我，而且，她怕她的父亲会伤害我。"

"那么——"章伯母沉思片刻，"你现在预备怎么解决这件事情？"

"我——"凌霄仰了一下头，低低地说，"我娶她。"

"见鬼！"章伯伯跳了起来，"你要娶谁？"

"绿绿，"凌霄静静地说，"我要对她和孩子负责任。"

"你敢！"章伯伯暴跳着说，"我绝不允许我家里有绿绿那种儿媳妇！我绝不允许！不管怎么样，我不承认那个孩子，我也不许你和她结婚！"

"爸爸！"凌霄白着一张脸，眼睛黑幽幽地闪着光，平心静气地说，"你忘了，我已经将近三十岁，早就到了可以自主的年龄，我希望你能让我决定自己的婚事！"

章伯伯把桌子一拍，大骂着说："混蛋！你——你——你简直是造反了！你是我儿子，你就得听我的话……"

"一伟！"章伯母又拦了进来，她柔和的声音向来对章伯伯的坏脾气有莫大的功效，"你不要这样大呼小叫，好在现在总算弄清楚了真相，关于如何善后，我们再慢慢商量，如果凌霄喜欢绿绿，让他们结婚也未为不可，你何必固执地持地域的偏见，绿绿那孩子纯朴美丽，我倒很喜欢她。总之，我们出去谈吧，凌风需要休息，大家一直在这儿吵，他的伤口怎么会收口？走吧！我们出去谈！"

章伯伯诅咒着向门口走去，大家都跟着走了出去，凌风握住我的手不放，韦白把手放在我的肩上，低声地对我和凌风说："一天云雾都散清了，嗯？今天的太阳真好，不是吗？把握你们的今天吧！"

大家都出去了，章伯母最后离去，用含有深意的眼光看了我们一眼，带上了房门。

室内有一阵岑寂，我低着头，心中千言万语，不知从何说起，而且，还有几分愧怍和歉疚。为什么我认定是凌风干的呢？多么不合理的固执！竟连解释的余地都不给他？不听信他任何一句话！我是多么幼稚又多么武断呀！幸好我是回来了，如果我没有回来，这误会要哪一年才能解除？

"咏薇！"他低唤。

"嗯？"

"还生我的气吗？"

我望着他，他的脸色依然苍白，眼神也很疲倦，我用手轻轻地抚摸他扎着绷带的左肩，支吾着说："痛不痛？"

"这儿痛，"他把我的手拉到他的胸前，按在他的心脏上，"被你急的。咏薇。"他怜惜地抚摸我的面颊："你昨天受了多少苦呀？"

"没有你多。"我轻轻地说，坐在他的床沿上，弯下了身子，主动地送上了我的唇。他立即揽紧了我，这一吻，我吻进了我全部的歉疚、忏悔、怜惜，和深情。

抬起头来，他的眼角有泪，我用手指拭去了它，问："怎么了？"

"这两天以来，像两百个世纪一样长，我觉得你像失而复得一样。"

"我也这样感觉。"我低低地说，紧握着他的手，从没有一刻，我觉得如此平静和满足。

太阳透过了竹林，映满一窗明亮的绿。

第二十二章

那一整天的时间，我差不多都逗留在凌风的床边，凌风自从受伤之后，一直都没有好好地平静和休息过，因此，看来十分憔悴和苍白。我静静地依偎着他，四目相对，都有恍如隔世般的感觉。想想看，两天以来，多少事情发生过了，多少纠葛和痛苦来临过了，从死亡的手里逃出来，从离别的边缘擦过去，生离死别的威胁，爱恨交集的矛盾，肉体和心灵双方面的折磨，而今，这一切都已成过去，我们依然相处一起，手握着手，心对着心。这以后，应该再也没有烦恼，没有波折，没有误会和争执了。

"我以后会用我整个心灵来信任你。"我说，把他的手贴在我的面颊上，"甚至不再去相信我自己的眼睛，它有的时候会欺骗我。"

"谁欺骗你？"

"我的眼睛呀！"我说，想起柴房门口的一幕，和那些揉碎的喇叭花瓣。

"其实，咏薇，"他不安地欠动着身子，咽了一口口水，"你的眼睛没有完全欺骗你，我挨这一刀也并非完全无辜，我必须告诉你，对于绿绿，我也发生过兴趣。她像一匹美丽的野马，常常会不经意地就吸引人要去降伏她，我就是这种心情，所以……那天在柴房里，我确实——纠缠过她，还有好几次在树林里，我也游戏似的追逐过她。不过，我的心理纯粹是好玩，只是想逗逗她，就像有时我们会去逗弄一只小猫小狗似的。并没有恶意，也没有做出任何越轨的事情来。你——信任我吗，咏薇？原谅我吗？"

他的眼睛忠诚而坦白，带着那样浓重的祈谅的神色望着我。我立即原谅了他，也信任了他。凌风，他绝非一个圣人，也非完全的君子，但他是有分寸的，他还有一份强烈的责任感，这帮助他走入正途。不过，我相信，穷此一生，他永远抵制不了美色的诱惑，以后，我的嫉妒心恐怕还要接受很多的考验。

"为什么不说话？咏薇？"他担心地望着我，"又生气了吗？不原谅我吗？"

"我在想——"我微笑地说，"人有爱美的天性，我无法去责备人的天性，是吗？"

"别纵容我，"他也微笑了，"我是不能被纵容的。"

"危险分子！"我说，把手指压在他的眼皮上，"你自己也明白你的弱点。现在，你应该睡一睡，不要再说话了，你不知道你的脸色多坏。"

"我不想睡，"他挣开我的手，"怕睡着的时候你会溜走，我宁愿醒着看着你。"

"现在，十匹马也不能把我从你身边拉开，"我轻轻地说，俯头轻吻着他的额角和眼睛，"睡吧！凌风！我就在这儿，看着你睡。"

他合上了眼睛，仍然紧握着我的手。他是十分疲倦了，两天来，他的面颊已经消瘦很多，颧骨也高了起来。看到他那样一个精力旺盛的人，变得如此憔悴衰弱，使我心中酸楚。疲倦征服了他，只一会儿，他的呼吸均匀地起伏，睫毛平静地垂着，他睡着了。我试着把手从他的掌握里抽出来，他立即又张大了眼睛："你干吗？别走！"

"我没有走。"我说。他合上眼睛，又睡了，这一次是真真正正地睡着了。

午后，凌风仍然在沉沉熟睡，凌云走了进来，把我叫出去。一天之间，我不知道凌霄和绿绿的问题谈出结果了没有，也不知道章伯伯是否同意了这件婚事。凌云显然带了消息来，站在走廊里，她握着我的手，脸上有着真正的喜悦之情，说："咏薇，我们家要热闹了。"

"怎么？"我问。

"爸爸已经同意了婚事，韦校长和妈妈费了好大的口舌才说服了他，现在，大哥娶了绿绿，将来你和二哥再一结婚，我再也不会寂寞了。"

"算了吧，别提我！"我说，涨红了脸，"章伯伯居然同意了绿绿！我以为他怎么也不会同意的！"

"主要是为了绿绿肚子里那个孩子，"凌云说，"爸爸的家族观念很强，他不愿意章家的骨肉流落在外面。"

"他终于相信了那个孩子是凌霄的？"

"你不了解大哥，"凌云微笑地说，"他是从不说谎的！他既然说孩子是他的，那么，孩子就一定是他的。"

从不说谎？他不是也否认过那个孩子吗？忽然间，我脑子里闪过一个新的念头，一种奇怪的感觉抓住了我，有什么事情不对了？我无法具体地分析出来，但我直觉地感到这里面还有问题，那孩子真是凌霄的吗？为什么一开始他不承认？这是问题的症结。蹙起眉头，我竭力搜索着我的记忆，他在凌风的屋子里说，他对绿绿并不是认真的，只是玩玩而已，可是——可是——可是我知道他是认真的，诚恳的，并非玩玩而已！这里面还有问题，绝非外表这样单纯！他从不说谎，但是他说了谎，为什么？为了掩饰一件事，什么事呢？我摇摇头，觉得脑子里一团乱麻，理都理不出头绪来。或者，我是太多心了，凌风该说我又在编小说了。

"婚礼预备在什么时候举行呢？"我问。

"当然是越快越好，韦白已经到林家去谈了，想想看，本来是冤家，现在要做亲家了，人生的事情多奇怪，是不是？山地人对韦白都很尊敬，韦白去谈是最好的。林家一定会喜出望外，我们没有告他们，反而答应娶绿绿了。噢！"凌云叹了口气，"绿绿真是个美人，我从没见过比她更美的女孩子。"

我也有同感。望着院子里的几竿修竹，和满院阳光，我朦朦胧胧地想着这个事件，本来的一团乌烟瘴气，现在将以婚礼做一个总结束，还有比这样更圆满的结束吗？我甩了甩头，甩掉了那困扰着我的疑惑。刚好凌霄从对面走来，我微笑地望着他说："恭喜你，凌霄，我刚刚听说事情解决了。"

他的脸微微地红了一下，眼底有些不自在。迟疑了一会儿，他说："有件事，咏薇，我没有找到绿绿。"

"你还不知道她受伤没有吗？"我问。

他摇摇头："不知道。我希望——她父亲不至于伤害她。"

"反正，韦白会带消息回来。"我说。

黄昏的时候，韦白回来了，他的脸色并不像我们预期的那样喜悦，反而意外地沉重，站在客厅里，我们大家包围在他身边，章伯母担心地问："怎么，不顺利吗？"

"不是，"韦白摇了摇头，"林家无条件地答应了婚事，而且非常高兴，老林说他要亲自来请罪，说希望章家原谅他的莽撞，绿绿的母亲高兴得直哭……"

"那不是很好吗？"章伯母说，"还有什么问题呢？"

"问题是——"韦白顿了顿，慢吞吞地说，"绿绿失踪了！"

凌霄惊跳了起来，一时间，屋子里没有一点儿声音，大家面面相觑，都说不出话来。最后，还是章伯母先开口，望着韦白，她说："怎么知道她是失踪了？"

"前天晚上，凌风被刺之后，绿绿就逃开了她的父亲，窜进了一座黑暗的树林里，不知道跑到哪里去了。然后，一直到现在，她还没有露过面。她家里找遍了附近所有的地方，都找不到她。他们怀疑她下了山，到埔里或者台中去了，反正，她失踪了。"韦白紧蹙着眉说。

室内又静了下来，大家沉重地呼吸着，各自在思索着这件突来的意外。半晌，凌霄轻轻地说："她不会下山，她不会到都市里去，她一定还在这草原的某一个地方。"

"你怎么知道？"章伯母问。

"她是属于这山林的，"凌霄说，"一只山猫绝不会跑到城市里面去。她还在这附近，如果她一直不露面，除非是——"

他没有把话说完，但我们全体都了解他没说完的那两个字是什么——死了。阴影从窗口罩了进来，室内的空气凝肃而沉重，没有人知道绿绿是否负伤，但都知道她没有食物充饥，也没有衣服蔽寒。而且，她不可能会从地面隐没。好一会儿，章伯伯突然跳了起来，用粗鲁的声调说："大家都待在这儿做什么？还不分头去找？快呀，通知老袁，散开来到各处去找！"

这似乎是目前所能采取的唯一办法了，我望着章伯伯，在这一瞬间，才发现他暴躁的外表下，藏着一颗多么温暖而善良的心！立即，大家都采取了行动，韦白把附近山区森林划分为好几个地域，分配给大家去找，免得浪费人力在同一个地域里。我们女性都被留在家里，因为凌风还要人照顾，而且，我们也不是好的搜索者。

搜索的队伍出发之后，我又回到凌风的床边。凌风仍然在熟睡，我坐在床前的椅子里，望着他孩子一般的、沉睡的脸庞。四周非常安静，满窗的夕阳把室内都染红了。我静静地坐着，寻思着绿绿可能去的地方。草原面积辽阔，到处都是森林和岩石，如果她安心躲起来，无论怎么搜索，也不可能找到她，除非她自己从匿藏的地方走出来。她为什么要躲藏呢？怕她的父亲会杀她吗？还是因为她已经心碎？

我就坐在那儿，迷迷糊糊地想着这种种问题，室内静悄悄的，落日把竹影朦胧地投在窗玻璃上，远方，有晚风在竹梢低吟，轻轻的，柔柔的，像一支歌。我用手托住下巴，半有意识、半无意识地冥想着。我仿佛又看到绿绿，她的脸浮现在梦湖的绿波里。晚风在竹梢低吟，轻轻的，柔柔的，像一支歌……像一支歌……一支我听过的歌，那歌词我仍能依稀记忆：

曾有一位美丽的姑娘，
在这湖边来来往往，白云悠悠，岁月如流，
那姑娘已去向何方？去向何方？去向何方？
只剩下花儿独自芬芳！

我猛地跳了起来，梦湖！为什么没有人想到梦湖？如果，要躲藏起来，最可能去的地方就是梦湖！那儿是山地人认为不祥，而不愿去的地方，那儿有她爱情的回忆，是她多次流连的地方！还有那支歌！那歌词会暗示她什么吗？"曾有一位美丽的姑娘，在这湖边来来往往，白云悠悠，岁月如流，那姑娘已去向何方？……"歌词、苦情花、梦湖，一个山地女孩的殉情……我激灵灵地打了一个冷战，谁知道她会做些什么？谁知道？

我站起身来，似乎有种不自觉的力量在推动着我，我走出了凌风的房间，穿过走廊，走出竹叶居的大门，然后，我每根神经都在提醒着我："梦湖！""梦湖！""梦湖！"我向梦湖的方向跑去，越过阡陌，跑过草原，穿过树林，我奔向那座山，攀过了岩石，迈上了山坡的小径，我一直向梦湖走去。

原野上的风仍然在唱着歌："曾有一位美丽的姑娘，在这湖边来来往往……"落日的嫣红已转为暗淡，小径上黄叶纷飞，秋意浓重地堆积在树林里，暮色静悄悄地弥漫开来。我急步地走着，听着自己踩在落叶上的脚步声，清脆的声响在林内回荡，给人一种阴森森的恐怖之感。寒意爬上了我的背脊，我停住，扬着声音喊："绿绿！你在哪儿？"风在回旋，树木在低吟，山谷里响起了空洞的回音："绿绿！你在哪儿？"

我继续向前走，薄暮的阳光昏昏暗暗，秋风萧瑟阴凉，叫不出名字的秋虫在草里低鸣。远方，不知哪一棵树上，有只鹁鸪鸟在孤独地啼唤。落叶飘在我的头发上，再坠落到地下。小径上，不知不觉地就布满了流萤，闪闪烁烁地在黑暗的深草里流窜，像一颗闪亮的星星，被敲碎在草丛里。

我加快了步子，几乎是奔跑着向梦湖走去，我不愿黑暗赶上我，一面跑着，我一面不断地喊："绿绿，你在哪儿？绿绿，你在哪儿？"

穿过了树林，我喘着气跑出去，停在梦湖湖边。把手按在狂跳的心脏上，我四面张望，一面仍然在喊着："绿绿，你在哪儿？"

湖面上堆积着厚而重的暮色，绿色的水面上，翠烟迷离，那些四季常开的苦情花，依然是那一片绿雾中的点缀。我沿着湖慢慢地走，边走边喊，忽然，我猛地收住了步子，用手蒙住了嘴，我看到绿绿了。

她静静地躺在离湖岸不远的水里，红色的衣服铺展着，像一朵盛开的苦情花，她的长发在水里荡漾，半个脸浮出水面，苍白而美丽，她像是在湖水里睡着了，整个绿色的水柔柔软软地伸展着，像是一条绿色的毡毯。我怔了两秒钟，接着，就狂喊了一声："绿绿！"

不顾一切地，我踩进了水里，伸手去拉她的衣服，我够不到她，湖水已经浸到我的腰际，我不敢继续前进，因为我的游泳技术太差。折回到岸上，我奔进树林里，拾起一根枯枝，再回到水边。走进了水里，我尽量深入，一直到水漫到了我的胸前。用树枝伸过去，我钩着她的衣服，把她拉到我的面前，我喘着气喊："绿绿！绿绿！"

她的手似乎动了一下，她的脸也不像一般溺死的人那样苍白浮肿，我心头狂喜地浮起了一线希望：她还没有死！紧紧地拉住她的衣服，我把她拖向岸边。上了岸，我费力地抓住她的胳膊，用尽全身的力量把她拉上岸来。一当失去了水的浮力，她的身子就特别沉重，我根本不知道自己怎么会有力气把她弄上岸来的。但是，她终于躺在岸上的深草和苦情花之中了，而我浑身脱力地喘息着，颤抖着，像人鱼一般滴着水。

她确实没有死，她的心脏仍然跳动，她的手心和胸前也有暖气。我望着她，知道没有时间下山去求救，我必须尽快救醒她，否则，时间一长，她绝对活不了。拉住她的两只胳膊，我胡乱地拉上又拉下，真后悔中学上护理课学人工呼吸时总在偷看小说。我不知道我的人工呼吸是哪一种的，但居然也给我控出一些水来，而且，她开始转动着头，轻轻地吐出一两声模糊的呻吟。我用力搓着她的胸口和手臂，希望能增加她一些热力，一面大声呼喊她："绿绿，醒来！绿绿！"

我拍着她的面颊，掐着她的人中，想尽各种我所听说过的办法来弄醒她。给我一阵乱搞之后，她长长地呻吟了一声，忽然张开眼睛来，像是从梦中醒来一样，她困惑地望着我，试着要抬起她的头来，大概体力还没有恢复，她又颓然地倒回草地里。皱着眉，她呻吟地说："这是怎么了？我为什么这样子？"

"你差一点淹死了，"我说，看到她醒来，不禁高兴得眉飞色舞，"你为什么要这样做？绿绿？幸好我的第六感把我引到这儿来，否则你就完了！你为什么要这样呢？任何事都好解决，为什么想不开？"她瞪大了眼睛望着我，仿佛根本不明白我在说什么。

"你——救我起来？"她喃喃地问。

"是的，你以后千万别再寻死了，"我说，"都是那个传说中的故事太害人，你差一点成为第二朵苦情花。"

"寻——死？"她困惑地问，"你是说自杀？"

"是的。"我仍然在搓着她的手腕，她浑身冷得像冰，幸好并没有受伤。我忘了她懂得的汉语词汇有限。

"我没有自杀，"她摇着头，大眼睛一瞬也不瞬地望着我，

"我在这树林里躲了两天，我不知道要做些什么，也不知道要到哪里去，我很热，想泡泡冷水，我想，我是太累了，一到水里就发昏了。"

"是吗？"我凝视她，"你两天都没有吃东西？我想。"

她的眼神疲倦而迷惑。

"我——不知道，"她精神恍惚地说，"我不知道是怎么了？我不敢回去，我——"她忽然瞪着我，意识恢复了，张大了眼睛，她一把抓住我的手，热烈地说，"他们要弄掉我的孩子，你把我藏起来，好不好？我不能让他们弄掉小孩，我要他！"她把手放在肚子上，脸上燃烧着一种母性的纯情。

在那一瞬间，我觉得如此被感动，我在她脸上看到一种原始的、母性的光辉。我了解了，为了保护这未出世的孩子，她才惶惶然地逃到这深山里来，宁可挨饿受冻也不肯回家。而且，她并不在意孩子的父亲要不要她，只是本能地要保护属于自己的小生命，像一切雌性动物所能做到的一样。

"你知道，问题已经解决了，"我拍拍她的手背，愉快地说，我高兴我是第一个告诉她这个好消息的人，"凌霄已经承认了，章家到你家去正式求了婚，你爸爸妈妈也都答应了，所以，你不必躲起来，你和凌霄马上要结婚，也没有人能抢走你的小孩。"

她从地上坐了起来，眼睛瞪得好大好大，她的手紧抓着我，嘴唇颤动着，吞吞吐吐地说："凌——凌——凌霄？"

"是的，凌霄不是个不负责任的人，他说要和你结婚，你看，什么问题都没有了，是不是？"

她的嘴唇仍然在颤抖，眼光困惑迟钝。

"可——可是，凌霄——为——为什么要娶我？"

"他要对孩子负责任呀！"我说，"而且，他不是一直很爱你吗？"她垂下眼睛，手指冰冷。

"他——他没有对我做过——什么，孩子——不——不是他的。"她用几乎听不见的声音说。

我的心脏陡地痉挛起来，四肢发冷，这时才感到我浑身的湿衣服贴着身子，而山风料峭。

"是谁的？"我问。

"那——那个——"她坦白地望着我，"那个画画的人。"

余亚南！我的呼吸停顿了两秒钟，接着，我的思想就像跑马一般地活动了起来，余亚南！那个长着一对迷人的眼睛的年轻画家！他骗取了凌云的感情，又骗取了绿绿的身体，然后飘然远引！那个收集灵感的专家！他对这些纯洁的女孩做了些什么呀！

我坐在那儿出神地凝想，风冷飕飕地吹了过来，我连打了两个寒噤，发现天已经黑了。绿绿从地上爬了起来，我实在佩服她的体力，她看来又若无其事了。

在林边的地上，她弯着腰寻找，我问："你找什么？"

"火柴。"她在一堆残烬边找到了一盒火柴，我想，那很可能还是余亚南给她画像时留下的。我们在湖边生了一堆火，烤干了我们的衣服和身体。我的思想已经成熟了，握住她的手，我说："听我说，绿绿，关于你肚子里的孩子，这是我和你、和凌霄心里所了解的秘密，你绝不要再讲出去，章家都以为是凌霄的孩子，这保障了你和孩子以后的生活和命运，你懂吗？凌霄既然承认了，别的都没什么关系，你自己千万别漏了口风！"

她看着我，了解地点了点头。她告诉我，她不敢说出余亚南的名字，因为怕她父亲强迫她堕胎，又怕她父亲下山去找余亚南算账。"他会在城里乱找，会不知道跑到哪里去找，会去杀人，如果他走了，妈妈会伤心死了，害怕死了。"她说。我知道，她并不笨，她下意识里未始不存着万一的希望，希望凌霄会挺身而出。

但是，我还有疑问。"你很喜欢余亚南？"我问。

她撇了撇嘴，眼里有惭愧之色。

"我不知道，他对我说，我是最最完美的，是什么女神的化身，我——我根本不知道是怎么回事，他画画，画我，他说要跟我躲到山里面去生活，吃露水和果子……他讲的话像故事一样，很好听很好听，我就……"

我懂了，我几乎看到了余亚南，如何去催眠这个终日流荡迷失的山地女孩。我问："你现在还想他吗？"

她很快地摇摇头。"他跟我不是一样的人，"她语气很平静，"他总是会走的。"她注视我，又加了一句："我不知道会有小孩。"

我在心底叹息，发现她竟像一张白纸一样纯洁，她甚至还没有了解爱情是什么，章伯伯说她淫荡，这是多大的误解！或者，她比我，比凌云，比任何一个大家闺秀更纯洁些。

"让我们回去吧！"我站了起来，"章家会以为你没有找到，我又失踪了。"

　　我们向青青农场走去，她很软弱，我们走得很慢。一路上，我都朦胧地感到有个好神灵在我们的旁边，它牵引我到梦湖来救了绿绿，也让我获知了事情的真相。

　　但是，凌霄为什么要承认这个孩子呢？

第二十三章

接连的几天，大家都在筹备婚事。老林和他的妻子来幽篁小筑道过歉，我第一次看到他如此谦和，和拿着刀子砍人的那晚简直不可同日而语。吞吞吐吐地，他用一半山地话，一半普通话，再夹着一些日语，和章伯母讲了很多很多。他的妻子是个瘦小干枯的女人，脸上也同样带着刺青，时间和生活的重担已把她压榨得憔悴苍老，她弯着腰，无限谦卑地向章伯伯和章伯母鞠躬如也，再三地代她的丈夫致歉，而且还带了大批的治疗刀伤的药草来。章伯伯依然面有不豫之色，章伯母却待之以上宾之礼，一再告诉他们："这以后，两家就是亲家了，以前的事都不必再提了，将来大家要彼此照顾，做好朋友。"

我不知道老林夫妇是不是完全了解章伯母的意思，但，那次他们的来访总算非常和洽，章伯伯也隐忍着没有发脾气。他们走了之后，章伯母叹口气说："唉，世界上的人类，无论哪一个种族，无论是野蛮还是文明，做父母的那份对子女的爱心都是一样的。别看老林凶巴巴的，其实他心里才宠绿绿呢！他说，管她呀，打她呀，还不都是为了保护她！现在，他的一块石头落了地，就希望绿绿能在我们家做好媳妇，别再成天在山里游荡。唉！"章伯母做了结论："老林是个粗人，但是，他绝对不是一个坏人！"

婚事的准备很急促，但是，并不很简陋，凌霄现在的卧室被改为新房，一张全新的双人床从埔里运来，蚊帐、棉被、窗帘一概全部换新，还有成匹的衣料也从埔里买来，凌云整天埋在缝衣机上，赶着给绿绿缝制新装，这原该女家做的，可是，绿绿家里太穷了，章伯母就一概包揽。章伯母表示，无论如何，结婚总是喜事，尤其，凌霄是章家的长子，即使是在乡下，也要把婚事办得漂亮些。章伯伯装作对婚事漠不关心，他对凌霄仍然在生气，对绿绿也诸多不满，而且一再强调这门婚事是"门不当，户不对"。不过，当老袁每次去埔里采办时，他总不忘记叮嘱他："多买些鞭炮回来。"

婚礼被选定在那一个星期六举行，借用山地小学的大礼堂，而且是新式的婚礼，新娘将穿一件白缎子的洋装，头上披一块齐肩的白纱。所有山胞村的人几乎都被邀出席，晚间还借山地小学的操场，预定摆十二桌酒席，这可能是山胞村上数年来所绝无仅有的婚礼。

婚礼前好几天，村上的人都在沸沸扬扬地谈论这件婚事了，韦白常把村上的消息带来，他认为这件婚事会打破山地人和平地人的界限，以后，像苦情花那种悲剧是再也不会发生了。总之，村里的人对于章家以盛大的婚礼娶绿绿的事，感到十分快慰和高兴。

那是婚礼的前一天，我在蚕豆架下看到凌霄，他正弯着腰在拔除莠草，尽管他即将做新郎，他仍然不放松自己的工作，整个准备婚事的过程里，他都平静，安详，而满足。仿佛他这一生，再没有什么可要求的事了。

"嗨！"我招呼着他，"这似乎不是新郎该做的工作。"

他抬头看看我，微笑地用铲子弄松泥土，拔出野草来。他的神情幸福而愉快。"我喜欢做这些，什么事都不做使我觉得心慌，"他用手拍拍泥土，"这是一个让人安定的好朋友。"

"有什么事让你不安定吗？"我嘴快地问。

"没有，"他犹豫了一下，"我想是没有。"

我在田埂上坐下来，用手抱住膝，默默地审视他。黄昏的天气已不再燠热，落日的余晖遍洒在草原上。我控制不了我的好奇心和我的疑惑。"凌霄，"我静静地说，"你为什么承认那个孩子？"

他迅速地抬起头来望着我，他的眼底有警戒的神色。

"你说什么？"他问。

"绿绿没有告诉你？"我说，"我都知道，你不必介意，我绝不会说出去的。我只是奇怪，你为什么要承认这个孩子？你不必要做这样的牺牲。"

"牺牲？"他愣愣地说，眼光定定地停在我的脸上，"为什么你说那是牺牲呢？我得到了绿绿，不是吗？"

我愕然地张大了嘴，在这一刻，才了解他爱绿绿竟如此之深，一层敬意从我心中升起，我看清了他的爱情境界，比我和凌风都深刻得多。"难道你对那孩子不会有敌意？"我喃喃地问，"那并不是你的亲骨肉，你或者会恨他。"

"孩子是无辜的，"他宁静地说，"我也不是妈的亲骨肉，她疼我并不亚于凌风，而且，她比爸爸更喜欢我。咏薇，你不会去恨一个孩子的，他们就像小动物般天真无知。"

"对于那个男人呢？你也没有醋意和恨意？"

他停止了工作，把一只脚放在田埂上，胳膊肘支在膝上，托着下巴注视我："我告诉你吧，咏薇，在我承认那孩子的时候，我以为孩子是凌风的。"

"是吗？"我惊异地问。

"是的，你和我一样清楚，凌风有时就喜欢胡闹。当时我想，凌风爱的是你，他是我的弟弟，他的孩子还不也就等于我的孩子，如果我承认了，可以解除他的困难，弥补你们间的裂痕，而我——"他眯起眼睛，望着远方的云和天，"我对绿绿……是不会怪她的，因为她什么都不知道，我不顾一切，也要得到她。"

"哦。"我有些明白了，"那么，你会不会恨余亚南？"

他摇摇头，淡然地说："世界太大了，形形色色的人都有，余亚南并不可恨，他只是个可怜的角色，他不能面对现实，也不能面对世界，一生只是找借口来逃避。这种人生来就自己在导演自己的悲剧，我不恨他，我可怜他——"他顿了顿，又加了一句："也轻视他。"

"你怕不怕——"我沉吟地说，"他会忽然跑回来？"

"只怕他明天来胡闹，但他也不是会胡闹的典型，过了明天，没有什么可怕的了，我会保护我的妻子和孩子。"

我知道他不安定的原因了，他怕那个真正的父亲会在婚礼上突然出现，来抢走他的新娘。

"你不用担心，"我说，"余亚南不会回来，如果他会回来，当初他就不会走。而且——"我想起凌云："他逃开的原因，还不止绿绿一个呢！"

"你说什么？"他问。"没什么。"我站起来拍了拍泥土，预备回幽篁小筑。他叫住了我："咏薇！"

"什么事？"

"我想——"他沉吟地说，"关于那孩子，不会再有其他的人知道了？"

"你放心，"我说，"我绝不会说出去一个字。"

第二天，婚礼顺利举行了。在山地小学的礼堂里，婚礼盛况空前，全村的人都拥了进来，包括孩子和老妇，嬉笑叫闹的声音充满一堂。凌风抱病参加，他已经可以行走自如，只是左臂必须吊在脖子下面，像个伤兵。他笑着对我说："没想到那家伙砍了我一刀，竟然还做了我哥哥的岳父！"

新娘出现的时候，引起满屋哄然的议论，接着就鸦雀无声地静了下来。穿着白缎礼服的绿绿，美得像梦里的仙女，罩在白纱下的脸庞，从没有这样宁静柔和过。低垂着头，她缓缓地、庄严地迈着步子，走向她生命中崭新的一页。她头上戴着一圈花环，是凌霄亲手用鲜花为她编起来的，也是凌霄亲自给她戴上去的。她手里抱着一束新鲜的菊花和山茶，脸上淡淡的脂粉增加了她迷人的韵致。她不再是那个迷失在深山里的女孩了，不再是流荡在森林里的女妖，她那样沉静、安详、泰然地走向她的归宿，她已经找到了她的家，休息下她漫游的、疲倦的脚——她停在凌霄的身边了。

结婚证人是韦白，介绍人是临时拉来的两位小学里的教员。观礼的山地人都窃窃私议着那些行礼的规矩，三鞠躬和交换饰物。当一声"礼成"和鞭炮齐鸣时，我把彩纸对着一对新人头上抛去，那些纸屑漫天飞撒下来，像些五颜六色的小星星，客人们鼓掌欢呼，一对新人手执着手，相视微笑，那些小星星落在他们的头发上、肩上和衣服上。

我感到眼眶发热，每次看到这种令人兴奋的场面都使我想流泪。依偎着凌风，我满眶的泪水，感动地说："多么美！多么好呀！"

他紧挽着我的腰，在我耳边说："下一次就轮到我们了，你要怎样的婚礼？"

那一切都是美好的，婚礼之后，在操场中大张筵席，客人们尽兴喝酒叫闹。夜深，大家醉倒在操场上面，就这样沉沉睡去。连月亮和星星，小草和流萤，都跟着他们一起醉了。

深夜，我们回到了幽篁小筑，一对新人立刻进了新房，没有客人跟到幽篁小筑来，无形间省掉了他们闹新房的一关。可是，凌风不肯饶他们，拉着我的手，他说："我们绕到他们窗子外面去，我从窗子里跳进去，吓唬他们一下。"

"何必呢？"我说，"你也不怕累，你还没有完全复元呢，当心明天又发烧！"

"别扫兴！"他拉着我就向外跑，我只得跟着他从大门外跑出去，绕到凌霄的窗子外面。

窗子里面，一定高烧着一对红烛，映得整个窗玻璃都是红的。我们潜到窗子下面，正好听到凌霄在轻轻低唤："绿绿！绿绿！"

绿绿低应了一声，然后，凌霄的声音在说："你放心，我不会让你受委屈。"

绿绿满足地、长长地叹息，轻声地说："凌霄，我现在才知道，我多么爱你呀！"

窗玻璃上，他们两个的头凑拢来，叠成了一个。我拉拉凌风的袖子，悄悄地说："我们走吧！何必打扰他们呢？"

我们走到竹林旁边，月光如水。凌风突然拥住我，月光把我们的影子投到了地下，两个头凑拢来，也叠成了一个。

婚礼的喜悦持续了好几天，一对新人像浸在幸福的酒里，带着喜悦的醉意。章伯伯终于接受了他的儿媳妇，倒也经常满意地点着头，仿佛根本忘记了他曾坚决反对她。章伯母时常会突然陷进沉思里，洗手时就把手浸在水中沉思，做饭时把菜刀停在砧板上沉思，或者，她在回忆她的年轻时代，和她的新婚？我和凌风分润了凌霄他们的喜悦，更深更深地深浸在我们的爱情里。只有凌云——婚礼提醒了她什么吗？她总是一个人独来独往，显得特别地沉静。

这天早晨，我在鸽房前面碰到凌云，她正在喂鸽子，看到那些鸽子围绕在她身边，有的停在她肩上，有的站在她手背上，有的绕着她的头顶飞翔，那情景美得像一幅画。我走过去帮着她喂，一些鸽子也聚拢到我身边来，那只有着粉紫色羽毛的"晚霞"在鸽群中特别出色，它使我回忆到第一次发现凌云的恋情，这是一只爱情使者，不是吗？但，那借着它传信的青年是怎样的人！他值得凌云为他这样一往情深吗？我不能把绿绿的事告诉她，否则，我一定要把她从梦里唤醒。用手托起晚霞，我抚摸着它的羽毛，不经心地说："这是个好使者，你们怎么想到去利用它？"

她愕然地瞪着我。"你说什么？"她问。

"哦。"我想起来了，她从不知道我曾发现过她的秘密。笑了笑，我说："我才来的时候，就发现这件事了，我并不是有意探求什么，完全无意发现的……"

"发现什么？"她装傻。

"信呀！"我说，"晚霞带给你的信，余亚南的信。"

"信？"她一脸的狐疑，凝视着我，"我完全不懂你在说些什么！"

"好吧！"我叹了一口气，"就算那不是信吧，只是纸条而已，余亚南写给你的纸条！"

"余亚南从没有写过纸条给我，"她的眼睛坦白而真诚，"他也没有什么信给我，我们只是偶尔在竹林里相聚，谈几句话，或者他早上的时候，等我喂鸽子时来找我，有时他也来幽篁小筑坐坐，不过很少。"

"你们没有借鸽子传信？"我皱起了眉，困惑地望着她。

"借鸽子传信？"她惊讶地张大了嘴，"咏薇，你是在开玩笑吧？我只借鸽子传过一次信，传给你。"

我完全糊涂了，她的样子不像是隐瞒了什么，而且也没有隐瞒的必要。那么，那张纸条是怎么一回事？我走到鸽房旁边，伸手到晚霞的鸽房里去摸了摸，什么东西都没有。我知道不会有的，以前我已经检查过一次。如果那张纸条不是余亚南给凌云的，那会是谁给谁的？我愣愣地站在那儿，苦苦地搜索我的记忆，难道——难道——难道我完全弄错了！难道是——

"咏薇，你是怎么回事？"凌云迟疑地说，"你在鸽子身上发现过什么？"

"哦，"我脑中一团混乱，各种乱七八糟的思想和念头在毫无组织地奔驰着，匆促地，我掩饰地说，"没有什么，大概有人开玩笑。"

"开玩笑？怎么开玩笑？"

"有人在鸽子身上绑了张纸条，我还以为是余亚南写给你的呢！"

"写些什么？"她好奇地问。

"根本没有写什么，我都记不清了，一定是有人随便写着好玩的，别理它了吧！"

凌云对我看看，微微一笑，她是十分容易把这些小事抛开的，立即就释然了。我们继续喂着鸽子，但是，我的心已经不在鸽子身上了。那张纸条不是写给凌云，一定是写给这栋房子里的另外一个人，谁最可能？有种奇异的灵感来到我的脑海里，我觉得满怀惶悚。

"你想，"凌云忽然说，"余亚南还会回来吗？"

我被拉回到现实。"余亚南？"我怔了怔，"你还没有忘记他？"

　　"一个人能这样容易地忘记她的爱人吗？"她轻声说。"我不以为他还会回来，"我说，"而且，我敢说——"我咽住了，凌云眼里带着固执的深情，小小的脸庞上一片光辉，她是多么痴情！我必须对她泼下满头冷水吗？

　　"我也知道他不会回来了。"凌云说，脸上有梦似的微笑，眼睛蒙蒙眬眬的，像罩在雾里，"他不是一只家鸽，他是个流浪者。不过，无论他走到哪儿，我相信，他必定不会忘记我。"

　　"是——吗？"我碍口地说。

　　"是的，你信不信？"她望着我，"最近，我想了很多很多，也看了很多很多，看到大哥和绿绿，二哥和你，我想，我了解爱情是什么了。有一天，我或者还会碰到一个人，还会再恋爱，但是，我永不会忘记余亚南，他也不会忘记我，这是一段最纯洁，也最狂热的感情。无论是谁，初恋都在她感情生活里占最重要的位置。"

　　"我想——"我顿了顿，让她保持她最美的回忆吧，人生不尽然全是美丽的，但她的感情美得像诗，何必用丑恶的真实来击破她的梦？"我想，你是对的，"我终于说了出来，"他不会忘记你的。"

　　她笑了，她的笑容像天边初升的朝阳。

第二十四章

和凌云谈过话后，我就一直思绪紊乱，我无法摆脱"晚霞"给我的困惑，有些想法使我惊扰。站在院子里，我望着这几栋平凡的小屋，望着那包围着房子的几竿修竹，诧异着在僻静的乡间，一幢农村的平房里会掩藏了多少感情的秘密！鸽子从竹梢掠过，我惊悸而不安，初次领会到幽篁小筑的每一个人，都和我息息相关，我不能漠视我所发现的秘密，和隐藏在竹叶里的危机。

凌风没有忽略我的不安，但他认为我在为离愁所苦，因为他再过一天就要去台南上课了，他的伤口已大致平复，成大也已经开学三个星期，他不能再继续请假了。午后，我们踏着遍地的落叶，在拂面的秋风里，再去拜访了"我们的梦湖"。湖边，黄叶在地上铺上了一块毡毯，几丝游移的白云，轻轻地从透明的蓝天上掠过，绿色的寒烟氤氤氲氲地浮在水面。我和凌风依偎在湖边，他把苦情花结成花环，戴在我的头上，宣布我是他的新娘。我的头靠在他的肩上，朦胧地想着这奇异的湖，多少事故，多少感情，都在这湖边萌生！我还记得第一次看到这湖的那份惊喜，那份迷惑。轻声地，我念着他那次念给我听的词句："碧云天，黄叶地，秋色连波，波上寒烟翠，山映斜阳天接水，芳草无情，更在斜阳外。"

他揽紧了我，说："你知道吗，咏薇？过了明天以后，我的情形就是这阕词的下一半了。"下一半是什么？我愁绪满怀，默默不语。他却毫不考虑地念出来："黯乡魂，追旅思，夜夜除非，好梦留人睡，明月楼高休独倚，酒入愁肠，化作相思泪。"

他拥住我，深情地吻我。我的泪水沾湿了他的唇，他抬起头来，故作欢快地说："嗨！怎么回事？我多愁善感的小新娘？喏，手帕在这儿，擦干你的眼泪吧，我们不会分开太久，是不是？放寒假的时候，无论你跟着父亲还是母亲，无论你在世界的哪个角落里，你一定要回到青青农场来，我们要在梦湖湖边重聚。好吗，咏薇？答应我吗？"

我一个劲儿地点头，还有什么力量，会比梦湖对我的吸引更大呢？接着的一天，我们走遍了草原，走遍了我们共同游乐的地方，包括山地村落在内。望着那些简陋的茅草房，那些用泥和草糊出来的墙，那狭隘的窗口和门，凌风说："或者我毕业之后，会回到这儿来。"

"改善他们的生活？"我问。

"重建他们的生活。"他指着那些笨拙的房子，"从这些破烂的建筑开始，这些房子都该拆除重建，空气不流通，狭窄、阴暗、潮湿，长年累月生活在这样的房子里，怎能不生病？"

我想起凌霄，他曾说过，希望能教导山地人种植果树，山田缺水，无法种稻，但是果树不需要大量的水，他说，但愿有一天，漫山遍野的果园，能带给山地人富庶和幸福。可不可能呢？说不定章家会是山地人的救星，把他们从贫穷的环境里改善过来。若干若干年后，这儿会成为一个世外桃源。

我多么想网住那一天的日子，让它慢一点流逝，我多么希望这一天化为永恒，永远停驻。但是，这一天终于过去了，比任何一天都消失得更加迅速。然后，凌风走了。凌霄用摩托车送他去埔里搭车，我和章家全体的人，还有韦白，站在青青农场的牌子下面，目送他们消失在滚滚黄尘之中。眼泪充塞在我眼睛里，我呆呆地站在那儿，伫立凝望，失魂落魄得不知道我身边的人是何时散开的，好久好久之后，有人拍拍我的肩膀，说："好了，咏薇，属于伤感的时间应该过去了，想想看，你们还有那么美的远景，这足够你在离别的时间里用来安慰自己的了！"

我抬起头来，说话的是韦白，他静静地站在我身边，脸上有着了解和同情。揽住我的肩膀，他说："走吧！让我们回幽篁小筑去！"

章伯伯他们早已回去了，一定是章伯母让韦白留在这儿安慰我，我想。我们慢慢地沿着黄土小径走去，章家的羊群散在草原上，秀荷倚着一棵大树睡着了，落叶盛满了她的裙子。

"唉！"我长叹了一声，"为什么人类有这么多的离别呢？"

"不要伤感，咏薇，"他语重心长地说，"人类相爱，所以要受苦。天生爱情就是让人受苦的。"

"这是代价。"我说。

"这是自然。"他笑了笑，"你们还年轻，只要能掌握住自己，将来没有什么是得不到的。想想看，世界上还有多少无望的爱情！你们够幸福了，短短的离别算什么呢？"

"无望的爱情！"我咀嚼着他的话，心中酸酸涩涩的若有所悟，"什么样的爱情是无望的爱情？"

"例如——"他想了想，"你爱上一个你所不该爱的人，或者，你所得不到的人。"

"爱情一定要占有吗？"我问。

"你认为呢？"他反问。

"我想是的，最起码，我全心想占有凌风。"

他沉吟片刻，他的眼睛深邃难测，定定地注视着草原的尽头。"爱情有许多种，"他深沉地说，"或者你也可能做到无欲无求的地步。但是，要做到这一步，你必须在炼炉里千锤百炼过，经过了烧灼、挫磨、炙心般的痛苦，才可能炼成金刚不坏之身。"

是吗？他的话牵引我走入爱情的另一个境界，那种爱应该是至高无上的，是属于超人的。我不会有那样的境界，我只是一个凡人。而且，有多少人能受得了那份烧灼、挫磨，和炙心般的痛苦？抬起头来，我凝视着韦白，他受过这种苦吗？

"为什么瞪着我？"他问。

"看你有没有金刚不坏之身。"

他猛地震动了一下，迅速地望着我，什么东西刺到了他？片刻，他放松了脸上的肌肉，微笑着说："但愿我有，你祝福我吧！"

"我会祝福你的。"我也微笑了，我们说得都很轻松，但我直觉地感到并没有开玩笑的气氛。他眼底有一抹痛楚，太阳穴边的血管在跳动，这泄露了他激动的情绪和痛苦的感情。为什么？我把握不住具体的原因，但是，我想，我知道得已经太多了。

回到了幽篁小筑，我有好几天都沉浸在离愁里，惶惶然不知何所适从。原野仿佛不再美丽了，落日也不再绚烂，梦湖边堆满了愁雾愁烟，小溪上积压的也只是别情别绪，我到处流荡，到处寻觅，找寻着我和凌风的梦痕。这种凄凄惶惶的情况直到收到凌风的第一封信时才好转，他在信上说：

> 不许哭呵，咏薇，日子总是会流过去的，我们都得为重聚的日子活得好好的，是吗？再见面的时候，我不许你瘦了，要为我高高兴兴的呵，咏薇！如果你知道，有个人血液里流着的都是你的名字，脑子里旋转的都是你的影子，你还会为离别而伤心吗？

看过了信，我捧着信笺好好地哭了一场，然后，我觉得心里舒服多了，也振作多了。我整理着我那本"幽篁小筑星星点点"的杂记，试着把那些片片段段、零零碎碎的东西拼成一篇完整的小说。我工作得很起劲。同时，每天晚上，我都要写一封长长的信给凌风。这使我从离愁里解脱出来，我安静了，也成熟了。

这天，我到章伯母的书房里去找小说看，这间书房一直很吸引我。不只那琳琅满目的书画和雕刻品，还因为这书房里有一种特殊的、宁静的气氛。坐在章伯母书桌前的椅子里，我望着墙上韦白所雕刻的菊花出神。

"孤标傲世偕谁隐？一样花开为底迟？"

"圃露庭霜何寂寞？鸿归蛩病可相思？"

他在问谁呢？问菊花？菊花是谁？为什么选择这样几句话？我摇摇头，或者什么都不为，我太喜欢给任何事情找理由了。站起身来，我在书架上找了半天，不知道找哪一本书好，书桌上放着一本屠格涅夫的《烟》，我拿了起来，顺手翻着看看，随着我的翻弄，一张折叠的信笺落了下来。我俯身拾起了信笺，出于一种朦胧的好奇，和探索的本能，我打开了它。首先跃进眼帘的，是章伯母娟秀的字迹，抄录着一首张籍的诗：

> 君知妾有夫，赠妾双明珠。
>
> 感君缠绵意，系在红罗襦。
>
> 妾家高楼连苑起，良人执戟明光里。
>
> 知君用心如日月，事夫誓拟同生死。
>
> 还君明珠双泪垂，恨不相逢未嫁时。

在这首诗的后面，笔迹变了，那是韦白遒劲有力的字，洋洋洒洒地写着：

涓：

一切我都明了，经过这么多年，我总算想透了，也了解你了，你不会离开他，我也无缘得到你。人生的事，皆有定数，请相信我，现在，我已心平气和，无欲无求了。

我该感谢咏薇，你绝料不到这小女孩曾经怎样用一句话提醒了我。这些年来，我被这份感情烧灼、锤击、折磨……直到如今，我才算被炼炉所炼成了，以后，我应该有金刚不坏之身，不再去渴求世俗的一切。但，允许我留在山里，默默地生活在你的身边，只要时时刻刻想到你离我这么近，可以随时见到你，尽管咫尺天涯，而能灵犀一线，我也心满意足了！

想想看，多少人一生未能获得爱情，我们虽然为情所苦，比起那些人来，又何其幸也！今生今世，不会再有人了解我像你那样深，给我的爱情像你给我的那样多，我漂泊半生，未料到在这深山里竟获得知音，而今而后，我夫复何求？

千言万语，能倾吐者不到十分之一，未尽之言，料想你定能体会！

即祝好

韦白草草

信纸从我手里落到桌面上，我呆呆地站在那儿，好半天都不能思想。这封信所表明的一切，并没有让我十分吃惊，却整个撼动了我！韦白和章伯母！我早该看出他们之间的情形，他们是同类，他们彼此了解而彼此激赏！现在，一切都很明白了。"晚霞"所传的纸条，我一直认定是传给凌云的，其实是给章伯母的！某夜我看到的黑影也是他们！韦白为章伯母而留在山里，为章伯母而苦，为章伯母而伫立在竹林外。章伯母呢？这首诗表现得很清楚，章伯伯和她完全不同典型，也无法走进她的思想领域里，但是，她仍然"事夫誓拟同生死"，我想起她有一次和我谈起大写意和诗，她说过，她欣赏而了解大写意。她是怎样的一个女人！世界上有一种人最痛苦，就是感情和理智都丰富的人，章伯母属于这种，她用怎样的强力去勒住了逸出常轨的感情，而那感情必定强烈疯狂——她是宁可自苦了？宁可自己的心流血，也不愿伤害到章伯伯和儿女。因为，她了解章伯伯，了解他是个粗心大意而善良耿直的人物。是吗？所以，"知君用心如日月，事夫誓拟同生死"！韦白呢？他也真能"用心如日月"，而且做到无欲无求！"尽管咫尺天涯，而能灵犀一线"，也就"心满意足"了！怎样的一份感情！

　　短短的一封信，总共没有多少字，但我在里面读出了无数的挣扎、痛苦，和血泪。拾起信笺，我把它放回书本里。觉得自己的眼眶湿漉漉的，韦白和章伯母的恋情使我感动，使我心中酸楚而想流泪。人类的爱情是有许许多多种，有的仅是肉欲的追求，一刹那的刺激和感受，有的却是心灵与心灵的契合，在那种境界里，只有诗和歌，一切通俗的事物都飘逸到很远很远的太空之外。

我拭去眼泪，抹不掉心底那份朦胧的、酸涩的凄凉，某些时候，凄凉的本身就是一种美。我从没有像这一刻这样，对章伯母和韦白，充满了敬佩和了解。我忘了再去寻找小说，只是靠在书桌上冥想。这人生毕竟是美好的，不是吗？多少美丽的感情存在着，它能使人类的灵性增高，而化戾气为祥和。

房门轻响了一声，章伯母匆匆地走了进来，看到我，她愣了一下，眼光立刻投到书桌上那本《烟》上面，她一定是匆忙间把纸条夹在书里，现在赶来毁去它的。她怀疑我看到了吗？我立即说："我来找找看，有没有可看的小说。"

我的措辞显然很笨，她有些不安，再扫了那本《烟》一眼，她迟疑地问："找到了没有？"

"我还没找呢，"我说，"我正在看韦白刻的这两片竹子，他实在刻得很好，是吗？你喜欢菊花吗？章伯母？"

"是的，很喜欢。"她微笑了，放松了紧张的神色。

我望着那两片竹子，我现在知道菊花是指谁了。孤标傲世偕谁隐？一样花开为底迟？该是命运把章伯母隐居在这深山里，让她的花朵为韦白而开。我调回眼光来，凝视着章伯母，微笑地说："这意境真美，是不？"

"可惜，了解的人太少了。"章伯母注视着我。

"可是，毕竟会有人了解和欣赏的。"我说。

我们对视着，这一瞬间，我明白我们是彼此了解的，她知道我所发现的事情，她也知道我对这件事的评价。我向门口走去，她叫住了我："咏薇！"

我站住，她把那本《烟》拿起来，当着我的面抽出了里面夹着的信笺，把书递给我："你不是在找小说吗？这是本好书，不妨拿去看看！"

我接过那本小说，默默地退了出去。拿着书，我走出幽篁小筑，在原野上无目的地走着，穿过树林，我来到溪边，小溪静静地流着，白色的小鹅卵石在阳光下闪烁。沿着溪流，我向上游走，然后，我停住了，我看到韦白了。他正靠着一棵树假寐，手里握着一根钓竿。

浮标安详地躺在水面上，我猜，他的鱼篓里也装满了幸福。（有的人一生都未能获得爱情，与那些人比起来，他何其幸也！）我眼眶湿润地遥望着他，模糊地，回忆起我曾经对他有过的朦胧而微妙的感情。现在，一切都过去了！我像这溪流一样地平静，也像这溪流缠缠绵绵的水流声，带着种难以描述的、酸酸涩涩的调子，我告别了我的童年。

没有惊动韦白，我悄悄地绕开，一直走向梦湖。坐在湖边，我让那层迷蒙的绿烟罩着我。双手抱着膝，我把下巴放在膝上，凝视着那一平如镜的湖面。秋风在水面回旋，在林间低吟。一阵簌簌然的风声掠过，无数的霜叶卷落在湖里，无数的涟漪扩散在湖面。我想起我写给凌风的小诗：

"……秋水本无波，遽而生涟漪，涟漪有代谢，深情无休止……"

想想看，初到幽篁小筑的那个小女孩，带着满怀的不耐，对任何事都厌烦，对全世界都不满。而今，却坐在这静幽幽的湖边，涨满了满胸怀的温情。成长往往是在不知不觉间来临的，你必须经过许多的事故，才能发现你长大了。无论如何，这到底是一个美丽的爱情世界！

我带着满身黄昏的阳光，和青草树叶的香味，回到了幽篁小筑，一走进客厅，我立即呆住了。我听到章伯母的声音，在欣喜地说："咏薇，看看是谁来了？"

我张大了眼睛，然后我奔跑了过去。那是妈妈！带着浑身风尘仆仆的疲倦，以及期待的兴奋，张着手站在那儿。我扑进了她的怀里，用手紧抱着她的腰，把我立即就满是泪痕的脸埋在她的胸前，用模糊不清的声音喊："噢！妈妈！呵，妈妈！"

妈妈紧揽着我的头，用颤抖的手摸着我长长了的头发，和被太阳晒热了的面颊，哽咽地说："好了，咏薇，一切都解决了，我跟你爸爸取得了协议，你可以跟我了，我来接你回去。"

我抬起带泪的眸子，静静地望着妈妈。然后，我问："妈妈，离婚之后，你比以前快乐些吗？"

"只要不会失去你。"妈妈也含着泪，带着股担心和近乎祈谅的神色。"哦，妈妈，"我把头靠在她的肩上，"你永不会失去我，爸爸也不会，我爱你们两个，不管你们离婚不离婚。"真的，我的心情那样平静，那样温暖。爱情有许许多多种，如果婚姻已经成为双方的痛苦，那又何必一定要被一纸契约捆在一起呢？每个人都有追求自己幸福的权利，不是吗？

像章伯伯和章伯母，最起码，章伯母是欣赏而了解章伯伯的，章伯伯也离不开章伯母，他们的婚姻才有存在的价值。妈妈和爸爸呢？只是长年生活在争吵和不了解之中。现在，我懂了。"妈妈，"我再说，"你不必在意有没有我的监护权，无论有还是没有，我都是你的女儿，不是吗？也是爸爸的，是不是？你们虽然离婚，我并没失去你们，是不是？"

"噢，咏薇！"妈妈喊，捧住我的脸审视我，半晌，才吞吞吐吐地说，"你——变了很多，黑了，结实了，也——"

"长大了！"我接口说。

妈妈含着泪笑了，我也含着泪笑了，这是有生以来的第一次，我和妈妈之间，再也没有芥蒂和隔阂，彼此了解，而彼此深爱。三天后，我和妈妈离开了青青农场。我们到镇上搭公路局的车子去埔里，再由埔里转台中，由台中去台北。

公路局的车子开动之后，我望着车窗外面，车子经过青青农场，原野、远山、小树林、章家的绵羊群……——在我模糊的视线中消失，我长成的地方！我心中涨满了各种复杂的感情，泪水在睫毛上颤动。车子迅速地在黄土路上滑过去，卷起了滚滚的烟尘。"我必定会回来的！"我在心里默默地说，"我必定会！"

"咏薇，在想什么？"妈妈问。

"我——"我轻声地回答，"我在想，我要写一本小说。"

尾声

寒假的时候，我又回到青青农场。

青青农场别来无恙，只是羊儿更肥，红叶更艳，而三两株点缀在草原上的樱花盛开了。至于青青农场的人呢？章伯伯依然故我，喜爱着周遭的每一个人，却要和每个人都发发脾气。章伯母比以前更安详，更温柔了，她的眼里有着光辉，精神振作而心情愉快。凌霄依然在农场上终日忙碌，但他已不再忧郁，不再落寞，他的眼光随时绕着绿绿旋转。绿绿，那是个变化最大的人物，她从野性一变而为沉静，终日带着个恬静而满足的笑容，几乎从不离开她丈夫的左右，她跟他到田里，帮忙割草、施肥、耕种，有时就静静地坐在田埂上看着他——她已找到了那个使她平静的人，休息下她漫游的小脚。

绿绿的父亲常到农场上来了，他脸上的刺青已不再使我害怕。他成为章伯伯和凌霄的好帮手，一个人能做三个人的工作，他不大说话，做起事来沉默而努力。他有时仍会粗声粗气地骂着绿绿，骂她不该搬重东西，会伤着肚里的孩子——绿绿已将生产了——那种责骂里，应该有着更多亲爱的成分在内。

凌云比以前成熟了，也更美了，她依然羞涩，终日和针线、鸽子做伴。她为她未出世的小侄儿做了许多小衣服、小鞋子。有时，也和我到附近野外去散散步。一次，章伯母私下对我说："凌云慢慢地好起来了，是不是？"

"怎么讲？"我愕然地看着章伯母。

"那段幼稚的爱情呀！"章伯母说，"时间会治疗这伤口的——"她望着我："怎么，咏薇？你以为我不知道她对余亚南的爱情吗？告诉你，没有什么事会逃过一个母亲的眼睛的。余亚南不是个坏人，他欺骗自己胜过他欺骗别人，我原谅他。至于凌云，我何必去打破她初恋的那份美呢？让她保留她美丽的回忆吧！反正，时间会治疗她，每一个人，都是由孩子长大的！"

我望着章伯母，这个令我崇拜的女人！原来她什么都知道，却聪明地不闻不问。我想，连绿绿的孩子是谁的，可能她也已经知道了，但她并不在意，她会爱那个孩子，就像当初她爱凌霄一样。

韦白怎样呢？在小溪边，我们曾经有过一段短短的对白。

"韦白，"我说，"你是不是准备终老是乡？"

"可能，"他说，"我爱这儿的一切。"

"不寂寞吗？"

"太丰富了，怎么会寂寞呢？"

"想必，你已经从炼炉里炼出来了！"

"嗨！"他笑着望着我，"你是个危险分子呵！"

"怎么？"

"别去探测别人的内心，人太复杂，你看不透的。"

"总之，我知道你。你满足吗？"

"很满足，对这个世界，我再也没有什么可要求的了！"

这就是韦白，从一份危险的感情里升华出来，满足地度着他平静的岁月。他摆脱了痛苦，也不再苛求，反而享受着那种"咫尺天涯，灵犀一线"的感情。

现在，该说说我和凌风了。

我们的重聚带着疯狂的热情，在原野上，我们又开始携手奔跑、散步。我们收集着清晨的朝雾、黄昏的晚霞、深夜的月色。没有人比我们更快乐，更幸福，更沉浸在那浓得像蜜似的感情里。对我们，欢乐是无止境的，未来像黎明一样光亮。我们也知道，未来不一定是一条坦途，但我们将终身手携着手去合作，对两颗坚强、相爱的心而言，还有什么事情是可怕的呢？

在梦湖湖边，我们相依相偎。那天，梦湖的水特别绿，天空特别蓝，槭树特别红艳。我把一本册子放在凌风的膝上，他打开来，惊讶地说："一本小说稿！"

"我的第一本书，"我说，"我带着满怀的感情来写它！"

他看了，费了四小时的时间来看，当他终于看完，他深深地吸了一口气，说："它是多么亲切！我不知道你写得好不好，但是它完全撼动了我。"

"世界是美丽的，是不是？"我说，"尽管有人要说它丑陋，但我们所接触到的总是美丽的，是不？"

真的，湖面翠雾氤氲，绿水无波，林内柔风低吟，鸟声啁啾。这到处的一草一木、一山一石，实在引人入胜，还有人类，天赋了那么美的感情，足以化戾气为祥和，我怎能不爱这世界呢？人类因为有爱心，生命才有意义呀！

凌风把册子合了起来，微笑地望着我："你的小说还没有题目呢！"

我接过册子来，注视着湖面氤氲的绿色烟雾。多少的故事在这湖边滋生呀！多么美的云天，多么美的翠雾，我还记得凌风第一次带我到这湖边来，向我背诵的词句："碧云天，黄叶地，秋色连波，波上寒烟翠……"

提起笔来，我在那小册子的封面上，题下"寒烟翠"三个字。

梦湖如梦，寒烟凝翠。我俩手携着手，临流照影，悠然神往。只要人们相爱，何处不是人间天上？

——全书完——

一九六六年三月十八日于台北

（京权）图字：01-2025-0195

图书在版编目（CIP）数据

寒烟翠 / 琼瑶著 . -- 北京：作家出版社，2025.1.

（琼瑶作品大全集）. -- ISBN 978-7-5212-3236-3

Ⅰ. I247.5

中国国家版本馆 CIP 数据核字第 20253AM752 号

寒烟翠（琼瑶作品大全集）

作　　者：琼　瑶
责任编辑：杨兵兵
装帧设计：棱角视觉　纸方程·于文妍
责任印制：李大庆　金志宏
出版发行：作家出版社有限公司
社　　址：北京农展馆南里 10 号　　　邮　　编：100125
电话传真：86-10-65067186（发行中心）
　　　　　86-10-65004079（总编室）
E-mail: zuojia@zuojia.net.cn
http://www.zuojiachubanshe.com
印　　刷：河北京平诚乾印刷有限公司
成品尺寸：142×210
字　　数：187 千
印　　张：9
版　　次：2025 年 1 月第 1 版
印　　次：2025 年 1 月第 1 次印刷
ISBN 978-7-5212-3236-3
定　　价：2754.00 元（全 71 册）

品　琼　瑶　经　典

忆　匆　匆　那　年